噬血狂襲
STRIKE THE BLOOD
17
折斷的聖槍
三雲岳斗
illustration マニャ子
U0074918
Kadokawa Fantastic Novels

零菜
「冒牌雪菜」
The Pretender
神出鬼沒的謎樣嬌柔吸血鬼
曉古城
「第四眞祖」
The Fourth Primogenitor
世界最強的「怠惰」吸血鬼

姬柊雪菜
「劍巫」Swords-Shaman
獅子王機關的嬌柔監視者

香菅谷雫梨・
卡思緹艾拉
「修女騎士」Paladiness
至純無上的炎劍守護騎士

妃崎霧蕖
「六刃」 Six-Blade Priestess
霸道而美麗的黑影魔槍使用者

斐川志緒
「第二舞威媛」
Another Shamanic War Dancer
剛毅純情的降魔弓姬

羽波唯里

「第二劍巫」Another Swords-Shaman

純眞規矩的銀劍巫女

Contents

三雲岳斗

illustration マニャ子

折斷的聖槍

17

Kadokawa Fantastic Novels

序章
Intro

廢墟之城——

在陽光照不到的昏暗地下街，宮住琉威停住腳步了。

於琉威身旁的，則是有著栗色捲髮與獸耳的少女——天瀨優乃。有個戴了建設公司安全帽且身穿工作服的中年男子帶著緊繃的表情跟在琉威他們後面。

「請問是這條通道沒錯嗎？」

琉威望向用粉筆畫出來的塗鴉般的標誌問道。

是啊——穿工作服的男子回答。他用手電筒照亮經過簡化的手繪地圖，指出其中一條分岔的地下道。

「照電腦的紀錄（Log）來看，第四班有兩個人曾在昨天中午以後通過這裡。他們的工作就只有裝設導引標誌（Guide Beacon），照理說只要兩個小時就能收工——」

「結果，那兩個人過了一個晚上還是沒有回來。」

琉威朝黑暗凝目並靜靜地附和。

在他的眼前，是內部構造曝露在外的整片無機質街景。

那就像工業革命後的髒黑大城市，也像深夜中沉寂的工廠，或許也像飄泊不定的無人巨型太空船內部。

那座城市，被稱作絃神島。

更精確地說，它是絃神新島第六島群(Cluster)，從異世界上浮的古代超文明遺產，人稱「咎之方舟」的人工島群(Giga-float Cluster)之一，以複合材質、陶瓷、金屬與魔法打造出來的城塞都市。

在數目上百的島嶼當中，構成第六島群的人工島有三座，總面積幾乎等同東京都新宿區，在地下還有複雜四層結構的廣闊地下街。

以往收納著大量古代兵器的那個地方，如今不過是空蕩蕩的廢墟。原本封藏於這塊土地的眾多兵器都已經在約兩個月前的大規模紛爭——通稱「真祖大戰」中破壞殆盡了。

即使如此，方舟並沒有就這樣喪失身為「遺產」的價值，廣大土地用於移民仍具有單純的吸引力。絃神島是日本國內唯一的「魔族特區」，有意搬來島上研究魔族生態或研發魔導技術的企業多有所在。

基本上，底細未解的魔導遺跡總不能永遠都擱著不管。絃神新島會以可視為特例的急促步調重新進行開發，理由便是在此。

人工島群內部的學術調查及測量；供水排水及輸電網路等基礎設施的維修；還有提供給建設工作人員與難民的大規模臨時住宅需要搭建——絃神新島上到處都有諸如此類的工程正在同時進行。第六島群這裡亦不例外，當地業者於第六島群展開地下街的測量工作已是兩週前的事。

然而，這項工作似乎意外地進行得不順利，原因在於到處都有謠傳島上發生奇怪的現象，工作人員都很排斥在第六島群的工作。

實際上，第六島群頻頻傳出不可思議的事件。好比說，發現異常振動及電磁波，海鳥和魚群從島嶼附近消失——這類的奇怪現象。還有傳出原因不明的漏水，以及通訊纜線遭到切斷的事故消息。於是，到了昨天，終於就變成有兩名工作人員忽然消失蹤影了。

「當然啦，在這種陌生的土地上，也許他們只是因為走錯就迷路了。不過考慮到之前傳出的風聲，保險起見，我才請你們過來的。」

琉威納悶似的瞇眼反問。

「之前傳出的——什麼風聲？」

「啊啊，呃……」男子吞吞吐吐地含糊其辭。

「就那個嘛，小哥，據說『戰王領域』的蛇夫留了詛咒。迪米特列・瓦特拉敗給第四真祖以後，好像還陰魂不散地在絃神新島的地下徘徊。」

「喔。」

聽到第四真祖這個詞，琉威有些困窘地目光閃爍。優乃則是使壞似的掩著嘴角，硬是憋住差點冒出的笑聲。

「唉，我當然也不信什麼詛咒，不過事有萬一嘛。」

「說得對。我認為這是妥當的判斷。先不提瓦特拉公的詛咒，這一帶就算留有魔法性質的陷阱也不奇怪。」

琉威說完就朝手腕上戴著的咒具瞄了一眼。手錶型的魔力檢測器。類比式指針劇烈晃動，顯示周圍的殘餘魔力濃度相當高標。

是吧——男子聽了琉威說的話，看似安心地嘆道：

「抱歉，委託得這麼急。明明你們來紘神島（這裡）也沒多久。」

「不會，我們才是受益良多，而且我從以前就對紘神新島的地下結構感興趣。要不是有這種機會，也很難獲准進來。」

「對呀對呀。有客人肯僱用我們這種新出道的民間攻魔師就很寶貴了。感謝惠顧。」

優乃笑容滿面地接著琉威的話說了。

國際公認的攻魔師執照（C卡）持有者並非全都是國家攻魔官，任職魔導技師之類的研究工作者，以及受僱於民營保全公司的人也不少。要不然也有直接承包客戶委託，挺身為人解決魔法相關問題的民間攻魔師這種職業。琉威與優乃在就讀空中學校之餘，挑來當副業的就是這門生意。

「不不不，關於你們的風評，我從紘北建設的老闆那裡就常常聽到。他說你們年紀輕輕的就有兩把刷子。據傳你們是伊魯瓦斯的生還者，我看也是真的吧？」

「哎，是啊，沒有錯。」

琉威聳聳肩露出苦笑。他們是六年前瓦解的歐洲「伊魯瓦斯魔族特區」的生還者，此事屬實。

從當事人的角度來看，這並沒有什麼好驕傲，但外界給予的評價卻有些不同。

曾在受到魔女支配的異空間一再重複無止盡的模擬戰鬥，或許還跟第四真祖廝殺過，這些不負責任的風評傳開以後，使他們光是身為伊魯瓦斯的生還者就會被人另眼相看。

含琉威他們在內，伊魯瓦斯出身的人本來就有許多具實戰經驗的攻魔師，因此那樣的風評倒也不是毫無根據。傳來傳去到最後，連琉威他們這種小小的攻魔師事務所也接到了為數可觀的工作委託，這次搜索工作人員的案子也是其中之一。

「咦？」

走在三個人前面的優乃似乎察覺了什麼而瞪大眼睛。身為獸人種的她，眼睛在夜裡一樣能視物。放大的瞳孔增幅了一絲絲光芒，在黑暗中綻放出金色光彩。

「琉琉，你看那邊。盡頭的牆壁那裡。」

「……有樓梯？不對，是地板塌陷了嗎？」

琉威把目光轉到優乃所指的方向，臉色變得凝重。

左右兩旁被高樓包圍的廢墟地下通道。在這條路上開了個缽狀的大洞，洞的直徑約為七到八公尺，深度則不滿五公尺；然而如龜裂一般朝側面鑿穿的橫洞看不出會通到哪裡。

「預定要裝設導引標誌的地點，是在前面的街區（Block）對不對？」

琉威回頭看向男性委託人，然後提問。男子困惑似的點頭回答：

「是這樣沒錯，不過上週派無人機進去調查的時候，應該沒有這樣的坑洞。」

「迷路的那些人會不會跌進這裡面了呢？」

優乃探頭看坑洞的深處，一邊自問自答似的嘀咕。

「只好下去看看嘍。」

琉威發出短短的嘆息。地形隱隱給人不安全的印象，但是要尋找失蹤的工作人員也沒有其他線索，他們總不能對眼前的異狀視若無睹。

優乃料到要往地下闖，馬上就開始檢查愛用的裝甲手套及長靴。除了獸人種特有的輕靈身手與敏銳五感之外，優乃還具備高竿的格鬥能力，這種強行偵察是她的專門領域。

「不好意思，請你在這裡等好嗎？假如有狀況，麻煩你立刻向地上聯絡。」

「好、好的……」

似乎是因為琉威認真的表情氣勢逼人，男性委託人腳步蹣跚地後退到牆際。

優乃看到這一幕，便驚覺似的倒抽一口氣。

「等等！」

「優乃？」

「底下有動靜喔！就在這下面！」

為了判讀細微的震動，優乃把手掌湊到地面。

她眼中浮現些許困惑之色。即使靠獸人種的超知覺能力也無法辨識底下東西的真面目。

「是遇難者嗎？」

「不確定，但我想並不是人類。怎麼說呢，對方好像在地面下到處爬行。」

「——殘留魔力這麼濃，就不能用探測系魔法吧。」

取出咒符想用的琉威低聲咂嘴。

絃神新島從異界被召喚過來尚未經過多久，目前仍有濃密的魔力四處殘留，在這座第六島群的地下尤其顯著。雖然魔力量不至於對人體造成負面影響，能隔牆探索生物位置的精密魔法卻會受到阻礙而派不上用場。

「這底下的階層是什麼狀態？」

琉威瞪向腳邊問道。灰色地面被分不出是石材還是樹脂的謎樣材質所覆。

「調、調查還沒有完全結束，但聽說是人工島的結構體。」

男性委託人答得生硬。嗯——琉威稍稍蹙眉。

「所以底下並不是通道嘍？」

「當然吧。明明就沒有出入口啊……」

「說得也對。確實是如此。」

琉威點頭，然後從腰際的槍套拔出了手槍。

槍口上嵌有大顆寶石的奇特槍械，用於發射咒術而非實彈的護身咒術投射機（Spell Thrower）。它的操作困難度導致少有人使用，但在不被允許攜帶槍械的民間攻魔師之間屬於高評價武器。由高等級的施術者來用，據說其威力及射程都能凌駕真正的手槍。

「底下由我一個人去。優乃，麻煩妳護衛委託人。」

琉威對優乃交代以後，就靠近路面上開的坑洞。

剎那間，有近似地鳴的猛烈震動聲在他腳邊響起。

「琉琉！小心右邊！」

優乃一邊大喊一邊蹬地衝向前去。在她開口的同時，琉威翻了跟斗，驚險躲開地面上毫無預警出現的裂痕。

破地而出的是模樣像蛇的細長生物。光是出現在路上的部分，全長就將近三四公尺，感覺有女性的軀體那麼粗，全身如長鞭般抽動，想捆住琉威的身體。

打倒生物的則是優乃。她用戴著裝甲手套的拳頭從旁將其揍飛。

「噫……？噫噫噫噫——！」

隨後，琉威他們背後傳來慘叫。兩人回頭所看見的，是委託人被謎樣生物捆住，跌倒在地的身影。

他仰著身子被拖過地面，臉因恐懼而皺成一團。然而，目前琉威他們沒空過去救人，因為新出現的生物不只那一隻。

到處都有模樣似蛇的生物撕裂地面陸續出現。生物們就像被沖上岸的魚一樣激烈地扭身，並且異常精準地朝琉威等人來襲。

「這些玩意兒……到底是什麼？」

琉威連續發射了用雙手瞄準的咒術投射機。裝填的咒彈是貫穿型，銳利的咒力團有如尖錐將生物軀體逐隻射穿。

可是，那些生物看似沒有感受到痛楚。儘管濺出透明體液，幾乎被扯成兩半，還是繼續朝琉威等人發動攻擊。

優乃同樣處於苦戰。無論她怎麼揍，對敵人都無法產生傷害。戰鬥再這樣拖下去，先耗盡體力的肯定會是她。

觸手的動作好似不規則，同時又能感覺到疑似有統合的意志，和昆蟲那樣的群體也稍有差異，宛如單一生物的一部分——

「難道說……這是觸手？這些玩意兒另有幕後真身……！」

琉威發覺看似蛇的生物為何會異常耐打，嘴裡就咕噥起來。儘管它們各具與人類相當的質量，卻不過是更巨大的生物身上的一部分。好比章魚失去一兩隻腳也無所謂，再怎麼傷害這些觸手應該都沒用。要讓觸手停止動作，只能直接攻擊幕後真身。

「是在那裡嗎——！」

琉威朝著被觸手挖開的地面底下投射出最高功率的咒彈。嵌在槍口的寶石綻放出近似血色的光芒。咒力超載使槍身紅熱化了。

即使如此，琉威仍不歇手。

片刻後，從琉威等人的腳邊傳出了猶如雷鳴的狂嘯。

之前出現的十幾根觸手都像觸電似的發抖，然後一起停下動作。

「解決掉了嗎……？」

不安地擺著架勢的優乃回頭問道。

「沒有……」

琉威一邊喘氣一邊力竭似的跪了下來。

彷彿看準了那一瞬間的空檔，大地猛烈搖盪。

足以讓人誤認為巨大爆炸的衝擊。路面所覆的地板建材被掀起，碎片紛飛。衝破地面出現的是幾乎能占滿視野的巨型怪物。

「啥！這是什麼……？」

優乃仰望怪物的巨軀，發出尖叫。她的身體被無聲無息地捲走了。因為怪物用前肢隨意將她掃到一旁。

「優乃！」

琉威伴隨吼聲舉起咒術投射機，可是靠僅存的咒力並不能啟動咒彈。就算咒力還有剩，對這等怪物又能施展什麼樣的攻擊？

無論砸下多少魔力，也沒辦法打倒這頭怪物。

恐怕連世界最強的吸血鬼都無能為力。

這是因為……沒錯，因為這傢伙是——

「唔哇啊啊啊啊啊啊啊啊啊啊啊啊啊啊啊——！」

琉威遭受好似要粉身碎骨的衝擊侵襲後，視野就被黑暗所包圍。

於意識逐漸淡出的過程中，他在最後看見了巨大的眼睛。

燃燒般爍亮的六雙紅眼。

†

有「叩叩叩」的聲音。那是某人用指頭敲桌子的聲音。

無自覺地表達出內心的焦躁，會讓旁人在聽見以後更焦躁——如此的聲音。

位於老舊建築深處的昏暗房間。

坐在陳年豪華書桌前的，是個穿西裝的老人。

年紀約莫七十後半。尖銳有力的目光與鬆垮的臉頰肉形成對比。住在這個國家的人，任誰起碼都有看過一次這張臉才對。執政黨最大派系的領袖，被稱為政界巨頭的知名政客。

書桌上擺著幾張照片。

如星雲般由眾多島嶼組成的巨大人工島。

還有罩著連帽衣兜帽的不起眼少年。少年的照片背景也拍到了嬌小少女的身影。揹著黑色樂器盒，身穿制服的少女。

「第四真祖領——『絃神市國』是嗎？」

老人用嚴肅的語氣開口了。可以感覺到威嚴與狡詐的低沉嗓音，聽起來和緩，卻能感受到習慣命令他人者特有的桀驁語調。

「與人工島管理公社之間的交涉，幾乎都談妥了。」

回應老人呼喚的是位在房間角落的身影。身高應該將近兩公尺，將茂密白髮像野武士一樣束起來的粗野大漢。

男子向老人單膝下跪，畢恭畢敬地低著頭。

他身上穿的服飾是漆黑色直垂，古代武士的正裝。腰際佩刀的握柄上刻有奇特徽章，和名為「雪霞狼」的長槍上所刻的徽章一樣。

「由結論來說，這次的獨立風波——對我國而言並不是吃虧的交易。從『魔族特區』所能得到的收益大抵和以往相同。此外，對於絃神島引發的種種現象，我國也能向他國主張免責。」

黑衣男子淡然地繼續說道。知性的嗓音與粗獷外表並不搭調。

老人對他所說的話點頭，然後目光又落在桌上的照片。

「表示那座島，是隨時可以捨棄的一只棋子？」

「就是這麼回事。」

「真聰明。你是用那套道理說服花森和四方田的嗎？」

老人從喉嚨發出一聲刻薄的冷笑並且問道。男子什麼也不答。

花森；四方田。都是執政黨的政界大老。為了賦予絃神島自治權而破例修法，理應是政敵的他們顛覆了大眾的猜想，還決定聯手合作一事仍讓人記憶猶新。

老人就像在嘲弄對方似的，詭異地咯咯發笑。

「絃神島？那種破銅爛鐵怎樣都好，問題在於第四真祖。我有說錯嗎？」

「不。」

黑衣男子搖了頭，像在表示老人所言無誤。

老人看似滿意地點頭，還將有少年入鏡的照片拿到手裡。上頭烙印著少年全身沾滿鮮血，正與「戰王領域」貴族互相廝殺的模樣。

「不死不滅，不具任何血族同胞，不求統治，率有災厄化身的十二眷獸，只顧殺戮與破壞，超脫於世理的吸血鬼——第四真祖的存在，想必是抵在我國喉嚨上的利刃。話雖如此，也不能交給他國。那麼，事情該如何處置，獅子王機關？」

「第四真祖的脖子上繫了鈴鐺。以往所發揮的效用應該是恰如其分——」

男子毫不遲疑地說了。然而，老人只用十分掃興的眼神朝照片背景裡拍到的少女瞥了一眼。

「不夠啊。」

「啊？」

黑衣男子首次困惑似的抬起了臉。老人則把拍到少女的照片扔在男子面前。

「使用破魔長槍的巫女。我聽過她的傳聞。但是，我不認為這人足以信任。要以我們的命運相託，她實在太過年幼，未成氣候。聽說這名巫女連個親人兄弟姊妹都沒有，不是嗎？

就算她具備的靈力有多麼出色，憑那些也無法推動政事——你懂吧？」

「你是要我更換此人？」

男子確認似的反問。

老人用沉默回答了對方的疑問。意同於肯定。

「接任的人選交給你決定。千萬別壞了第四真祖的心情。」

老人把桌上的照片綑成一疊，擺到大尺寸的玻璃煙灰缸上。接著用金色打火機點了火，照片隨即燃起紅色的火焰。老人面無表情地望著那景象。

不久，照片就燃燒殆盡，成了全白的灰燼。

這時候，黑衣男子已經消失蹤影了，有如傍晚時分的影子那般——

第一章 魔獸登陸

Out Of The Deep Blue

1

曉古城一醒來，身旁就躺著赤裸的少女。

讓人印象深刻的大眼睛，以及長長的睫毛；留到鎖骨一帶的亮澤髮絲；雖然稚氣未脫，卻有張令人驚豔的臉孔的女孩。

身材苗條纖瘦，但不會造成嬌弱的印象。

她那毫無贅肉的緊實身體，令人聯想到優美而性情不定的貓科猛獸。

從身上裹著的毛毯縫隙露出了隆起的胸脯。初雪般白淨的肌膚表面，隱約透著青白色的血管。

「……姬、姬柊？」

古城困惑地叫了她。

少女往上瞟著臉色有些慘綠的古城，愉悅似的瞇眼。

微微泛紅的臉頰；濡濕的眼睛；看似在使壞而又嫵媚的表情。

她的肌膚滑嫩吸手，從相觸的部位還傳來一絲絲溫度。

「你是怎麼了，叫得那麼見外？」

她不解地稍稍偏頭，把臉湊向古城。出乎意料的貼近感讓古城不自在地仰身。

「呃……與其說見外……」

「難道說，你想逃離我？」

少女直直望向退縮的古城，將嗓音壓低。她直接撐起身體，並且用好似要把古城撲倒的姿勢騎上來。

「不可以喔。我會一直監視（看著）你。」

「姬、姬柊……與其說看不看，妳倒是已經被看光了……」

古城仰望著用騎馬姿勢俯瞰過來的少女，茫然地發出嘀咕。毛毯從她的肩膀輕輕滑下，未成熟的身體裸露無遺。

「你把我的身體變成這樣了，拜託要負起責任喔。」

她把手悄悄湊到自己的下腹部，優雅地呵呵微笑。瞳孔放大的眼睛毫無情緒，映著古城緊繃的表情。

「責、責任指的是……？」

「就是這麼回事。」

少女笑吟吟地揚起脣角笑了，從紅脣縫隙露出來的是上下成對的大顆銳利獠牙。

「姬柊，妳——！」

古城臉皮抽緊，少女壓住他的肩膀靠了過來。

她用嘴唇抵在古城露出的頸根。

舌尖玩弄似的挑逗古城的喉嚨，白色獠牙毫不留情地撕開皮膚。少女啜飲流出的鮮血。無法形容的快感逐漸竄上古城的背脊。

「住手……啊啊啊啊啊啊啊啊啊啊啊啊啊啊！」

古城在快樂、恐懼與悲嘆中放聲大叫，於是他這次真的醒了。

「那個，學長……？」

出現在朦朧視野裡的，是姬柊雪菜擔心地望著古城的臉孔。

她當然有穿衣服，衣領為鮮豔藍色的水手服。彩海學園的女生制服。

「姬……柊……？」

古城用沙啞的聲音叫她。是的——雪菜微笑著點頭。

「你沒事吧？臉好紅，感覺還流了好多汗……」

「還、還好啦。呃……我稍微……」

雪菜把手掌湊到古城的額頭量體溫，古城則是無意識地把目光轉開。剛才夢到的雪菜裸

體閃過腦海，他難免有些內疚。

為了取笑這樣的古城，凪沙隔著雪菜的肩膀探出臉說：

「你夢到雪菜了嗎？剛才你說夢話的時候有叫她，還提到責任和看光光之類的——感覺好色喔。」

「並沒有！與其說夢到姬柊，那不管怎麼想都只是惡夢啦！」

古城瞪了斜眼看過來的妹妹，拚命提出反駁。哦——凪沙感興趣地看著古城從未有過的賭氣反應。

另一方面，雪菜則像是意外受傷地板著臉說：

「……夢到我，只能算惡夢是嗎……這樣啊。」

「不跟妳們扯這些了，姬柊為什麼會在我們家？還沒到上學時間吧？」

古城確認過枕邊的時鐘，然後發問。雪菜自稱第四真祖的監視者，每天早上都會來接他，但就算這樣也嫌早了。現在是平常連凪沙都還在睡覺的時段。

「從今天起就是新學期啦。我跟雪菜一起在準備新的制服。」

疑似鬧脾氣的雪菜沉默不語，凪沙就代為回答古城的疑問。

古城納悶似的眨起眼睛。凪沙她們穿的跟平時一樣，是彩海學園的制服。事到如今，感覺也沒必要為此早起準備。

「準備制服……是要準備什麼？」

「你還沒發現喔？」

真是的——凪沙傻眼地對偏頭不解的古城嘆了氣。

「是領結啦，領結。升上高中部以後，制服的緞帶就要換掉啊！你看！」

「何必叫我看……」

古城比較過妹妹與雪菜穿著制服的模樣，這才認真地思考。

在彩海學園的國中部與高中部，制服領結的樣式有所不同。國中部用緞帶打領結；高中部則是打領帶。不過那終究屬於表面上的規矩，升上高中部以後就可以照喜好穿搭，這是學生之間祕而不宣的默契。實際上，像淺蔥幾乎每天都會隨興換領結。

因此，雪菜她們似乎也換了制服的領結，但古城分不出差別。領結是依學年統一顏色，所以雪菜她們的領結仍然是藍色，看起來跟以往一模一樣。這該不會是陷阱題吧？古城暗自懷疑。

「啊～～抱歉。我完全分不出來。」

「唔哇，好差勁喔！」

古城忍不住說出真心話，凪沙就發飆了。

「沒關係沒關係。我們不要理這種人，雪菜。古城哥只要能獨自作色色的夢就夠了！總之，我們先吃早餐吧，就算他遲到也不用管！」

凪沙連珠炮似的一口氣講完這些話以後，轉身離開古城的房間。古城仍然無法理解自己為什麼會挨罵，只能茫然目送她。

雪菜則看著古城，死心似的深深嘆氣。

「呃，學長？你的身體真的不要緊嗎？」

「沒、沒事啦。我只是作了個討厭的夢。」

看似已經轉換心情的雪菜向古城確認，古城便有氣無力地笑給她看。

接著，古城像是心血來潮地起身，還把臉湊近眼前的雪菜。他這種突然的舉動讓雪菜受驚似的睜大眼睛。

「學、學長？請問，有什麼事……？」

「姬柊。」

「是、是的。」

古城用右手摸了她的臉頰。

雪菜緊張得縮起身體，卻沒有打算抵抗。

兩人的視線在咫尺間交會。少女潤澤的唇被古城用手指悄悄地碰觸。

接著，古城就忽然將指頭伸進雪菜的嘴巴裡。

他直接用力把嘴脣「噫～～」地往兩旁拉，並端詳雪菜的牙齒。剔透的白牙，犬齒的大小也沒有格外醒目，感覺那一口漂亮的牙齒甚至可以用在牙刷廣告上，雪菜呼的氣息有股清新薄荷香。

「請問……學長？你這是，做什麼？」

發生的狀況太離譜，讓雪菜都忘了要生氣，還茫然地問古城。

古城仍然把食指放在她嘴裡，並且由衷放心似的開口：

「還好。妳是平常的姬柊。」

「啥？」

古城鬆了口氣坐下來，雪菜則愣愣地望著他。隨後雪菜猛一回神，連忙拿了面紙幫古城擦拭被自己唾液沾濕的指頭。

「學長到底作了什麼樣的夢啊……！」

雪菜擺了分不出是生氣或困惑的臉色，恨恨地瞪向古城。

古城嚇得肩膀發抖，並且曖昧地搖頭回答：

「咦？沒有啦……要問到是什麼夢，這個嘛……」

「……學長？你為什麼要把眼睛轉開呢，學長！」

雪菜似乎對古城明顯可疑的舉動感到不安，便表情嚴肅地逼近而來。

古城節節後退，還尷尬地把視線轉向窗外。

頭頂上有著藍得令人生厭的廣闊天空。夏日的雲朵飄在海平線，於強烈陽光照耀下閃爍著銀芒。蘊含海潮香的風從開敞的窗口吹了進來。

與往常相同，可以預期會是炎熱的一天的人工島早晨——新學期頭一天的早晨。

2

那一天的彩海學園比平時來得吵雜許多。

張貼在校舍入口的名冊發表了新學年班級如何分配，學生們懷著期待與不安，還有悲喜交加的情緒，移動到新教室。對同班同學的面孔與級任導師的名字感到有喜有憂，同時也為了麻煩的自我介紹內容而頭痛。

即使被稱為世界最強的吸血鬼，古城在這方面的感受和其他學生亦無不同。他隱瞞自己的真實身分，對於周遭的變化反而比別人多用一倍心思。

然而，實際來學校以後，古城嚐到了好似期望落空的洩氣感。

「——說是新學期，也沒什麼新氣象嘛。」

古城在校舍三樓的教室裡托腮，感慨地嘀咕。

儘管座位分配上多少有些改變，從桌子看去的景象不知為何卻幾乎沒有改變。

由於座號的關係，坐在古城前面座位的依舊是藍羽淺蔥。

而淺蔥側坐在椅子上，還在古城桌上托著腮幫子說：

「明明應該有換過班級，卻幾乎都是熟面孔啊。班導師也還是由那月美眉擔任。」

「說穿了，學校是把會惹事的分子湊在一起，打算集中管理吧。」

道出這句話的是明明沒事卻站在古城旁邊的矢瀨基樹。今年他理所當然也跟古城讀同一班。古城一瞬間曾懷疑他是不是憑著人工島管理公社的權限，私底下將事情安排成這樣，不過似乎並沒有這麼回事。

簡直像在印證這樣的事實，古城等人的背後忽然有聲音傳來。口齒不清的年幼嗓音，卻有著莫名威風的調調。

「你很了解嘛，矢瀨。正如你所猜測的。」

「呃，那月美眉……？」

矢瀨低頭看了突然從死角現身的嬌小女老師，驚嚇似的往後退。

那月大概是不滿意被稱為美眉，就用手裡拿著的扇子敲在矢瀨鼻尖上。從扇子發出了目不可視的衝擊波，挨打的矢瀨額頭上便響起「叩」的聲音，聽了就痛。

「連續兩年應付你們幾個並非出自我本願，但其他老師都排斥接這一班。被校長跪著苦苦哀求，就算是我也推辭不了。」

「害校長跪著哀求……我們幾個居然這麼惹人厭啊……」

那月夾雜嘆息所說的話，讓古城板起了整張臉。那月不會在這方面的話題開玩笑。既然她提到校長下跪，恐怕就確有其事。

原來你沒有自覺嗎——那月用不言而喻的目光看向古城說：

「罷了。更重要的是，曉，談到自覺，你應該明白自己真的是勉強升上新年級的吧？」

「是、是啦。當時也受各位許許多多的關照——」

唔——喉嚨裡有聲音哽住的古城向那月低頭行禮。

出席天數一再不足，加上成績萎靡不振，原本幾乎鐵定留級的古城是靠著那月補課與淺蔥獻身性的個人指導，還有矢瀨家幫忙斡旋，才以毫釐之差獲准升上新年級。

當然了，其中也含有紘神市國的領主第四真祖念書念到留級會很不體面的政治性考量，以及校方希望讓這種麻煩學生趕快畢業的盤算。

「既然你有自覺，那好說。今年你可要洗心革面，認真向學。再沉淪下去，我也顧不了你。」

「我知道啦。」

古城生厭似的隨手一揮。

「不過，不用擔心吧。瓦特拉那傢伙去了異境(Nod)，奧蘿菈的身體狀況也已經穩定，政府間的紛擾都平息下來了，像深淵之陷、真祖大戰或是恩萊島那樣的騷動，又不是隨隨便便就會發生。」

「但願如此。」

那月繃著臉點頭。回想起古城在過去不到一年間惹上的大量麻煩，她存疑的心境並不是無法理解。

「欸欸欸，那月美眉。話說，魔族社那件事怎麼樣了？」

而淺蔥拽了拽那月的禮服衣袖，突兀地提問。

「魔族社？」古城不禁反問。沒聽過的名詞。

「妳別用美眉稱呼班導師。」

那月語氣不悅地這麼說完以後，就把對折的文件退回給淺蔥。上頭可以瞥見「新興社團活動申請書」的字樣。在顧問的欄位則是以淺蔥的字跡寫了那月的名字。

「咦，這是怎樣？上面沒有蓋章耶……」

淺蔥低頭看了收取的文件，氣惱地蹙眉。那月則冷冷地嘆氣告訴她：

「那玩意兒被駁回了。」

「咦？為什麼……！」

「妳至少先讀過學生會的規章吧。新興社團需要五名以上的專屬社員。」

「意思是兼任的社員不算在人數之內嘍？」

怎麼會——淺蔥垂頭喪氣。即使如此，那月還是動都不動一下眉頭。麻煩再變多的話誰受得了？她轉身的冷淡態度彷彿透露著這層含意，接著便直接走回辦公室。

「淺蔥？妳有什麼想辦的社團嗎？」

為什麼都升到高中二年級了才弄這些——古城表情納悶地問。

淺蔥則有些傻眼地揚起眼角說：

「怎麼說得像是事不關己？你也有分喔。」

「我？」

「沒錯。魔族特區研究社，簡稱魔族社。這是針對『魔族特區』的營運，以及魔族生活的實際情形進行調查研究的社團。」

「……誰會想參加啊，那樣的社團感覺好麻煩。」

毫不掩飾困擾的古城嘀咕。於是淺蔥耀武揚威似的露出亮麗微笑說：

「笨耶。就是沒人想參加才好啊。」

「啥？」

「……我說啊，古城，或許你已經忘了，但你現在姑且也是獨立國家的首長，或者應該說，你可是世界上僅僅四個夜之帝國（Dominion）的領主之一耶。」

受不了——矢瀨一邊聳肩一邊慵懶地解說。

「是、是啦……」

所以怎樣？古城歪頭表示不解。

「平時的絃神島是人工島管理公社在營運，話雖如此，要是出了大麻煩，就非得由你出面設法啦。絃神市國的國防，到頭來都要靠第四真祖的戰鬥力啊。」

「這、這樣喔。」

那套說詞並不是無法理解。有別於另外三名正統的真祖，第四真祖既沒有同血族的吸血鬼，也沒有魔族當部下。假如是小型犯罪事件也就罷了，倘若有大規模戰鬥，古城非親自出馬不可。夜之帝國的領主便是如此吃虧的角色。

「所以嘍，如果學校裡有跟人工島管理公社直接相通的中繼基地，做什麼都方便吧？事情就是這樣。局外人不會接近，此外，即使我們頻繁出入似乎也不會引起懷疑。」

「……那跟魔族特區研究社有什麼關係？」

「被認同為正式的社團活動以後，在學校裡就能分到社辦啊。」

「啊。」

原來是這麼回事啊——古城終於懂了。

淺蔥的目的不在社團活動，而是社團辦公室。她應該是打算偷偷在那裡擺設與人工島管理公社直通的通訊設備及電子儀器，或者之前那輛有腳戰車（Robot Tank）吧。

「可是，要五個人啊……不准兼任的話，會有點難找呢。」

「光湊社員還算容易啦，但要找知道古城與我們的真實身分，又肯幫忙的學生就……」

淺蔥和矢瀨望著被退回的申請書，一個頭兩個大。

絃神島是「魔族特區」，不會因為有魔族的身分就在大庭廣眾下遭受歧視。彩海學園裡也有魔族學生，擔任教師的那月更是別號「魔族殺手」的強大魔女。古城會隱瞞自己變成吸血鬼這件事，是不想被患有魔族恐懼症的妹妹凪沙討厭如此極為個人性質的動機所致。

那麼，既然祕密已經被凪沙得知，古城掩飾身分是否就沒有意義了呢？談到這一點，事情倒也沒那麼簡單。

畢竟第四真祖說起來可是惡名昭彰的世界最強吸血鬼，誰曉得古城已經在世界上招惹到什麼樣的怨恨。光是眷獸一再失控，對這座絃神島造成的損害金額就輕鬆超過一千億圓了。

藉著官方否認第四真祖的存在，目前還能設法蒙混過去，然而有朝一日，要是古城不小心被人查出真實身分，包準會被告到破產。

說來說去，古城目前還是繼續隱藏自己的身分。這些麻煩事對身為「該隱巫女」的淺蔥，還有擔任矢瀨財團新總帥的矢瀨而言也是大同小異。

話雖如此，考慮到魔族特區研究社的目的，他們遲早得向自家社員揭露祕密才對。得知古城等人的真面目以後能嚴格保密，還肯協助或許伴有危險的社團活動——這麼稱心如意的學生感覺可不是那麼好找。

「——話說，你們怎麼會覺得這種莫名其妙的社團可以輕易拉到社員？」

古城對矢瀨充滿謎樣自信的態度感到疑惑，因而發問了。

矢瀨愉悅似的瞇起眼賊笑著告訴他：

「那算小問題啦，讓淺蔥和姬柊扮成動畫角色再去招社員，就能輕鬆解決吧。要穿那種剪裁貼身，而且暴露度高的火辣服裝——」

「幹嘛扮成動畫角色……？」

淺蔥由衷排斥地板起臉瞪向矢瀨。矢瀨則一臉嚴肅地眨眼說：

「妳想扮賽車皇后或兔女郎，我當然也無所謂啊……」

「我就說過不要啦！想扮的話，你和古城要穿不穿兔女郎裝都隨便你們！」

「為什麼要拖我下水……？基本上，你們確定姬柊會入社嗎……？」

古城冷靜地吐槽，矢瀨和淺蔥聽了卻冷漠以對。看來在他們之間，雪菜好像理所當然要算進社員裡面。

「我本來想拜託阿倫，可是她今年開始變成學生會幹部了。」

「而且凪沙是啦啦隊員，叶瀨學妹則是在當義工。」

「說是第四真祖，沒想到你滿沒人緣的耶。」

「囉嗦！」

古城短短反駁口無遮攔的淺蔥等人。順帶一提，啦啦隊與義工團體在學校裡各有社團。

「……等等喔。要招社員，找國中部的學生也可以嗎？」

古城像是想起什麼重要的事情一樣抬起臉。

「對啊，應該是這樣沒錯。」

淺蔥看向申請書的條約，一邊點頭。矢瀨則看似意外地挑眉說：

「你心裡有人選嗎？」

「哎，算是有啦。」

古城曖昧地點頭以後，就把目光轉向國中部的校舍。

「雖然我不確定她本人會不會答應入社。」

3

由於是新學期第一天，當天的課在上午就結束了。在白天的強烈陽光下，學生們魚貫穿過校門並踏上歸途。

在同年齡層的成群學生中，有個少女的身影格外醒目。

輪廓深邃的端正五官，以及讓人印象深刻的大眼睛。

還有純白的長髮。

既是名為鬼族（Ogress）的稀有魔族，同時也是聖團修女騎士（GiselaPaladiness）的最後殘存者——香菅谷雫梨・卡思緹艾拉。

有兩個疑似同學的女生與雫梨走在一塊。大概是回家的方向不同，她們走出校門後就向雫梨揮手道別了。

「小雫，謝謝妳幫忙嘍。」

「掰掰嘍，小雫，明天見～～」

「願妳們平安。」

雫梨和顏悅色地向朋友們揮手，然後朝單軌列車車站的方向走去。

這樣的她忽然大吃一驚似的停下腳步。因為她察覺古城正在等她出校門。

「嗨，卡思子，看來妳過得不錯。」

「曉古城……？你、你是在等我嗎？」

一瞬間，雫梨的臉變得神采煥發，不過為了掩飾這一點，她急忙改用格外淡然的態度反問。古城沒有發現她內心的糾葛，還莫名佩服地目送她那兩個走遠的同學說：

「沒想到妳有融入班上耶。我本來還擔心妳會變成邊緣人。」

「要你多管閒事！我起碼也有常人的社交技術啊。」

雫梨瞪著似乎真心感到寬慰的古城，並發出長長嘆息。

接著，雫梨不經意地把目光停在古城背後。無聲無息地站在那裡的，是個揹著黑色樂器盒的嬌小女學生。

「姬、姬柊雪菜——！」

看似畏懼的雫梨繃緊臉孔，手隨即湊到自己的腰。她想拔出原本應該佩帶在那裡的深紅長劍。不過，放學途中的國中女生當然沒有在腰際佩劍。雫梨發覺自己手無寸鐵，眼中浮現絕望的色彩。

反觀雪菜也反射性地放低重心，把手擱在背後的樂器盒。她準備抽出收納在盒子裡的銀色長槍。

「慢、慢著！冷靜點！姬柊並不是來跟妳打架的！姬柊，妳也不要被她挑釁！」

古城急忙闖到她們之間，安撫互瞪的兩人。雪菜和雫梨不甘不願地解除備戰態勢，卻還是各有戒心似的防範著彼此。

「不是的，學長。呃，因為我感覺到有殺氣，才忍不住——」

「我這只是單純的自衛行動……！誰教那個女的要忽然冒出來嚇人——」

雪菜尷尬地找藉口，雫梨便立刻反駁。自從之前跟雪菜認真交手還被打倒之後，雫梨就對雪菜燃起莫名的對抗意識。

「咳。所以說……既然你們的目的不是打架，找我到底有什麼事？」

雫梨設法取回冷靜後，粉飾似的清了清嗓並問古城。

古城則遲疑該從什麼部分說起。

「呃～～應該算社團邀約啦。要說明會很久就是了……」

「……你在打什麼主意？」

理所當然的，雫梨用看待可疑事物的眼神望向古城。反應實在好懂。古城困窘似的搔了搔頭說：

「總之我們換個地方吧。在這裡談實在太過醒目。」

「……你要談的是不能當眾講的事情嗎？」

「我說過是關於社團的事了吧！」

古城拚命說服仍保持警戒的雫梨。

雫梨的外表就是會吸引目光，以惹人注目這一點來說，雪菜也一樣。光是跟她們待在一起就不知道會鬧出什麼傳聞。

「沒辦法嘍。所以，我們要去哪裡？」

雫梨似乎對自己的醒目程度也有自覺，就勉為其難地答應了。

怎麼辦好呢——原本就沒有多想的古城苦惱了一會兒。

「我想想，今天學校裡的咖啡廳也沒開。」

「到車站北邊出口的蓋提亞咖啡廳怎麼樣呢？這個時段應該還有空位。」

「這樣啊。不然就去那裡好了——」

雪菜低調提議，古城爽快地表示贊同。雫梨看著他們倆的互動，就顯得有所不滿地噘起嘴唇。

「我想找有提供紅茶的店家。咖啡根本是粗俗的飲料……！」

「不對吧，妳在恩萊島還不是大口大口地喝咖啡。」

「因、因為那是『你為我』泡的咖啡，沒辦法啊！」

古城冷靜吐槽，雫梨就紅著臉回嘴。

雪菜聽見這些話，臉上頓時沒了表情。她依偎般悄悄湊向古城，像碰巧想到一樣開口：

「學長，你喜歡吃蓋提亞的鬆餅對不對？加奶油和堅果的。」

「嗯。那個很好吃。話說，姬柊，虧妳還記得耶。」

「因為學長之前『單獨跟我』去的時候，就吃得津津有味啊。」

雪菜若無其事地微笑牽制，雫梨則氣惱地瞪了她。彷彿在跟雪菜對抗，雫梨摟住古城的右臂說：

「我堅決要求喝紅茶。」

「不，我們要喝咖啡！」

雪菜隔著中間的古城，頗為頑固地從另一邊表示主張。

「喝哪種都可以吧，有什麼好爭的。」

背後有她們兩個相逼，古城忍不住仰頭向天。他被異常吸睛的兩名少女夾在中間，來來往往的同學們都用溫馨的目光看著這幅景象。

「弄到最後，居然是喝販賣機的飲料……」

古城坐在學校附近的公園長椅上，發出好似對人生感到疲憊的嘆息。

右手握著的是喝到一半的碳酸飲料。雪菜和雫梨主張到最後都不肯退讓，結果不知道為什麼就導出在公園販賣機照喜好買飲料的結論。

「因為姬柊『學姊』要幼稚賭氣啊。」

雫梨啜飲瓶裝紅茶，靠在護欄上說。她敬稱雪菜為學姊，有種說不出的諷刺的調調。

「那、那是因為妳……！」

雪菜反射性想回嘴，古城便安撫她：「好啦好啦。」設法把她攔住。他們這次好歹是處於想招募雫梨的立場。

「所以說，關於剛才提到的魔族特區研究社那件事，妳覺得怎樣，卡思子？」

雫梨狠狠瞪了古城，彷彿想抗議：「誰是卡思子啊！」接著短短地嘆了一聲。

「哎，事情我大致明白了。要招募社員，我倒可以欣然接受。」

「是嗎？那太好啦。」

招兵買馬的麻煩工作輕鬆解決，古城放心地鬆了口氣。

「可是具體而言，我到底該做些什麼才好呢？」

「平時應該什麼都不用忙吧。簡單來說，沒出事就好。」

雫梨會有這種疑問是理所當然，而古城不負責任地聳肩回答。

「你所說的出事，是指絃神島遭受到危險對不對？」

「對啦。之所以要創立魔族特區研究社，本來就是為了因應絃神島出狀況的時候。」

「若有萬一，也可能需要挺身戰鬥。」

雫梨不知為何瞪著雪菜這麼說。當然了——雪菜點頭歸點頭，卻沒有將目光轉開。

險惡的氣氛再次出現，使得古城有些不安地說：

「卡思子，妳倒是不必出面戰鬥啦——」

「我當過香菅谷班的班長，就有職責照顧你，何況我是聖團的修女騎士，當然要鼎力協助啊。」

古城話說到一半，雫梨就打斷他，還斬釘截鐵地宣言。這樣的魄力讓受到震懾的古城附和：「是、是喔。」事到如今還把虛擬現實中的頭銜搬出來，坦白講也很令人困擾。不過雫梨對社團活動有熱忱仍是好事。

「提到香菅谷班，天瀨他們最近怎麼樣？」

古城忽然想起恩萊島那段時期的夥伴，就問了雫梨。

從恩萊島的結界解脫以後，雫梨是在紘神新島上建給生還者用的集合住宅和室友優乃一起生活。

「從上上週開始，優乃與琉威就在做民間攻魔師的工作了。」

雫梨用腳尖在地面上亂畫，用好像在鬧脾氣的口吻告訴古城。

「……民間攻魔師？」

陌生的職業名稱讓古城聽得歪過頭。

「就是接受企業或個人委託，負責解決魔族及魔法相關問題的職業。除靈與解咒，還有保鏢及保全相關的工作也包含在內。」

雪菜幫忙說了這些。

「感覺像私立偵探的魔法師版嘛，或許滿適合他們的。」

古城帶著羨慕的臉色低聲咕噥。優乃屬於在近身戰鬥有高超戰鬥力，還具備獸人特有的敏銳感官的傑出探索者。琉威則是優秀狙擊手，同時更是個無弱項的全才魔法師。比起只會大規模破壞的第四真祖，由他們來做民間攻魔師的工作會適任得多。

更重要的是，擁有獨立辦公室的專家形象實在很能挑動男兒心思又帥氣，連古城都無法不憧憬。

接著，雫梨似乎是因為只有自己沒入夥而感到不是滋味。

「假如沒有攻魔業法的年齡限制，我也可以跟他們一起工作耶……！」

她帶著嘔氣似的表情這麼嘀咕。

儘管在恩萊島的體驗讓雫梨變得老成，但她的實際年齡仍是十四歲。因此雫梨拿不到民間攻魔師的營業許可證。

「真是的，拿執照還需要國中畢業的學歷是怎樣嘛！」

「何苦這麼說呢，讀國中是義務教育啊……哎，多虧如此，妳才會來我們學校讀書，我是滿高興的啦。」

「這、這話是什麼意思？你想跟我讀同一所學校……？」

雫梨紅著臉用高八度的嗓音問。雪菜則用不帶感情的眼神看向古城。

古城意外似的看著她們的反應，然後回答：

「沒有啦，我的意思是這樣魔族社要招社員就輕鬆了。」

「你……你就是這種吸血鬼（人）……」

雫梨大概是對一瞬間曾有期待的自己感到羞恥，就沮喪地垂下頭。雪菜則是同情般微微搖頭。

隨後，類似木琴音色的電子音效不知從哪裡傳了出來。雫梨有些手忙腳亂地從包包裡拿出智慧型手機。

「是優乃打來的……」

她看了畫面上顯示的名字，納悶地低聲說道。或許可以比喻成說人人到吧，電話打來的時間點實在太巧。

「喂，妳好……咦？是的，香菅谷雫梨就是我本人沒錯……」

接電話的雫梨語氣忽然變得生硬。

通話對象似乎並不是優乃，使得雫梨的講話方式格外疏遠。她緊握智慧型手機的指頭正緊繃地微微顫抖。

「請等一下，這到底是什麼情形……好……好的……」

雫梨把耳朵湊在智慧型手機，還搖搖晃晃地後退。

她那異常的反應讓古城與雪菜臉色嚴肅地跟著起身。

「怎麼了，卡思子？」

古城扶穩差點倒下的雫梨，並且問道。

雫梨想設法回答，卻只是哽著聲音講不出話。她的嘴唇失去血色，蒼白得像結凍一樣。

「剛才那通電話說……琉威和優乃……在工作時碰上魔獸……傷勢重得不省人事……」

雫梨拚命調整呼吸，一邊結結巴巴地說。

「不會吧……他們兩個受了重傷……？」

「魔獸……？」

古城愕然地咕噥，而雪菜則是面色凝重。

雫梨當著古城他們面前晃了一下。她所受的刺激導致暈眩了。

有魔獸襲擊，造成夥伴們身負重傷——或許是這樣的事實喚醒了雫梨在恩萊島迷宮銘記於心的恐懼。

「香菅谷同學！」

「卡思子！」

雪菜與古城同時接住倒下的雫梨。

雫梨被他們兩個緊緊摟著，即使如此，她還是一直虛弱地發抖。

4

古城等人接到優乃恢復意識的消息，是在抵達醫院的前一刻。

他們所住的醫院是位於人工島北區，專門提供魔族醫療的急救醫院。在櫃台得到面會許可後，古城等人便直奔優乃的病房。

「優乃！妳還好嗎！」

最先進病房的是雫梨。確認過貼出來的病患名牌，她連門都不敲就開門，還上氣不接下氣地衝進病房。

於是她愕然倒抽一口氣，僵得好似化成了石像。

因為優乃是魔族，就分到個人房。在供病患用的床鋪旁邊有看似三十歲左右的女醫生以及年輕看護師。

而在床上的，是上身赤裸的優乃。她的腋下夾著體溫計，醫生正將聽診器抵在她背上，剛好看診到一半。

從繃帶與紗布的縫隙之間，露出了與嬌小身軀不搭調的豐滿胸脯。

「天瀨，妳已經可以起來了嗎……呃……咦！」

古城從敞開的房門走進病房以後，頓時訝異得瞪大眼睛。

「——欸，你……你不准看啦啊啊啊啊啊啊啊！」

雫梨當場轉身，用渾身力氣朝古城的脖子來一記金勾臂。突然的奇襲讓古城連護身動作都來不及做，就以仰臥的姿勢被轟到走廊上。一切都發生於剎那之間。

毫無預警在病房上演的這樁慘劇，讓優乃等人看得目瞪口呆。

「——對不起喔，害妳擔心了，雫雫。還有城城，謝謝你特地來探病。」

幾分鐘後。看診順利結束，優乃便重新迎接古城等人。

她的雙臂纏滿了繃帶，右腳還打上笨重的石膏，但氣色並沒有多壞。反而是中了猛烈摔角招式的古城那張臉才慘。

「你們幾個是？患者的朋友？」

女醫生用冷漠眼神瞪著古城等人問。她之所以態度嚴厲，與雫梨剛才搞出的暴力行為應當不無關係。

雪菜走到醫生面前。醫生看了她拿出的攻魔師執照，意外似的瞇細眼睛。

「我是獅子王機關的劍巫──國家攻魔官。麻煩妳為我們說明情況。」

「這樣啊……妳也是國家攻魔官。」

醫生短嘆一聲。即使聽到像雪菜這樣的少女是國家攻魔官，她也沒有特別訝異，反而還給人因此釋懷的印象。

「即使要我說明，這裡就只是醫院，我頂多只能告訴妳患者的病情。」

「拜託妳了。」

儘管雪菜對醫生的奇怪反應感到困惑，還是予以回答。為了確認患者的意願，醫生與優乃目光相接，等優乃點頭以後，她才用公事公辦的語氣開口。

「她──天瀨小姐的傷勢，是強烈衝擊導致的內臟損傷，以及四根肋骨與大腿骨骨折。常人大概要六個月才能完全痊癒。不過，因為她是獸人種，這種情形只要一週就可以出院，也不會留下後遺症。」

「宮住呢？」

古城問了不在場的琉威病情如何。那恐怕是優乃也牽掛於心的情報。

「你是問一起被送來的男生？」

「嗯。」

「以傷勢來說，他受的傷輕多了，連手術都不需要。」

「這、這樣啊。」

古城的表情變得開朗，雫梨也放心似的捂了捂胸口。可是醫生的臉色卻不好看，與剛才那些話形成對比。

「但他的情況是失血嚴重，意識還沒有恢復。」

「失血……？」

「輸血也沒有用嗎？」

古城和雫梨訝異得朝醫生逼近。

醫生被他們的氣勢所懾，一瞬間中斷話語，然後又說：

「啊，不好意思，失血是我的語病。他這種情況，並不是血液不足。問題不在流失的血液總量，而是血液中所含的精氣陷入衰竭。類似被Ｄ種大量剝奪生命力的狀態，這樣比喻會不會比較好懂？」

「Ｄ種……吸血鬼嗎？」

古城臉上更添險惡之色。想到自己的立場，醫生提出了琉威血液被奪的假設，難免會讓他反應過度。

「終究只是比喻喔。硬要找相近病例的話，就只有如此而已。進一步的細節在精密檢查的結果出來以前，什麼也不好說。」

醫生用不近人情的語氣告訴他。

「我明白了。感謝妳的配合。」

雪菜有禮貌地低頭行禮，醫生則默默聳肩。接著，雪菜便把目光轉向病床上的優乃。

「我能不能直接向天瀨小姐問些事情？」

「我是沒關係啦，不過幾乎沒有什麼能講的耶。因為光對付像觸手的玩意兒就分不出心思了，結果連對方的真身都沒有看清楚。」

醫生還沒允諾，優乃就靠在折疊式病床上回答。

這對古城等人而言是意外的情報。像優乃與琉威這等高手，對付連魔獸本尊都不是的觸手居然會陷入苦戰，是他們想都沒想到的。

「妳所說的觸手，是像章魚腳那樣嗎？」

古城提出疑問，優乃「唔～～」地遲疑了一會兒，然後搖頭。

「與其說章魚，那大概像鰻魚吧……最初我還以為那就是本尊。」

「光看觸手，大小就跟一般魔獸差不多了。妳是這個意思嗎？」

訝異地提出反問的人是雫梨。

「我不曉得那算不算一般，不過有大到可以讓我跟它互毆喔。光是我遇到的，差不多就有十四或十五根吧。」

「什……」

雫梨這才無言以對。看來優乃他們遇到的並非單純魔獸，而是遠遠超出想像的怪物。等同於尋常魔獸的觸手有十幾根，難怪優乃他們會陷入苦戰。

「想了解事故情形，從建設公司的人那裡打聽會不會比較合適？」

醫生大概是怕優乃會累，就這麼說著打斷發問的古城等人。

「建設公司的人是指？」

誰啊——雫梨如此反問。醫生朝躺著的優乃瞥了一眼，然後又說：

「那位是天瀨小姐的委託人吧？他傷勢輕微，目前應該在二樓的談話室。因為妳的夥伴說有事情要問他。」

「……感謝妳。」

雪菜鄭重地朝醫生行禮。

要受傷的優乃回憶事發狀況確實很殘忍，感覺又問不出進一步的新情報。古城與雪菜互相點頭以後，離開優乃的病房。

雫梨稍微猶豫過該不該就這樣陪著優乃，結果她似乎決定跟古城他們走。雫梨應該是對傷害優乃等人的魔獸真面目在意不已。

「姬柊，醫生說到妳有同伴，到底是指誰啊？」

古城走下病房大樓的樓梯，並回頭問道。

「我不清楚。」答話的雪菜搖搖頭。「魔獸對策並不屬於獅子王機關的管轄……會是特區警備隊的攻魔官嗎？」

「雖然不曉得是什麼人，居然這麼多事！」雫梨態度火爆地咬響牙關。「替優乃他們報仇可是我的職責耶！」

「不不不，卡思子，你陪著天瀨他們啦。宮住的狀況也讓人擔心，還有住院手續之類的必須處理，會有很多事要忙吧。魔獸就由我來懲治。」

古城不安地望著滿心想戰鬥的雫梨說道。

雪菜連忙對古城最後的那句發言予以規勸。

「不可以，學長。你想對魔獸使用第四真祖的眷獸嗎？如果那樣做，不知道會對市區造成多大的損害……」

「不過，對方是強到讓天瀨他們被送來醫院的魔獸耶。假如放著不管，那才難保不會釀成大災難吧。」

「所以我會替學長調查這件事。」

雪菜用天經地義似的口氣斷然說道。

在旁邊聽著的雫梨大吃一驚。

「啥！為什麼變成這樣！」

「身為學長的監視者，這是理所當然的判斷。防範第四真祖導致的大規模破壞行為於未然，是我在獅子王機關擔任劍巫的要務。」

「那跟我沒有關係！受害的是我的朋友耶！像這樣放著危險的魔獸不管，聖團修女騎士就要名聲掃地了！」

「香菅谷同學是民間人士，所以請乖乖地上學！」

「妳還不是同一所學校的學生！基本上，魔族特區研究社不就是為了這種時候而設立的嗎！」

「啊～～……喂，姬柊，卡思子也是，妳們冷靜點啦……」

古城為了安撫互瞪的兩人，從旁搭話。

「我很冷靜！」

「古城，請你別講話！」

反遭喝斥的古城灰頭土臉地退縮了。有陣聽似慵懶冷漠的嗓音代替世界最強吸血鬼出言規勸她們。

「你們幾個有點聒噪呢。在醫院要安靜，小時候沒被教過嗎？」

「咦……？」

耳熟的這陣嗓音讓古城驚覺地回頭。

以潔白牆壁為背景，站在那裡的是個修長的身影。

古風的黑色長髮，搭配同樣古風的黑色水手服。雖然是個臉蛋清秀的少女，但因為眼神好似憤世嫉俗，隱約給人難以親近的印象。

「妳是……！」

「妃崎同學！」

政府太史局的六刃神官——妃崎霧葉突然出現，使得古城與雪菜像故障的電子機器一樣定住(Freeze)了。

唯獨和霧葉初次見面的雫梨望著不知所措地杵在原地的古城他們。

「……誰啊？」

她不解地歪過頭。

5

霧葉右手拎著小小的相機袋，左肩則揹了大型三腳架收納盒。由不知情的人看來，模樣只像是愛拍照的高中女生。當然不可能會有人曉得在三腳架收納盒裡面，裝的是六刃神官的專用裝備雙叉槍（Spear Fork）。

尤其對國外長大的雫梨來說，恐怕就連太史局的名號都沒有聽過。

即使如此，雫梨仍靠著動物的直覺看出霧葉並非普通角色了吧。她就像對陌生人產生戒心的野狼一樣，和霧葉拉開距離並豎目以對。

霧葉則愉悅地看著這樣的雫梨，坐在談話室的沙發上翹腿。

儘管絕非失禮，看起來卻像在擺架子，大概是因為她有如女王大人的外表以及瞧不起人的表情所致。

「妃崎同學……太史局的六刃神官為什麼會來這種地方？」

雪菜坐在對面的椅子，困擾似的望著霧葉發問。

之前醫生提到和雪菜同夥的國家攻魔官，指的似乎就是霧葉。某種意義上來說，她們確實是同類沒錯。然而，即使同為政府直轄的特務機關，太史局與雪菜等人所屬的獅子王機關是在利害方面有微妙出入的組織。

尤其雪菜曾和霧葉認真廝殺，也曾反過來跟她聯手抗敵。因此，她應該是在疑惑要如何反應。

「真意外呢。『為什麼』是我要說的台詞。」

霧葉反倒怪罪雪菜似的發出長嘆。

「獅子王機關的任務是搜查大規模魔導犯罪；懲治魔獸則是屬於太史局的管轄範圍。有錯嗎？」

「這……妳說得對。」

「所以嘍，絃神島出現的未確認魔獸，是由身為太史局六刃的我負責對策。這是日本政府基於絃神島人工島管理的正式委託所做出的決定喔，姬柊雪菜。」

霧葉高壓放話，使得雪菜什麼也無法回嘴就沉默了。

獅子王機關的劍巫專精於對魔族戰鬥；同樣的，六刃神官則是懲治魔獸的專家。身為六刃之一的霧葉出面對付魔獸是正當至極的事，雪菜沒有反駁的餘地。唯一令人掛懷的是太史局未免因應得太早，其動作之快只該獲得讚賞，而非被人埋怨。

「我……我無法接受！基本上，這個趾高氣昂的女人是怎樣啊！」

另一方面，雫梨不曉得霧葉的底細，還不長眼地猛然抗議。

「喂，卡思子，妳別這樣啦！」

「你、你要做什麼，古城！放開我！欸，你在摸哪裡……！」

雫梨被古城從後面架住，就手忙腳亂地胡亂掙扎。

霧葉用像在觀察珍禽異獸的眼神看著互相扭打的古城他們，然後心血來潮似的將目光停在雫梨頭上。

「……妳是鬼族？」

「是、是又怎麼樣？」

雫梨無意識地用雙手遮住左右兩邊的角，畏懼地發出聲音。雖然她在髮型下了工夫，讓角看起來像髮飾，卻沒有像以前那樣用頭巾(Wimple)蓋著。只要認得的人看見，她的鬼族身分就一目了然。

「妳跟曉古城是什麼關係？」

「這種事情，我、我沒必要告訴妳！」

「哦……你又找到活寶當情婦了呢，曉古城。」

霧葉從容地應付雫梨火藥味十足的發言，並且佩服似的嘀咕。

「妳、妳說誰是情婦……！」

雫梨仍在鬼吼鬼叫，霧葉卻早就對她失去興趣，還看似無聊地用指頭撥弄自己的頭髮。

霧葉不把人放在眼裡的態度讓雫梨更加激動。

古城無奈而疲倦地搔頭。其實他也怕霧葉。

「妃崎，被魔獸所害的民間攻魔師和我們是一夥的。至少讓我們打聽詳情吧。」

「喔，原來是這麼回事。」

霧葉臉色稍微舒緩了。想來理所當然，其實她原本也不曉得古城等人插手這件事的理由，似乎正暗自提防著他們。

「既然如此，我倒不是不能告訴你，但我的情報可不便宜喔。」

「居然要收錢嗎！」

妳好歹是公務員吧？古城忍不住如此認真抗議。霧葉則愉悅地瞇起眼說：

「怎麼會呢。這個嘛，今晚你來陪我度過一夜如何？」

「妃崎同學……！」

「妳、妳在想什麼啊！」

「呵呵，真嚇人，我開玩笑的。」

霧葉望著雪菜和雫梨青澀的反應，咯咯地捧腹發笑。無懈可擊的她難得露出平凡少女般的表情。

「老實說，目前還沒有值得一提的情報。遇到魔獸的建設公司工作人員感覺幾乎什麼也沒看見。據說現場環境陰暗，當時他拚了命要逃，而且激動得連證詞都沒辦法定調。」

「哎，普通人就會這樣。」

古城坦然信任了霧葉無憑無據說的話。這次她沒有理由騙古城等人，證詞的內容也具可信度。

「真虧兩名民間攻魔師受了傷還能將那樣的累贅平安帶回地上，我覺得他們做得漂亮。工作人員也有表示感謝喔。」

霧葉彷彿對優乃他們真心感到佩服地嘀咕。

「既然是優乃和琉威，那當然嘍。」

雫梨有些引以為傲地說。霧葉靜靜地微笑點頭。

「總之從工作人員的證詞只能釐清魔獸出現的地點。接下來，我將帶著太史局（我們）的班底到現場驗證。視結果而定，我也會要你們提供協助喔。行不行呢，曉古城？」

「妳說情報不便宜，原來是這個意思啊。」

古城認命似的短嘆一聲。假如付這點代價就能還霧葉人情，反而算幸運吧？他有些自嘲地如此思考。

那沒事了吧——霧葉在不言中拎了行李起身，朝談話室的出口走去。然後，她忽然心血來潮似的在雪菜旁邊停下腳步。

「對了，姬柊雪菜，我有件事要問。」

「妳是說……問我嗎？」

雪菜訝異地回望霧葉。霧葉默默地窺探她那樣的眼神。

「妳跟曉古城的關係，有沒有什麼改變？」

「什、什麼？」

霧葉從意外的角度拋來的問題，讓雪菜一時反應不及地愣住了。

「妳這樣問，是什麼意思？」

「沒什麼改變就好。我只是有點好奇，如此而已。」

霧葉說完，目光落在雪菜的左手上。雪菜的無名指戴著與「雪霞狼」材質十分類似的銀色戒指。

「這次的魔獸騷動似乎也一樣，敵人呢，總是躲在意想不到的地方喔。」

霧葉在雪菜的耳邊悄悄細語以後，沒多問候就離去了。

她這句細語在古城等人的耳裡留下了印象莫名深刻的餘韻，久久不息。

6

「不習慣的事就該少做呢。」

在被螢光棒照亮的幽暗通道中，霧葉自嘲般如此嘀咕。

絃神新島第六島群——昨天，兩名民間攻魔師遭遇未確認魔獸的地下街。

地上那邊，應該差不多要天亮了吧。霧葉正式對魔獸展開追蹤，是深夜零點過後的事。與她同行的，是剛從本土抵達島上的八名太史局探員。他們不具備像霧葉或其餘六刃神官那樣隻身戰鬥的能力，在追蹤及捕捉魔獸方面卻是手腕一流的專家。可是，儘管他們不眠不休地搜索，至今仍未掌握魔獸的下落。

「妃崎攻魔官？」

有一名探員似乎聽見了霧葉的嘀咕，便神色緊張地回頭。他的年紀應該比霧葉大了近十歲，而對霧葉的態度卻流露出近似恐懼的敬意。

忠於命令固然是好事，然而在霧葉看來，也無法否認這些人給她有些乏味的印象。無論是戲弄他人或以力服人，對方起碼要反抗一下才會有趣。以這方面來說，獅子王機關那些人，還有昨天在醫院遇見的鬼族少女，相處起來實在既刺激又有意思。

之所以多嘴給姬柊雪菜建議，就是為了答謝那些人讓她心情大好。話雖如此，不小心透露太多了，這一點也得反省。

「我在自言自語。別介意。」

霧葉說完就微笑著對探員揮了揮手。

「失禮了。」

探員立正敬禮，逃也似的回崗位。緊接著過來找霧葉的，是搜查班的班長荒島早海。窄裙套裝搭配時髦的高跟樂福鞋；與其說是太史局探員，感覺更像教音樂的美女，有著典雅氣質；年紀滿二十七歲；單身；募集男友中；從霧葉在六刃培育設施的時期就有來往，視彼此為知心好友。同時，早海本身也是個擅長探索魔法的魔導技師。

「霧葉，妳能不能來一下？」

而早海用手電筒照著通道深處，一邊叫了霧葉。

「找到了什麼？」

霧葉期待終於能擺脫無聊，朝對方指示的通道走近。

位於廢墟化的建築物之間，有如小徑的狹窄地下道。離天瀨優乃等人遇到魔獸的地點也沒有多遠，直線距離大約是兩百公尺。

在地下道深處的地面上有著深深的裂痕。

被陌生材質所覆的路像是用利爪撩過一樣遭到深掘。

不過奇妙的是，周圍建築並無損害，感覺也像某種巨大東西從地底下冒出來的痕跡。而且在裂痕底部埋著全新的金屬塊。

金屬塊的尺寸正好跟一般油桶差不多，以形狀來說像子彈，或者也像生物的卵。金屬塊中央就像被啃破了一樣，有著大大的裂縫，內側則空無一物，只有些許黏稠液體殘留。

「這是……？」

霧葉對瀰漫的異味板起臉問道。與其形容為腥臭，更像揮發性化學藥品的刺激性氣味。

「很遺憾，真面目不明。不過，這應該是較為近期才設置在此的吧。因為材質明顯與周圍的建築不同。」

「與其說設置，看起來也像用空間操控魔法射出的呢。」

霧葉回憶身為空間操控高手的嬌小魔女身影，板著臉說。她根本想都不願意想，這樁案子會牽扯到與那名魔女同水準的空間施術者。

「與未確認魔獸之間的關係呢？」

「不調查就什麼也不好說耶。我認為並無關聯，但預先推斷是大忌。」

早海用合乎技術人員作風的謹慎口吻對答。

「簡直像培養槽。我不喜歡。」

相對的，霧葉直接說出自己的觀感。儘管尺寸並不足以容納巨型魔獸，但是有這種可疑的物體存在，不可能純屬巧合。

「現場的攝影已經結束了對吧。回收樣本，先拜託魔搜研進行分析。」

霧葉叫來附近的探員，並對他做出指示。

探員有些疑惑地回望霧葉。

「魔導搜查研究所嗎？那是攻魔局的內部機關耶。」

「與其向獅子王機關低頭，拜託警方還比較像樣吧？既然牽扯到魔法師，事情就歸他們，而不是太史局管轄。有何不滿嗎？」

「我、我立刻去辦！」

霧葉並沒有打算嚇唬對方，探員卻發著抖用笨拙的方式敬禮。自己的笑容有那麼恐怖嗎？如此心想的霧葉微微嘆息。

接著，她重新轉向在身旁憋笑的早海問：

「所以呢？要緊的未確認魔獸那邊呢？追蹤得到嗎？」

「之前跟民間攻魔師戰鬥的痕跡已經找到了。大致上如她們的證詞所述。妳要看嗎？」

好啊——霧葉點頭，然後跟到先走的早海後面。

沒過多久就看見被破壞得破破爛爛的地下巷道。與其說是跟魔獸戰鬥的痕跡，感覺只像大規模轟炸後的慘烈光景。半徑廣達十幾公尺的地面下陷，連人工島的結構體都慘遭挖開。

「真慘呢。」

霧葉傻眼地嘀咕。感覺這實在不是正常生物引起的破壞，簡直像第四真祖的眷獸大鬧之後的痕跡——她暗自在內心冒出感想。

即使如此，天瀨優乃他們似乎並沒有單方面挨打。戰場上到處沾黏著飛散四濺的魔獸體液及肉片。應該可以說他們跟來路不明的怪物好好打了一場。

「魔獸的全長推測為十四到十五公尺。假如跟這東西打過還能活下來，以非武裝的民間攻魔師來說，已經是優秀得匪夷所思，我都想挖角這樣的人才到局裡了。」

早海用由衷佩服的語氣稱讚他們。

「對付那一類的怪物，他們都習慣了吧。畢竟是那座恩萊島的生還者。」

霧葉淡然地回答並搖頭。

早海還沒有回嘴說些什麼，衝擊就出現了。足以讓地面震動的強大衝擊。好似瓦礫崩落的巨響，晚了一點還有尖叫與怒吼傳來，在霧葉她們所站的位置後方不遠處。廢墟建築中似乎躲著什麼東西。

「有何狀況？」

「出現了！是未確認魔獸！」

霧葉斥責似的厲聲詢問，探員便語帶哀號地回答。那陣哀號隨即被槍聲蓋過。探員們開槍了。

被跳彈的火花點亮，幽暗建築中有異形的身影浮現。它的身影就像巨大的蝦子或蜥蜴，看起來或許也像棲息於寒武紀海裡的古代生物。詭異與優美兼具的凶猛姿態，全長大約五到六公尺。雖然體型並沒有巨大到超乎常軌，仍足以匹敵大隻的鱷魚。

「比預料的還小呢。這會是幼體嗎？」

早海舉起攝影機，冷靜地嘀咕。在這段期間，霧葉則從背後的收納盒抽出了金屬製的雙叉槍備戰。

「早海，記不記得民間攻魔師在證詞中提到的觸手？」

「……他們是說被切斷的觸手會自己增殖、再生嗎？」

怎麼可能——早海的表情變得凝重。

「倘若如此，可真是不得了的生命力呢。」

霧葉用無趣似的語氣說道。

早海戰慄地倒抽一口氣。被切斷的觸手會自己再生，表示受到槍擊而飛濺的肉片在最壞的狀況下，未必不會重演同種現象。

「停止開火！快住手！」

早海對不停朝魔獸開槍的部下們大叫。既然不明白魔獸有何種程度的再生能力，不停開槍會讓肉片飛濺，想必不是上策。要安全驅除這頭魔獸，非得用不會造成外傷的方式使其無力化。

「可以的話，我希望活捉它。」

霧葉把咒術術式填充到形狀近似音叉的槍尖。

為因應生態五花八門的魔獸，太史局的乙型咒裝雙叉槍（Ricercare）並沒有刻印特定的術式。相對的，它被賦予的能力是增幅蓄積的魔力，並呼應使槍者的意志釋出——換言之，就是對魔力進行模仿（copy）。

透過乙型咒裝雙叉槍的這項能力，霧葉就能任意操控原本理應沒辦法使用的強大魔法或特殊能力。當然，她必須事先與複製能力的來源接觸就是了。

在探員們槍擊中斷的同時，霧葉衝進有魔獸等待的建築物裡頭。魔獸敏銳地察覺到她的動靜而回頭。不過——

「太慢了！『霧豹』！『雙月』——！」

霧葉鑽過如長鞭揮下的觸手，並用槍尖捅向魔獸的側腹。雙叉槍左右成對的槍頭發出震動，將填充的術式啟動。

霧葉選擇的是冷卻魔法。以魔力強行蒸發目標體內的水分，用汽化熱奪取對方的體溫，十分普通的術式。然而，灌入乙型咒裝雙叉槍蓄積的龐大咒力，那就會變成連巨型魔獸都會瞬間結凍的凶猛攻擊魔法。

魔獸的全身被凍霧籠罩。純白色寒霜逐漸覆蓋它的全身。

「喔喔。」探員們發出帶有敬畏之意的感嘆聲。

霧葉的冷卻術式能讓目標的肉體瞬間冷卻到接近零下七十度。縱使是再凶暴的魔獸，只

要具備血肉之軀，就不可能在那種狀態下繼續活動。

不，原本理應是不可能的——

「什麼！」

行動應該已經受制的魔獸觸手颯然從旁邊朝霧葉襲來了。霧葉立刻往背後跳，躲開那道攻擊。

原本理應結凍的魔獸抖落全身寒霜，發出咆哮。

霧葉用的術並沒有失敗。可是，由雙叉槍灌入的魔力幾乎都在魔獸體內失效了。精確來說，與其形容成失效——

「魔力……被吸走了……？」

霧葉緊握金屬製的槍柄，低聲咂嘴。蓄積於乙型咒裝雙叉槍內部的魔力，幾乎像遭到連根拔起一樣消失了。

相反的，就連遠遠望去都能明確看出魔獸的細胞組織正在活性化。連槍擊打穿的傷痕都以驚人速度逐漸痊癒。

「唔……！」

霧葉遭受粗大長尾的一擊，飛了出去。雖然她用長槍擋住了尾巴的直擊，卻無法將力道完全卸除。

「援護妃崎攻魔官！擲射電磁網，動作快！」

早海代替無法動彈的霧葉喊道。

用特殊鋼纖成的金屬網陸續罩住魔獸四肢，但魔獸仍不停止動作。視高壓電流為無物的它硬是甩開網。

「各自避免近身戰鬥！別用咒術類的裝備！只許使用化學性麻醉彈！」

早海的聲音也透露出心慌了。魔法攻擊還有高壓電流都不管用，發射的麻醉彈藥量甚至早就超出大象的致死劑量。她不願覺得毫無效果，從魔獸身上卻看不出停止活動的跡象。再這樣下去別說捕捉魔獸，探員們甚至會有全軍覆沒的危險。

「早海，妳退下！」

霧葉從背後喝斥開始流冷汗的早海。脣破血流的霧葉揚起眉毛，凶猛地笑了。

「霧葉，妳想做什麼……？那道術式……！」

早海察覺到雙叉槍填充的咒力波形，臉上露出驚訝之色。

魔法攻擊對這頭魔獸不管用，乙型咒裝雙叉槍的魔力也已經所剩無幾。霧葉卻不管這些，隨手高舉起長槍。

「『煌華麟』——！」

刺耳的聲音「鏗」地響起，銀色光芒迸現。魔力形成的不可視之刃掃過了空間本身。獅子王機關的舞威媛煌坂紗矢華擅長的擬似空間切斷術式。

然而，霧葉攻擊的並不是魔獸本身。就算肉體被斬成兩段，異常強韌的這頭魔獸想必不會停止活動。霧葉斬斷的是魔獸頭頂上的空間，那裡有地下街的街頂——也就是人工島的整片大地。

受到重力牽引，巨大的岩床崩落。

魔獸連痛苦哀號的時間都沒有。

落下來的巨大岩塊將魔獸的巨軀瞬間壓扁。

再強韌的魔獸，在質量龐大的岩塊底下變成肉墊以後，也不可能繼續維持生命活動。就算各個細胞還活著，要再次動起來應該也需要相當久，而霧葉當然沒打算將魔獸的屍體擱置到那時候。她身為太史局的六刃神官，最起碼算是達成了排除魔獸威脅的目的。

「勉強解決了呢。」

早海乏力似的露出虛弱的微笑。

「那還用說。」

霧葉毫不掩飾焦躁，就像在撂話般嘀咕。她擦掉從嘴脣流出的血，用充滿殺氣的眼神瞪向地下街的黑暗之中。

「因為對手只是區區一條觸手啊……！」

7

開學典禮隔天——

那天，雪菜等人上午的最後一堂課是體育兼體能測試。

扔手球、立定跳遠、反覆側跳、耐久跑、五十公尺跑步、折返跑。對雪菜來說，全是「不擅長」的項目。她受過劍巫的訓練，只要一不小心忘記放水，就算沒用咒力強化（Enchant）體能，也會創下在同年齡層之間屬頂級水準的成績。在保留實力時要避免不自然，對她來說也是消耗神經的工作。

「唉……」

然而，上完課回到更衣室的雪菜會深深嘆息，並不只是因為像這樣勞心所致。

她倒不是擔憂據傳在絃神新島出現的魔獸。

太史局乃是驅除魔獸的專家，儘管妃崎霧葉的性格有些毛病，實力卻可以掛保證。既然她們要出面對付魔獸，雪菜也曉得自己不必擔心。

令人意外的是，讓雪菜苦惱的甚至也不是古城。

雪菜嘆氣的原因與她本身的任務有關。

這樣的苦惱就像晴天霹靂一樣，是在今天早上由獅子王機關帶來的。

「您是說，替代人員嗎？」

身穿制服的雪菜跪在地上，與一隻黑貓面對面。

那隻貓的真面目，是雪菜的長生種(Elf)師父緣堂緣所用的使役魔(Familiar)。

緣身為受僱於獅子王機關的魔法師，不時會透過這隻使役魔，遠從日本本土向雪菜直接交代獅子王機關的任務。今天早上，她也是如此飄然來到雪菜的房間。

「羽波唯里。妳認識她吧？」

黑貓晃了晃項圈上附的金綠石裝飾說道。

是的——雪菜如此回答。雖然心坎隱隱作痛，卻連雪菜自己都不曉得理由。

「唯里學姊……要來代替我當第四真祖的監視者？」

「還沒正式定案喔。因為有可能換手，我是要妳先做準備，以便隨時可以將房間讓出去。雖然不曉得妳有沒有被人看見會覺得困擾的東西。」

黑貓的這些話，以緣來說罕見地不乾脆。恐怕連獅子王機關內部都沒有協調好意見吧——雪菜如此想像。

「請問，我在工作上出了什麼紕漏嗎？」

雪菜吸了一小口氣，然後擠出精神發問。

可是，黑貓反而用沒勁的態度搖搖頭說：

「沒聽過有那種事，妳做得比被要求的更好。畢竟妳都跟那個第四真祖成了相好，還讓他對妳言聽計從。」

「相、相好……？」

這個詞不是用來形容有肉體關係的男女嗎？雪菜含蓄地表達抗議之意，黑貓卻只是用鼻頭笑了一下。

「只不過，或許有不少人對這一點感到不滿，無論在獅子王機關或政府高層都一樣。有派人馬開始在說，妳跟監視對象太過親密會有問題。」

「……咦？」

雪菜訝異地睜大了眼睛。

蠢透了——黑貓意指如此似的短短嘆氣。

「從想照自己意思來操控第四真祖的那些人看來，一個身為實習劍巫的小丫頭可以駕馭第四真祖，這樣的狀況大概會讓他們害怕。尤其妳孑然一身，日本政府根本制不住妳。」

「意思是，我說不定會反叛？」

雪菜感覺到好似體溫迅速下降的焦慮，並且靜靜地反問。與其說荒謬，甚至讓人覺得有惡意的挑撥之詞。

「一有猜疑就沒完沒了。既然絃神島與日本政府——雙方利害產生對立時，無法保證妳絕對會站在政府這邊，他們會不安是當然的。」

黑貓用冷笑(Cynical)的口吻回答。

雪菜忍氣咬住嘴唇，還握緊擱在膝蓋上的雙手。

「所以——才派唯里學姊過來嗎？因為她有家人。」

「家人？」

這個嘛——黑貓似乎沒多大興趣地搖了頭。唯里在孤兒出身者居多的高神之杜中，屬於難得父母尚在的，聽說她還有個年紀相近的弟弟。換句話說，如果發生萬一，他們都可以用來當成對付唯里的人質。

不過，雪菜指出的這一點，在緣聽來似乎沒沾到邊。

「唯里會被提名為替代人員，是因為沒有其他與第四真祖年紀相仿的劍巫喔。雖然有幾個還在修行，但是目前還無法派上用場。舞威媛就更加人手不足了，何況紗矢華與斐川志緒在性格上根本就不適合當監視者——對吧？」

「是的，不……那該怎麼說比較好呢……」

雪菜既無法否定也無法肯定，支支吾吾地含糊其辭。

於是，黑貓有些壞心眼地呵呵微笑說：

「或者說，第四真祖小弟會跟唯里處不好？」

「不，我想他們合得來。呃……而且，曉學長曾經大大稱讚過唯里學姊。」

精確而言，與其說那是稱讚，古城是說她比雪菜或紗矢華正常多了。唯里確實沒有在跟他初次見面時就忽然舉槍相向，或者拿劍砍人。

撇去這些不提，唯里是個有魅力的少女這一點仍屬事實。

性格溫和又親切，以劍巫來說身手也與雪菜同等，或者更甚。另外，聽說她還是隱性巨乳。坦白講，雪菜沒信心比得過她。

當然，雪菜到底只是因為任務才跟古城在一起，絲毫不必跟唯里爭——

黑貓彷彿看出了雪菜內心的糾葛，就挖苦似的點了頭。

「也對。再說，那兩個人似乎早就經歷過吸血行為了。」

「您、您怎麼會知道這件事……？」

「不過，目前獅子王機關的高層也沒有認真打算要換掉監視者。當下能完全活用七式突擊攻魔機槍的也只有妳，不說其他人，最明白這一點的便是『三聖』了。」

「……是的，師尊大人。」

雪菜說完就靜靜地表示同意。

七式突擊攻魔機槍可令魔力失效，更能斬除萬般結界，是獅子王機關的祕藏兵器。連號稱魔力無窮的吸血鬼真祖都能誅滅，名符其實的破魔之槍。

雪菜會獲選成為古城的監視者，據說也是因為有天資操控那把槍。狀況至今應該仍未改變。

不過——

萬一沒有那把七式突擊攻魔機槍，自己會變成怎麼樣——？

忽然被這樣的疑問困住以後，雪菜再次嘆息。

「——雪菜，妳不換衣服嗎？」

被曉凪沙一叫，雪菜頓時回過神。

待在更衣室的學生人數在不知不覺中少了許多。由於午休時間快到了，大家都比平常更急著換衣服離開吧。凪沙也已經換好了，正在重綁長長的頭髮。目前還穿著體育服的，就只有雪菜一個人。

「啊，抱歉。我發呆了一下。」

雪菜說完，連忙把手伸向體育服的下襬。凪沙則擔心似的望著她那模樣問：

「怎麼了嗎？聽妳在嘆氣，有心事？哎，我懂妳的心情就是了。」

「咦？」

凪沙意想不到的發言讓雪菜心驚地停下動作。

儘管凪沙有很長一段時間曾喪失能力，但她原本是個出色的靈能力者。自己的思緒該不會被她用那種力量讀取到了吧？雪菜認真地提起戒心。

不過從凪沙口中冒出來的話，對雪菜而言卻出乎意料。

「升上高中後，大家都發育得很好嘛，看了會心急啊。還有人穿感覺滿可愛的內衣。」

「……咦？咦？」

凪沙捂著自己保守的胸部，還尋求同意說：真傷腦筋耶。雪菜不知道該如何回答，就僵著笑容愣住了。這時候——

「有什麼關係，妳們都很瘦啊。」

同班的進藤美波加入雪菜她們的對話。高個子的美波用像是夾雜傻眼與羨慕的表情瞪著雪菜說：

「雪菜要煩惱外表的事，根本就太奢侈了嘛。妳這是什麼緊實的腰！瞧不起人嗎？像凪沙也屬於在部分男生之間有需求的體型啊！」

「妳這樣說，並沒有誇獎到我嘛……！」

凪沙氣悶地噘起嘴脣，幽怨似的回嘴。默默聽著她們講話的班級股長甲島櫻靜靜地出聲咕噥：

「有沒有可能是因為凪沙家的大哥喜歡巨乳，所以才煩惱呢？」

「什、什麼？」

雪菜跟不上飛躍的話題，茫茫然杵在原地。

原來如此——美波自以為了解地趁機說：

「曉學長嗎？那就令人煩惱嘍。凪沙，妳怎麼說？」

「唔～～不好說耶。我不曉得古城哥對胸部的喜好。」

「那個，我並不是因為這種事在煩惱……」

再這樣下去就糟了。產生危機意識的雪菜拚命否認。

我懂啦、我懂啦——美波卻沒有認真理會。

「哎，那件事之後再慢慢問吧。重要的是換衣服，趕快趕快。我們班收拾器材原本就比別人晚了，再不快點，餐廳就沒位子可以坐嘍。」

「抱歉，妳們先去吧。」

雪菜放棄說服朋友，還向她們雙手合十。

凪沙確認過時間，然後跟美波等人用眼神商量。

「沒辦法嘍。雪菜，那我們會幫妳占位子，要快點來喔。」

「嗯。謝謝妳們。」

雪菜目送急急忙忙離開更衣室的凪沙她們，帶著苦笑嘆了氣。

她覺得低落的心情有稍微平復，便偷偷地感謝凪沙她們。假如監視第四真祖的任務結束，也非得向她們道別不可，但她刻意封藏了這樣的想法。

因為緣也說過，和唯里交接並沒有正式定案。

「體型嗎……」

雪菜一邊脫體育服一邊無意識地喃喃自語。

以往她並沒有煩惱過自己身材幼嫩這一點，偏偏今天格外介意唯里是隱性巨乳的傳聞。古城是不是真的喜歡巨乳，或許確認看看比較好——

大概是因為思考這些蠢事，雪菜晚了一拍才察覺異狀。

她感覺到背後有強烈魔力，就毫無防備地以衣服換到一半的樣子轉身。

「——誰！」

除雪菜以外理應沒有任何人的更衣室裡，忽然出現了新的人影。

是個體型略為嬌小而且瘦弱的少女。她以單膝下跪的坐姿背對著雪菜。

那道背影的肌膚潔白無瑕。她沒有穿衣服，別說制服或體育服，就連一件內衣都沒穿。

相對的，她身上瀰漫著濃密的魔力渣滓。

她是靠某種強力魔法移轉到這間更衣室的。

赤裸的少女默默起身，並轉向雪菜這邊。於是在目睹她的臉孔時，雪菜瞬間訝異地倒抽一口氣。

「妳是……？」

身為劍巫的雪菜露出了短瞬破綻——赤裸少女沒有錯過那個破綻，採取動作了。

雪菜遭人近身施以強烈打擊，輕易地被震飛到牆際。

雪菜發現那是帶有催眠效果的攻擊，發出了呻吟。全身已經麻痺得無法動彈，意識正迅速淡出。

「怎麼會……妳為什麼……」

赤裸少女低頭看著虛弱地細語的雪菜，露出賊笑。

雪菜望著她那張比任何人都熟悉的面孔，就這樣失去意識。

第二章 冒牌貨

The Impersonator

1

關於紘神新島出現的魔獸，報紙以及當地有線電視台的地方新聞都有正常報導。因為那並不是需要特別掩飾的情報。

建設公司的工作人員遭受真面目不明的大型魔獸襲擊，有兩人下落不明；含兩名民間攻魔師在內，已有好幾人受到輕重傷；還有人工島管理公社派出的災害應變團隊的詳情與形象畫面，都做了簡單的報導。並不算多鋪張的報導，因為在「魔族特區」紘神島，謎樣的魔獸根本不稀奇。

其實琉威與優乃在鏡頭一瞬間閃過的畫面，還被看成美男子與美少女的民間攻魔師搭檔，在私底下成了話題，後來紛紛有人要委託他們工作，不過那又是另一回事了。

魔獸的去向雖令人介意，但身為專家的霧葉既然有動作，古城等人就沒有任何事可做。再加上關於升年級後的成績與出席天數，古城昨天才被那月嚴重警告過，他豈能在新學期第二天就蹺課。

因此，古城今天若無其事地跟平常一樣上學，跟平常一樣聽課。接著跟平常一樣迎接午休以後，他就捧著空空的肚子跟矢瀨一起前往學生餐廳。

「香菅谷雫梨．卡思緹艾拉？」

而矢瀨驚訝似的蹙眉問古城。

「你是說創造恩萊島的那個鬼族之子？伊魯瓦斯的生還者？你邀她當魔族社的社員？」

「有什麼不妥嗎？她本人好像也算有意願就是了。」

矢瀨頗具批評味道的反應讓古城感到意外地反問。矢瀨用難以置信地看待蠢貨的眼神回望古城，像在憂慮往後會有多辛苦地搖了搖頭。

「呃，沒關係啦。我是無所謂……不過光有淺蔥和姬柊在一起，氣氛就夠緊繃了，你連香菅谷都要塞進來啊？居然用天下三分之計嗎……」

「……天下？」

她們到底要爭著支配什麼啊？古城露出納悶的表情。

矢瀨像是換了心情而嘆氣。「正面思考、正面思考。」他還唸咒似的如此告訴自己。

「客觀來想，她也確實不是壞的人選。該怎麼說呢，魔族特區研究社有魔族社員也很自然。再說你的身分已經被她曉得了……哎，淺蔥可以之後再說服，真虧姬柊願意接受耶。」

「與其說接受，我就是帶姬柊一起去邀卡思子的啊……」

古城無法理解朋友在怕什麼，回答得若無其事。結果矢瀨有片刻說不出話。

「原來你有帶著姬柊？你那樣處理……真虧沒有起衝突耶。」

「多少有點僵啦，不過一開始都這樣吧。又沒有像之前那樣變成認真廝殺。」

「我開始覺得你會成為第四真祖是出於必然了。」

矢瀨按著額前無力地搖頭。他所說的話分不出是在佩服或者傻眼，讓古城不悅地瞇起眼問：「你那是什麼意思？」

「哎，你盡量注意背後啦。小心別被姬柊捅。」

「是、是喔。」

感到莫名其妙的古城會乖乖點頭，是因為他想起昨天霧葉也講過類似的建議。敵人總是躲在意想不到的地方——或許是因為從霧葉口中聽到，古城對這句話格外有印象。

「喔，說人人到，那不是姬柊嗎？」

咖啡廳風格的學生餐廳建築物來到眼前，矢瀨就換回平時的輕薄語氣嘀咕。從古城他們的所在處望去，正好是隔著中庭的另一邊。可以看見雪菜從體育館那邊走出來，正要前往餐廳。她大概是在找認識的人，不時還會停下腳步稀奇似的環顧四周。

而矢瀨望向雪菜穿著制服的背影，佩服地呼了口氣。

「像這樣一看，她果然是個漂亮的女生。好像只有她住在不一樣的世界，又可愛又瘦，臉也又小又可愛。哎，雖然比不上我的女朋友就是了。」

「是、是喔。也對啦。」

原來你還沒被甩掉啊——古城想著沒禮貌的問題，隨口附和。

被矢瀨稱為女友的是個比他年長的少女，名叫緋稻古詠。她是比古城等人高兩個年級的學姊，聽說上個月從彩海學園畢業以後，考上了絃神市內的大學。

他們倆原本就沒什麼交集，古城還以為女方會趁升學讓關係自然告吹，不過他似乎是白擔心了。雖然他們在交往這個前提本身有可能純屬矢瀨的一廂情願就是了。

總之，在矢瀨與古城守候之下，雪菜穿過走廊，準備走進餐廳。接著她絲毫沒有放慢速度，撞上眼前的玻璃門，聽似又沉又痛的「叩」的聲響晚了一點才傳來。

「……另外呢，她有點迷糊的部分也很妙。」

雪菜彎腰縮成一團。像在袒護她的矢瀨則淡然地繼續說道。

「呃，那樣未免太迷糊了吧……！她在搞什麼啊……」

古城帶著傻眼的臉色嘀咕，趕到雪菜那裡。他擔心地朝雪菜連連叫痛的背影搭話。

「沒事吧，姬柊？」

「啊，是的……我還好……」

淚汪汪的雪菜捂著變紅的鼻頭，抬起臉龐。於是她跟低頭看著她的古城目光相接，吃驚地倒抽一口氣。

「咦，哎呀？古城？」

「……古城？」

雪菜講話的方式明顯與平時不同，讓古城錯愕地蹙了眉。

平時會這樣稱呼古城的女性，是母親深森與妹妹凪沙——簡單來說就是親人。難道是凪沙的習慣傳染給她了嗎？古城如此感到納悶，雪菜就驚覺似的搖頭說：

「啊……對不起，是我失禮了。曉學長。」

「沒有啦，妳想怎麼叫我都可以。重要的是妳有沒有受傷？」

「是的，我不要緊。原來這道門還沒有改成自動的呢。」

雪菜說完就用恨恨的目光看向餐廳入口的門。她這句無心之言讓古城感到有一絲絲不對勁。這道有些陳舊的玻璃門，從古城入學以前就一直是手動的，短期內似乎看不出會改成自動的跡象。

「哎，畢竟學校沒什麼錢。」

矢瀨悠悠哉哉地走來，替古城回答雪菜所說的話。

雪菜緩緩回頭，然後用愣愣的表情看向矢瀨。接著她就訝異地瞪大眼睛說：

「你該不會是矢瀨……不對，矢瀨學長吧？咦，真的假的！」

「怎樣啦，事到如今還說這些，像外人一樣。」

雪菜誇張過頭的反應，讓矢瀨難得露出了有些害臊的苦笑。

不過雪菜繼續凝視他的全身說：

「因、因為……你現在好瘦喔。」

「咦？我瘦了？這陣子我有胖過嗎？」

矢瀨看似困惑地和古城面面相覷。古城默默把頭歪了一邊。至少矢瀨的體型變化應該沒有大到可以讓雪菜訝異。

「還有，總覺得你的頭髮也長得好茂密……」

「啥！等一下，別說這種會讓我對將來感到不安的話好不好！」

矢瀨捂著頭髮直豎的刺蝟頭，語氣慌張地回嘴。原來你會介意啊？如此心想的古城有些意外地望著朋友的臉龐。

「對不起。不過，我想你染髮要節制點比較好。呃，我的意思是，那會傷害到頭皮。」

「紘、紘神島的紫外線確實也是滿強的啦。」

雪菜繞圈子的忠告讓矢瀨一臉認真地點了頭。古城聽著他們倆對話，一語不發地露出嚴肅的神情。他先前對雪菜感到的疑慮變得越來越深了。雖然具體講不出個所以然，古城就是覺得今天的雪菜有什麼地方不一樣。

「姬柊，怎麼了嗎？總覺得妳從剛才就怪怪的。」

難道是頭撞到門的關係？心有不安的古城把手抵在雪菜額前。可是她既沒有明顯的傷口，似乎也沒有發燒。

於是，雪菜興趣濃厚地抬頭看毫不經意就伸手摸自己的古城，還賊賊地揚起嘴角。

「呃……學長，你是不是摸我摸得挺自然的啊？」

「啊，抱歉。妳覺得被冒犯了嗎？」

「不會，一點也不。我只是稍微在想，你還真熟手熟腳……不對，還真親暱耶。跟我聽說的不太一樣。我們平常就這麼要好嗎？」

口氣好似事不關己的雪菜提出莫名的問題，矢瀨就沉重地點頭回答：

「那還用問？大家都覺得古城老是當眾秀恩愛，巴不得他去死。」

「與其說大家，我看那是你個人的想法吧！」

我一次都沒跟姬柊秀過恩愛啦——古城板著臉回嘴。

原來你毫無自覺啊——矢瀨不知為何露出了傻眼的反應，古城卻沒有理他，又轉向雪菜。他壓低聲音，把嘴脣湊到雪菜耳邊。

「說真的，妳怎麼了？姬柊，是妳自己要打著監視者名義糾纏我的吧？」

「是我糾纏學長……哦，這樣啊。不對，是這樣沒錯呢。」

雪菜憋笑似的捂著嘴角，心領神會地點了頭。接著她使壞般亮起眼睛，貼著古城說：

「說到糾纏，比如我們會一起上下學嗎？」

「嗯，是啊。」

「還會在彼此的房間來來往往？」

「倒不如說，妳昨天也擅自在我睡覺時闖進來了吧？」

事到如今，何必明知故問——古城感到疑惑。

「當然也會讓你吸血對不對？」

「那、那是不得已吧！要不是我差點沒命，遇到那麼多狀況……！」

「……反正，我早就想過是這樣了。你這個人真下流耶。」

一瞬間，雪菜冷眼望向遠方。彷彿有不滿、反抗心與無法言喻的許多情緒混雜在一起的複雜眼神。古城則納悶地回望雪菜問：

「……姬柊？」

「啊，不是的。沒事。嗯，完全沒事。」

雪菜有些心慌地搖頭。

隨後，某人聒噪的聲音傳了過來。

「啊，雪菜，原來妳在這裡！我們一直在餐廳等耶，但妳都沒有來，我好擔心——哎呀，古城哥？矢瀨也在，好久不見了～～！」

聲音的主人是跟雪菜一樣打著藍色領結的高中部一年級女生。硬是整理得像短髮的長長髮絲，隨她的動作搖曳。

「凪沙？」

「咦？凪沙姑姑？好年輕……！」

古城對妹妹熟悉的身影微微挑眉，而雪菜掩著嘴巴發出驚訝之語。

「姑、姑姑……？」

雪菜剛碰面所說的第一句話讓凪沙受到打擊似的僵掉了。對剛滿十五歲的少女來說，被同學稱為姑姑似乎比想像中還要令人受傷。

「雪、雪菜，妳好過分……雖然人家確實話很多，偶爾會被說像鄉下的老姑婆……！」

「啊！不、不是的，姑姑。剛才……我並不是那個意思……」

「妳看，妳又叫我姑姑了！」

雪菜一再口出狂言，讓凪沙被震撼得淚汪汪。應該是因為雪菜平時並沒有毒舌的形象，因此更令人痛心。

「……怎麼了嗎？你們在吵什麼？」

感到動搖的凪沙站不穩，碰巧經過的淺蔥就摟住了她。凪沙一副隨時都要哭出來的表情，像虛弱貓咪一樣依偎著淺蔥說：

「淺蔥，人家有那麼像老姑婆嗎？」

「什、什麼？抱歉，到底怎麼了啊？」

對狀況完全不了解的淺蔥要求古城說明。

「呃，我也搞不懂究竟是怎麼回事……」

古城態度馬虎地搖頭。他曉得雪菜目前不正常，但是原因就一無所知了。只能當成雪菜撞壞了腦袋。

雪菜穿過困惑的古城旁邊，搖搖晃晃地來到前面。她熱情地用水汪汪的眼睛凝視著的人是淺蔥。

「淺蔥小姐？」

「……咦？」

淺蔥察覺到雪菜不尋常，便無意識地後退半步。雖然雪菜的狀態從剛才就一直無法用正常來形容，但現在她完全跨過不該跨越的那條界線。雪菜望著淺蔥的表情就像覬覦獵物的肉食野獸。

「博士（Doctor）……是妳嗎？真的？不會吧……好、好可愛……！」

雪菜用雙手觸摸淺蔥的臉頰，陶醉地發出嘀咕。

「姬、姬柊學妹？妳是怎麼了……欸，古城，你想點辦法啦！」

淺蔥畏懼雪菜似的節節後退，並向古城求救了。

話是這麼說啦——陷入思考停止狀態的古城杵在原地。現在的雪菜跟平時的她判若兩人。既然不曉得她個性走樣的理由，古城也無能為力。

假如是被惡靈附身，事情反而簡單，偏偏難以想像雪菜會這樣。畢竟她是獅子王機關的劍巫，持有國家執照的對魔族戰鬥專家。

而雪菜使勁轉向古城這邊。

「怎、怎麼辦，學長？高中女生的淺蔥小姐好可愛……！」

雪菜神情亢奮地湊向古城，連珠炮似的開口。

「咦？是、是喔……？」

「她又美又年輕，身材又好，而且聞起來好香，還是個大美女……我也聽說她當過偶像，不過既然是走辣妹路線，我原本還以為她會濃妝豔抹穿成怪模樣……原、原來如此，難怪你會把持不住……」

雪菜連忙用手背擦掉從嘴巴咕嘟流出的口水。太用力的她直接咳了起來，古城就立刻扶穩她。

「喂，姬……姬柊？妳怎麼了？」

「對不起。我情不自禁地興奮了……唔！」

她捂著嘴邊的指縫間有深紅色液體滴滴答答地滴落。是鮮血。發現這一點的古城神色為之緊繃，淺蔥等人則屏息注視著雪菜。

雪菜就這樣虛弱得肩膀發顫，可是，她突然甩開古城的手，一個轉身以後拔腿便跑。彷彿十分害怕自己沾滿鮮血的模樣被人看見，態度缺乏從容。

「啊，等等！姬柊……！」

「雪、雪菜……？」

「姬柊學妹！」

古城等人各自開口制止雪菜，她的身影卻在聲音傳到前就消失了。午休時間的混雜走廊上，只剩茫然的古城等人杵在原地。

「剛才她是怎麼了？」

「誰曉得……哎，新學期剛開始，又碰到魔族社招募人才那件事，別看姬柊平時那樣，或許她也累積了不少壓力吧。」

至今還沒有從動搖中恢復過來的淺蔥提問，矢瀨就煞有介事地回答。

古城則凝視著自己在雪菜離開前曾和她有所接觸的手掌。

「剛才那真的是姬柊嗎……？」

他自問似的嘀咕。

隨後，古城從背後感受到些許殺氣般的凶暴氣息。

驀然回首，有道嬌小的身影輕靈地落在古城眼前。是個穿著白色短袖運動上衣與短褲——學校制式體育服的女學生。她的右手拿著用來裝貝斯的黑色樂器盒。

「學長！」

從逃生梯跳下來的雪菜厲聲呼喚古城。

「姬……姬柊？」

片刻前才跑掉的雪菜從完全相反的方向出現，使得古城茫然地回望她。還有她一瞬間從制服換成體育服的飛快技巧，也讓凪沙等人驚訝得說不出話。

不過，古城更在意雪菜捧著的樂器盒。那裡面裝的恐怕是「雪霞狼」——被獅子王機關當成祕藏兵器的銀色長槍。

「妳怎麼了，在學校裡卻拿出『雪霞狼』——」

古城的問題帶有怪罪的調調，而雪菜只是搖搖頭保持沉默。與其說刻意無視，應該說她沒有餘裕回答。

雪菜像在找人一樣忙著環顧四周，然後靠向古城快言快語地問：

「你們曉不曉得我跑去哪裡了！」

她那讓人完全聽不懂意思的發言，使長長的沉默降臨於現場。

但雪菜的態度並非胡鬧，她自始至終都是認真的。

所有人確認過這一點以後，就異口同聲地說：

「……啥？」

不是的——雪菜急得搖頭。古城則看著焦急得不停嘀咕的她，無奈地嘆了氣。

2

穿著雪菜那套制服的少女用右手掩著嘴邊，避人目光似的坐在校舍後頭的樹蔭下。她拿在手裡的手帕被擦掉的血沾得又紅又濕。

她抬頭仰望紘神島的天空，哼聲般反覆吸氣、吐氣。那是在確認鼻血已經止住了。

「——唔～～勉強算是好了吧。」

少女像在確認口中殘留的血味，舔了舔嘴脣，然後微微嘆氣。

一興奮就容易流鼻血是她遺傳自父親的體質。儘管事實上有些不體面，但未必只會造成不便。因為這種體質可以幫忙克制更棘手的衝動，克制她這個種族具有的強烈衝動——

「吸血衝動嗎？」

少女的耳邊有聲音傳來。聽起來格外年幼，卻好似看透了一切的冷漠嗓音。

所謂吸血衝動，是吸血鬼註定會遇到的類似病症發作的現象。一種肉體會被想吸人血的欲求支配的生理現象。

不過引發吸血衝動的並非飢餓，而是性亢奮，換言之即為性慾。恐怕是少女對淺蔥的強烈愛慕引起了吸血衝動。

在抬起臉的少女眼前，空間如漣漪一般搖晃。

彷彿從無物虛空中析出形體似的，有個身穿豪華禮服的嬌小女子現出身影。相貌稚氣得足以被錯認為女童，而且宛若人偶的女子。

「那月美眉……！」

少女並不訝異，而是出於好奇心才眼睛一亮叫出聲音。

「哇，真的是那月美眉耶！完全都沒有成長……！」

「哦……？」

少女所說的內容，讓那月蹙起眉頭瞪她，關切程度更甚對方曉得自己的名字這一點。即使就近端詳，她仍然跟雪菜相像得幾乎分不出差異。

然而，那月用毫無情感的眼神看著少女，緩緩地朝她伸出手。接著，她用小巧的手掌使勁揉起少女的胸脯。

「妳……這種手感是……！」

「等一下……那月美眉，不可以！停下來，不要這樣……！」

被那月掐胸的少女一邊扭身掙扎一邊尖叫。

要是古城在場，應該會對這一幕感覺到強烈的不對勁。不對勁的原因出在胸部尺寸。少女穿的那件制服與苗條瘦弱的體型不搭調，胸脯隆起的部分格外明顯。至少真正的雪菜理應是沒有本錢像這樣讓人揉個痛快。

基本上，那月似乎並不是為了確認胸部尺寸才摸她。

證據在於，那月用來觸摸少女身體的手掌表面正劈啪作響地迸發出青白色火花。少女的身體帶有強勁魔力，與罩著那月肉體的魔力屏障產生了相剋作用。

「妳不是姬柊雪菜，對吧？」

那月面無表情地瞪著證據問。

「啊哈哈，穿幫了嗎？」

少女說完便毫不愧疚地微微吐舌。

從她的唇邊可以瞧見白色犬齒暴露在外。吸血鬼特有的獠牙。

酷似雪菜的這名少女身分和古城一樣是吸血鬼。

「以巧合來說未免太像了。感覺妳們並不是姊妹嘛。」

「啊，常有人這麼說。雖然另一個當事人好像樂於受到這樣的誤解就是了。」

少女用排斥般的調調說道，彷彿她對雪菜很熟悉的口吻。那月似乎覺得有意思，就觀察著少女的反應。

「也罷。方才移轉到高中部女生更衣室的人是妳，對吧？」

「真不愧是那月美眉，虧妳能發現。」

哦——少女由衷佩服地微笑。那月的臉上多出一絲險惡。

「那不是普通的空間操控術式。妳用的那種術式是什麼名堂？」

「即使妳想問，也恕我沒辦法回答喔。因為我好歹也有保密的義務。」

「妳為什麼要佯裝成姬柊雪菜，還闖進彩海學園？這麼做到底有何目的？」

那月乾脆地換了問題。她大概是決定從優先度高的問題問起，而不是對少女所用的魔法失去了興趣。

「哎，一半是出於好奇心吧。因為我無論如何都想見個面。」

少女似乎認為這不會抵觸所謂的保密義務，就意外坦白地回答了。

「見面？跟曉古城嗎？」

「這個嘛，還有其他人啦，形形色色。」

那月淡然反問，少女則裝蒜似的笑著聳了聳肩。

「那妳的另一半目的是？」

「這個嘛，那是……哇！糟糕！」

少女得意般正準備開口，就好像察覺了什麼，隨後急忙帶那月躲到校舍的死角。

在她望去的樹叢另一頭有古城以及姬柊雪菜穿著體育服的身影。她是為了避免被他們發現才躲起來。

少女屏息彎身，等他們倆經過。不久，完全看不見雪菜他們以後，少女才鬆了口氣，還大大地張開雙臂表示安全過關。

那月傻眼似的不帶任何表情看著少女。

「既然妳那麼不想被姬柊雪菜發現，要我把妳藏起來嗎？有個地方不錯。」

「咦，真的喔？」

少女頓時露出開朗的臉色看那月。那月看似溫柔地笑了。那是假裡假氣的優雅微笑。

「因為我希望在沒有人打擾的地方慢慢跟妳談。」

「——呃，結果妳指的不會是監獄結界吧？」

靠本能就察覺有危險的少女離開了那月身邊，不過她並沒有嚇得畏畏縮縮。她稍稍放低重心的架勢，和正牌雪菜的備戰姿勢十分相像。

「哎，誰曉得呢。」

那月賊笑，接著她身邊就出現了大規模的空間震盪。

那是那月在自己夢中構築的異空間「監獄結界」的入口。連時光都不會流逝的永恆夢世界。因此那也是絕對無法逃獄，專供凶惡魔導罪犯用的結界。身為魔女的那月透過與惡魔訂契約，成了該結界的管理者，而且她正打算將少女帶進自己的夢中。

「果然沒錯！」

從虛空射出的銀鏈由四面八方殺向尖叫抗議的少女。

銀鏈的真面目是藉著眾神之手打造而出的古代魔具。為了捕捉凶惡神獸才打造出來的那道鎖鏈，即使有再強猛的魔力也無法輕易扯斷。可是——

「我想呢，關於這項邀約，請恕我鄭重回絕。」

金色閃光疾馳穿過了少女的眼前。原本捆住她全身的銀鏈就在那一瞬間悉數碎散，彷彿失去所有魔力，而後腐朽殆盡。

「什麼……！」

那月的臉驚愕地皺起。不過，她的驚愕很快就變成深深的理解。

「妳那種能力……我懂了，是這麼回事啊……」

「哎，就這樣嘍。」

少女稍稍露出白色的犬齒，害臊似的微笑。接著她在面前雙手合十，用撒嬌般的語氣拜託那月。

「我重新拜託妳。能不能『讓可愛的學生』躲一下呢？」

少女的說詞聽起來有點厚臉皮，使那月微微撇起嘴。

假如是正牌的姬柊雪菜也就罷了，那月可不記得自己有像她這樣的學生。然而，少女莫名的言行舉止感覺也不像完全在胡扯。

「我還不知道妳的名字呢。」

那月看著少女問。

少女略為思考般把目光往上揚，然後簡短地道出自己的名字。

「零菜。」

3

雫梨和優乃一起生活的地方，是位於絃神新島第一島群供生還者住的臨時集合住宅。雖說是臨時住宅，實際上則是用來確認要塞都市「咎之方舟」能否直接轉為居住用途的實驗設施，雫梨與其他入住者在某方面而言，待遇就像實驗動物。

相對的，租金算得格外便宜，廚房、浴室及廁所等設備也一應俱全。生活所需的家具和電器用品，更是從最初就把必需品備妥了。

要到位於絃神島的彩海學園，轉搭單軌列車與水上巴士單程約一小時。距離並不近，但是不至於妨礙通學。然而，雫梨甚至對那些許的通學時間也感到不耐煩地趕回家裡。

「幸好課程早早結束，我可不想一入學就請假。」

雫梨在鏡子前這麼嘀咕，胡亂脫掉彩海學園的制服。取而代之從衣櫥裡拿出來的，是她的另一套制服。

附金屬披肩的長外套，還有蔚藍頭巾。那是過去被稱作攻魔專校，如今已不復存在的學校的制服。而且對雫梨來說，那也是身為聖團修女騎士的正式服裝。

在制服的腰際纏上皮製劍帶，再佩掛收藏於金色劍鞘的長劍。雫梨確認過裝備感，面對鏡子點了頭。

「——好（Bene）！」

國中部的課在上午就結束了，但高中部似乎下午還有課。換句話說，這表示雫梨的行動不會被古城他們察覺。

雫梨放學回來就去探望過琉威與優乃了，剩下要做的事還有一項。魔獸傷害了身為寶貴班員（同伴）的琉威等人，那她只得代為討伐。不過——

「好什麼？」

「呀啊！」

當雫梨開門走到外頭的瞬間，就被站在眼前的少女叫住，還發出傻裡傻氣的尖叫聲。

古風的烏黑長髮，還有以黑為基色的水手服；白皙肌膚與紅潤嘴脣。相較於具有威嚴感的外表，雫梨更驚訝的是她在現身前都沒讓人察覺到任何動靜。

「妳、妳是……昨天那個……！」

雫梨手放在腰際的劍上，勉強穩住了陣腳。黑髮少女則呵呵地露出妖豔微笑。原本就端正的相貌，讓人從她既美麗又恐怖的微笑聯想到妖異之物。這下可分不出誰才是魔族了。

「對，我是太史局的妃崎霧葉。香菅谷雫梨．卡思緹艾拉。」

「妳怎麼曉得我的名字？」

雫梨毫不輕心地望著對方反問。昨天在醫院碰面時，雫梨不記得自己有向她報過姓名，古城應該也只有叫過雫梨的綽號。

「抱歉，我對妳做了調查……話雖如此，倒也沒有大費周章。因為妳是知名人物，對吧，最後的聖團修女騎士？」

霧葉用挖苦似的語氣回答。雫梨覺得她這句話有揶揄的調調，豎起了眉毛。帶著魔力的怒氣壓抑不住，從全身幽幽湧現。

「假如妳是來找碴的，我願意奉陪喔。」

「那似乎也有一番樂趣，但妳是不是找錯過招的對象了？」

霧葉從容地微笑，隨隨便便就應付掉雫梨的怒火。

「這話是什麼意思？」

「今天早上，我跟未確認魔獸交戰過一次。」

雫梨仍用帶刺的語氣問，霧葉便伸出左臂給她看。霧葉的手腕上纏著全新的白色繃帶。

「妳是指襲擊優乃他們的那傢伙？」

雫梨把眼睛睜得更大了。

「對，某種意義上是的。」

霧葉含糊其辭。雫梨不悅地皺起眉頭說：

「……某種意義上？」

「與我交戰的，是宮住琉威及天瀨優乃將未確認魔獸的觸手砍下之後，經過增殖／再生後的個體。也就是魔獸的零頭。」

「只是零頭？」

雫梨眼中浮現困惑之色。光是像這樣交談，她就曉得妃崎霧葉這名攻魔師具有相當實力。尖酸鬼與死正經——兩人性格互為對比，從霧葉身上所能感受到的鬥氣性質卻與姫柊雪菜十分類似。她們倆的實力應該也在伯仲之間。

而霧葉坦承在對付魔獸的零頭時受傷了。

「那麼，魔獸的真身是在——」

「這個嘛，應該還潛伏於這座島的某個地方。」

「什……！」

霧葉冷淡的答覆，讓雫梨一時間說不出話。

「放、放著它不管行嗎……！」

「我們並沒有對它置之不理。太史局出動了所有成員，目前仍在搜索未確認魔獸。只不過就算能查到對方位置，也未必能祭出有效的對策。」

「……這是為什麼？」

「理由之一在於未確認魔獸擁有的再生能力。從回收的魔獸細胞樣本，已經確認過它在某種特定條件之下，就會以爆發性的速度增殖。」

增殖這個詞讓雫梨理解霧葉受傷的原因了。

被琉威他們砍斷的魔獸肉片肯定不到一晚就急遽再生、增殖，並且成長為足以讓霧葉束手無策的尺寸。

話雖如此，對方並非吸血鬼真祖那種超乎規格的怪物。如此荒謬的再生速度，想必不是毫無限制就能維持。

「特定條件下是指？」

「那就是無法祭出有效對策的另一個理由。那傢伙會吸收魔力。」

「表示它會吞噬魔力……？」

雫梨聽出霧葉隨口之言的真正意涵，汗水便沿著背脊流下。

任何種類的魔法要發揮效果，就必須伴有相應的魔力。然而，這頭魔獸卻是以魔力本身當養分（飼料），比單純讓魔力失效更棘手的特質。

「答得漂亮。透過魔法使出的攻擊，只會讓未確認魔獸活性化。要對它造成傷害，非得用物理性攻擊手段。」

「可是，既然那頭魔獸有再生能力……」

「妳想的沒錯。總不能開槍或者用武器斬斷，讓對方的細胞飛散出去。」

霧葉面色不改地點了頭。

她那種好似事不關己而不負責任的口氣，差點讓雫梨發飆。

「這樣的話，妳打算怎麼驅逐它？」

「或許無法祭出有效的對策，我從一開始不就告訴妳了？」

「唔唔……」

反駁不了的雫梨把話吞回去。

霧葉忽然正色望向看似不甘地沉默的她。

「這就是我來見妳的理由，香菅谷雫梨・卡思緹艾拉。相傳在聖團的修女騎士之間，有名為『炎喰蛇(Hauras)』的祕蹟兵器代代相承。而現在的『炎喰蛇』持有者，自然就是身為聖團最後存活者的妳——我有說錯嗎？」

「妳是要我拿『炎喰蛇』斬殺魔獸？」

雫梨彷彿要保護腰際的劍，無意識地將右半身朝向霧葉。這麼做等於告訴霧葉「炎喰蛇」就在那裡，但現在要後悔也已經晚了。

「我聽說『炎喰蛇』是可以從砍中的對手身上奪取魔力並增強威力的魔劍喔。既然未確認魔獸的細胞會透過魔力活性化，我倒覺得也可以用奪取魔力的方式讓它無力化——」

「姑且說得通呢。」

雫梨放棄掩飾魔劍的真面目，點了頭。考慮到這頭未確認魔獸的特質，「炎喰蛇」確實是最合用的裝備。何止如此，或許那還是唯一的對抗法。正因如此，霧葉才會來拜訪理應身為局外人的雫梨吧。

「追蹤及包圍魔獸，都由太史局來辦。我們能獲得對抗魔獸的手段，妳則可以親手誅討朋友的敵人。如何？有意協助我們嗎？」

霧葉用讀出雫梨心思般的語氣向她要求協助。要形容成甜美誘惑，未免太過合理而實際的提議。

即使古城與雪菜置身於類似的情況，肯定也不會找雫梨談這種交易。因為霧葉採行的策略會危害到雫梨的人身安全。

古城他們絕不會認同找別人替自己戰鬥的做法。假如雫梨有可能受傷，就更不用說了。他們既天真又愚昧。

可是，古城他們的那種天真及愚昧，卻讓雫梨覺得舒坦。

正因如此，雫梨為了守護他們生活的這座島，才決定親手誅討魔獸。

「用不著妳說，我從一開始就打算誅討那所謂的未確認魔獸了。不過——」

「怎麼樣？」

霧葉嫵媚地微微偏頭。雫梨望著她，嘆氣表示：

「我好像可以理解古城他們跟妳合不來的理由了。」

「是嗎？」

不知為何，霧葉看似內心受傷地稍稍噘起嘴。

4

「妳曾經被冒牌貨襲擊而昏厥……？」

古城喝著變溫的豆皮烏龍麵湯汁，並看向雪菜問道。

他們在學校裡繞了一圈要找冒牌雪菜，結果還是沒找到，目前正在用較遲的午餐。跟古城他們同桌的還有矢瀨、淺蔥與凪沙。

按照雪菜的證詞，假雪菜是突然出現在女生更衣室，再從她背後襲擊而來。

接著，當雪菜恢復意識連忙追過去的時候，假雪菜就已經逃了。

「換句話說，我們剛才遇見還有講話的那個女生，並不是雪菜嘍？」

凪沙像小動物一樣張口咬著三明治反問。

嗯——矢瀨則一面從炒飯的盤子裡挑出不敢吃的青椒，一面拄著腮幫子說：

「就算這樣，她長得還真像耶。」

「對呀。我認為像成那樣並不是靠化妝就有辦法耶。」

清掉第三片披薩的淺蔥擦著嘴角嘀咕。

就是啊——古城對他們的意見表示贊同。雪菜本人也承認，冒牌貨和自己長得像同一個模子刻出來的。

「感覺也不是幻術。臉摸起來沒有異樣感。」

「……學長摸了她嗎？摸冒牌貨的臉？」

仍穿著體育服的雪菜訝異地朝古城看過來。你為什麼跟冒牌貨那麼要好？古城會有受到責備的感覺，恐怕不是出於心理作用。

「啊～～沒有啦。怎麼說好呢，在談話過程中摸到的。」

古城含糊其辭，雪菜的目光卻依舊寒冷。她點的義大利麵沙拉也從剛才就幾乎沒有減少。於是——

凪沙忽然從旁邊摟住雪菜。

她使勁抱緊困惑的雪菜說：

「雪菜！不要死！」

「什、什麼？妳是說，我會死嗎？」

凪沙的發言實在太不吉利，讓雪菜無法反應而僵住。可是凪沙並不像在胡鬧，她神情認真地望著雪菜說：

「不是常有人說嗎？遇見自己的生靈或分身怪的人，之後很快就會死。」

「對喔，是有聽過這種說法。雖然不清楚以咒術來說要怎麼解釋。」

淺蔥像被勾起興趣地開口。就算是缺乏根據的傳聞也不會貿然否定，很像在「魔族特區」住久的她會有的態度。

可是，古城對凪沙的假設有了直覺性的疑問。

「剛才的假姬柊是生靈嗎？以幽靈來說，我倒覺得她滿聒噪的。」

「我想那並不是靈體。畢竟她用物理性手段把我打昏，還偷走我要換的制服。」

雪菜冷靜地如此指正。原來如此——古城釋懷地點頭。

「這樣啊。況且她是赤裸出現在女生更衣室嘛……表示假姬柊穿的內衣也是妳的嘍？」

「是、是這樣沒錯……不過那無關緊要吧……！」

雪菜用手遮著體育服的胸口，紅著臉說。萬一假雪菜搶了雪菜的內衣，那她的體育服底下穿著什麼呢——現在先別追究這個好了——古城如此心想。

「女生更衣室裡面，我就沒有設聲響結界（Soundscape）了……這成了敗筆嗎？」

怕被別人聽見的矢瀨低聲咕噥。

另一方面，淺蔥則像面對難題的考生一樣擺出不高興的臉問：

「姬柊學妹，妳有沒有姊妹？比如一出生就分開的雙胞胎姊妹或年齡相近的堂表親？」

「這……至少就我所知，應該是沒有。」

雪菜用不乾脆的語氣回答。對早早就失去雙親的她來說，難以斷言自己沒有姊妹。與其懷疑有生靈，說是雙胞胎姊妹確實比較實際。不過，單純只是姊妹的話，並無法解釋冒牌貨為何會通曉雪菜身邊的人際關係。因為假雪菜連古城是吸血鬼這點都知情。

「有沒有可能，其實那個女生並不是人類，而是以姬柊為範本製造出來的機器人？或者複製人一類。」

矢瀨彷彿靈光一現地用充滿自信的口吻發言。

淺蔥則把輕蔑的目光轉向他。

「基樹，我說你喔，認真點思考啦。耍什麼笨嘛。」

「我不就認真在思考了！這跟一出生就分開的雙胞胎有差多少嗎！」

矢瀨心裡似乎真的受了傷，便賭氣地提出反駁。話雖如此，覺得機器人實在太扯的古城偷偷地發出嘆息。

「先不管假姬柊的真實身分，那傢伙的目的會是什麼？」

「感覺她並沒有惡意耶。」淺蔥表示。「既沒有傷害任何人，也不打算搞壞姬柊學妹的名聲。」

「是這樣嗎？」

含蓄地提出異議的是凪沙。被假雪菜喚作姑姑這件事，她似乎還有些懷恨在心。

「至少感覺她並沒有打算冒充姬柊來加害我們啊。」

古城一邊回想假雪菜的行為一邊說道。儘管有幾句話不入耳，假雪菜對古城等人大致都是友善的。

「基本上，她為什麼會認識我們呢？」

淺蔥望著古城提問。古城沒把握地縮起脖子說：

「想知道這些，還是只能抓到她本人再問吧。」

也對——淺蔥跟著無力地嘆了氣。

「總之我們分頭找找看吧？啊，姬柊學妹，妳盡量不要單獨行動。或許出什麼事的時候會需要不在場證明。」

「我明白了。」

雪菜聽出淺蔥發言的含意，立刻點點頭。

「這樣啊……假姬柊也有可能在跟我們無關的地方惹事嗎？」

假雪菜對古城等人確實是友善的，不過她未必對所有人都如此。既然不曉得她的目的，就沒有過度提防這種事。

「我會讓摩怪用市內的監視攝影機進行搜索，找到就馬上聯絡你們。」

淺蔥握著愛用的智慧型手機起身。預告午休時間結束的鐘聲正好響了。

「不過，剛才那個和雪菜長得一樣的女生，到底是什麼人啊？」

凪沙收拾用完的餐具，並且喃喃自語。

淺蔥則好像忽然察覺了什麼，默默望著凪沙的臉。

「淺蔥？妳怎麼了嗎？」

「沒有啦。」

注意到視線的凪沙看似不解地眨了眨眼，淺蔥就搖頭表示沒事。

接著，淺蔥像是要甩開自己的想像般板起臉，暗自在嘴裡嘀咕：

「她叫凪沙姑姑……呃，總不會吧……」

5

結果後來直到放學後，假雪菜都沒有在學校裡出現。

淺蔥運用監視攝影機搜索，也沒有疑似拍到該名人物的消息。她不留痕跡地憑空消失了。

到最後，簡直像當時在場的所有人一起作了白日夢。

然而，假雪菜的存在當然不會是無實體的幻影。正牌雪菜被拿走的制服，證明了她是實際存在的。

基本上就算這樣，雪菜也不能一直穿著體育服過活。

幸好雪菜有為數眾多的備用制服。監視第四真祖這樣的任務，會讓她的制服受戰鬥波及而破損得頗為頻繁。

因此，放學時與古城會合的雪菜已經換上了新的制服。制服領結變成校方指定的繫繩領結，大概是因為她並沒有多準備私人的緞帶領結備用。

隨後，古城他們就接到原本不省人事的琉威可以會客的消息了。

「宮住，你在嗎？」

走進門開著的病房，裡頭有躺在病床上的琉威以及穿套裝的陌生女子。琉威的病房是四人房，不過另外三張床的布簾都拉上了。

「曉同學，還有姬柊同學也來啦。」

坐在床上的琉威察覺到古城等人以後，便轉過頭來。

琉威穿淡藍色睡衣的模樣，氣質活像體弱多病的美少年，勾起了保護欲。雖然氣色還稱不上健康，但身體狀況似乎比想像中好，點滴之類的管線也已經拿掉了。

「——那麼，我失陪了。」

「好的。受您照顧了。」

穿套裝的女子與琉威簡短打完招呼。她的年紀大概在二十歲左右，留長的瀏海遮住了眼鏡底下的左眼，即使如此仍不損她的美。

女子默默對古城與雪菜致意以後就離開了病房。光看便給人幹練辦事員的印象，舉止無懈可擊。

「剛才那是？」

古城確認她離開病房以後才問。氣質並不像來探病的她，讓古城有點介意。

「她是民間攻魔師協會的人啦。我拜託她替這次的工作善後。」

琉威微微露出苦笑說了。他跟優乃是在工作中受傷被送來醫院的，應該還有跟委託者交涉及清算費用之類的麻煩事務要處理。

古城覺得自己粗神經地問了原本不該過問的事，就尷尬地搔頭說：

「好漂亮的人耶。」

有意打馬虎眼的他把想到的念頭直接說出口。

琉威似乎看出了古城心中的糾葛，和氣地笑著點頭說：

「是啊。雖然我想她的年齡與外表不符。」

「……竟然跟那月美眉屬於同類啊。」

原來如此——古城莫名釋懷地嘀咕。既然她是魔女或魔法師那一類的人，會有與年輕外表不搭調的幹練氣質也能讓人理解。不愧是民間攻魔師協會的相關人士，縱使稱為辦事員，似乎也非尋常角色。

「工作那邊沒問題嗎？能幫上忙的話，我什麼都肯做喔。」

「謝謝。不過沒問題的。我們從建設公司接到的委託就只有尋人，不會連驅逐未確認魔獸都包含在契約裡。報酬已經付清，也沒有產生違約金，而且住院的費用還能靠協會的保險補貼。」

「是喔，那太好了……不對，雖然不好，但是算不幸中的大幸啦。」

儘管不小心說溜嘴的古城連忙訂正，還是對琉威的答覆安了心。名義上雖為絃神市國領主，但古城本身不過是一介貧窮高中生。有朋友為錢發愁，幫不了多少忙仍是他的苦處。

「呃，這些是曉學長和我帶來探病的禮物，不嫌棄的話請和天瀨同學一起用。」

雪菜說完，把探病的禮品遞給琉威。有花束、點心以及打發時間用的桌遊。

「謝謝。我正在為無聊傷腦筋呢，太有幫助了。」

琉威望著遊戲的外盒，開心地笑了笑。其實琉威是實物遊戲的愛好者。

「卡思子今天還沒來嗎？我以為來這裡就會遇到她耶。」

琉威說到無聊這個詞，讓古城露出意外的表情。

「班長已經回去嘍。她說之後有事要忙就是了。」

「有事要忙？」

古城隱隱有了不好的預感。假雪菜的存在已經令人頭痛，不要再多添問題啦——他懷著祈禱般的心境如此思考。

「算啦。其他還需要什麼就跟我說，應該也有不方便拜託香菅谷的東西吧——呃，我是指正常來說，沒有別的意思。比如換穿的內衣褲之類。」

「別的意思？」

那是什麼意思？雪菜看似不解地望向古城。為了逃避她那純真的目光，古城連忙改換話題。

「對了，你的身體已經沒事了嗎？」

「我跟優乃不一樣，原本就沒有多大傷勢嘛。」

琉威挽起睡衣袖子，將快要痊癒的擦傷亮給古城看。

「但我聽說你被奪走精氣了耶……」

「是啊。雖然遭受攻擊那瞬間的記憶很模糊，但我想體內的咒力確實曾暫時被全數剝奪。只不過，更重要的問題在於那頭魔獸吞了咒術投射機發射的咒彈。」

琉威眼中的柔和笑意消失後，身為攻魔師的臉孔便展現在外。

古城還沒理解他這句話的含意，雪菜就訝異似的上前。

「吞了咒彈？意思是它吸收了發射出去的魔力？」

「嗯。換句話說，那傢伙不只會讓魔力失效，有可能藉魔力發動的攻擊本身就對它不管用。說不定連吸血鬼的眷獸都包含在內。」

「……眷獸會失效？不過，即使對方是魔獸，也屬於生物吧？就算能吞下魔力，一次能吞的量也會有極限不是嗎？」

總算察覺事態嚴重的古城反問。

琉威靜靜地搖頭。

「或許吧，但是我無法斷言，因為我不清楚它吸收魔力的原理。」

「意思是大意不得嘍？」

絃神新島出現的未確認魔獸，可能連眷獸的魔力都會吸收。在這樣的可能性遭否定以前，不該隨便用第四真祖的眷獸跟它拚才對。萬一未確認魔獸也能將第四真祖的眷獸吸收殆盡，就會變成連古城都應付不了的脫韁怪物。

「剛才的情報，或許也要知會妃崎同學比較好呢。」

雪菜一如往常地用正經口吻說道。沒錯——古城也表示同意。想來霧葉是不會坦然感謝，然而事已至此，並不是計較這些的時候了。

「你們說的妃崎同學，是太史局的攻魔官？」

琉威從床上仰望古城等人問。古城驚訝地回望琉威。

「宮住，她也有來找你嗎？」

「正好跟班長錯開呢。這麼說來，她對班長似乎有興趣。」

「妃崎在打聽卡思子的事情？」

由於在恩萊島養成的習慣，琉威至今仍稱呼雫梨為班長。不過那無所謂，問題在於霧葉正四處打探雫梨的情報。儘管古城毫無根據，卻只有不好的預感。

「我有盡量避重就輕地回答她就是了。」

琉威笑得略顯困擾。他對霧葉應該也沒有完全信任。

「或許妃崎同學是打算帶香菅谷同學去驅逐魔獸。」

雪菜嘀咕了一句。古城對她的假設感到有點意外。雫梨雖是實戰經驗豐富的強大攻魔師，在文件上不過是個國中生而已。即使把她身為戰鬥力高超的鬼族這項條件加進去，感覺霧葉還是不會特地收她當部下。

「為什麼要帶卡思子去驅逐魔獸……對喔！『炎喰蛇』……！」

恍然想通的古城瞪大眼睛。

雫梨的「炎喰蛇」是可以在砍中對手以後吸收魔力並增加威力的聖團祕蹟兵器。

面對會吸收魔力的未確認魔獸，就用特性相同的武器來對抗——單純到愚蠢的地步，卻可說是低風險的有效手段。而且，雫梨也有替琉威及優乃報一箭之仇的動機，她大有可能答應霧葉的邀約。

可是，那也表示雫梨與未確認魔獸交戰時將會首當其衝。和真面目不明的魔獸打近身戰，太過魯莽的策略。

「香菅谷同學的所在地點應該可以靠魔族登錄證的位置資訊鎖定。找藍羽學姊就——」

「我懂了！抱歉，宮住，我們之後再聯絡——」

古城對雪菜所說的話點頭以後，就準備衝出病房。他認為非得在雫梨等人和魔獸接觸前，先阻止她才行。

不過在那之前，古城的手機響了。顯示的來電者名稱是淺蔥。忘記自己在病房的古城按下通話鍵。

「——欸，淺蔥嗎！這樣剛好，我有事想麻煩妳調查。」

『不是扯這些的時候了啦！你沒看電視嗎！』

通話另一頭的淺蔥打斷想自顧自地說話的古城，並朝他大吼。

「啥？電視？」

古城被淺蔥凶得一頭霧水，琉威就按下病房裡準備的小型電視的開關。

最先映出的是煙，足以蓋滿畫面的黑煙，從濃煙空隙間還有照到閃爍的紅色火焰。看起來似乎是紘神島市區的畫面。

「這是什麼啊……？發生事故……火災嗎？」

『是魔獸喔。人工島北區出現了大型的未確認魔獸。剛才特區警備隊的災害對策班已經趕往現場了，我們也要——欸，古城？你有在聽嗎，古城！』

淺蔥話才講到一半，古城就沒有聽進去了。因為有個眼熟的少女一瞬間穿過畫面角落。白色的長外套與藍頭巾，還有白色頭髮——

「學長！」

雪菜語氣凝重地叫了古城。古城則捂著眼睛低喃：

「魔獸……受不了，別開玩笑啦，可惡！」

琉威目送急忙離開病房的古城等人，並且不安地咬住嘴脣。

6

人工島北區，是企業及大學設施雲集的研究所街，體現出「魔族特區」本以研究魔族生態及研發應用技術為目的的地區。

高樓大廈林立，具備廣闊地下空間的多層都市。冷硬結構暴露在外的景觀，留有人工島身為巨型建造物的濃濃色彩。

未確認魔獸的登陸地點是在四層結構街道中的第二層，幾乎位於人工島中央的洩洪道。魔獸正一路蹂躪位在前進方向上的所有建築物與設施，朝著街區中心而去。

棘手的是，有瓦斯從被破壞的管線外洩引燃，造成大規模火災。這街區原本就儲藏了很多危險的資材與藥品，特區警備隊的主力不得不分出人手，趕著引導居民避難與滅火。結果對付未確認魔獸就處於被動，連要絆住它都無法如意。太史局的未確認魔獸對策班連同幫手香菅谷雫梨，就在如此混亂的節骨眼抵達現場了。

「魔獸不是在絃神新島確認到的嗎！」

雫梨朝瀰漫的濃煙瞇起眼，還遷怒似的責問霧葉。

太史局著手搜索未確認魔獸的範圍，是以接獲目擊情報的絃神新島第六島群為中心，絃神島本島完全被撇除在外。因此，他們趕抵現場晚了許多。

「從第六島群到絃神島本島，直線距離約為二十二公里。只要有意願，人類也不是游不了這樣的距離喔。」

然而，霧葉卻面色不改地這麼告訴她。

雫梨等人所在的地點是人工島北區的資材搬運道。從第一層通往第二層的地下隧道寬十公尺，預計到最後會與魔獸的行進路線交錯。

會合點位於大型研究設施的建設預定地，目前只是做完基礎工程的空地。即使展開稍微激烈的戰鬥，對四周的損害也能控制在最小。反過來說，要是不在那塊空地擋下未確認魔獸，就會造成莫大損害。

「我不是在跟妳說那些！追蹤呢，追蹤進行得怎麼樣了！」

「追蹤的結果顯示，未確認魔獸有可能離開第六島群，所以我們才會像這樣待命，以保未確認魔獸出現在哪裡都能因應。」

「唔～～……」

霧葉飄忽的說詞讓雫梨不甘地咬響牙關。

霧葉無奈地搖搖頭，看向資材運送通道的出口。

在直徑約兩百公尺的廣闊空地，特區警備隊的據點防衛部隊(Guardian)已經布署就位。來的不只是穿了強化戰鬥服的武裝警備員，還有裝輪裝甲車與對魔族有腳戰車。基於對魔族戰鬥的性質，大型槍械數量偏少，即使如此仍屬相當重量級的裝備。

「不用急，要在特區警備隊求援以後才會輪我們上場。先見識他們的手腕吧。假如用一般武器就能捕捉魔獸，自然是再好不過。」

「或許話是這樣說沒錯啦。」

「何況沒有人吃點苦頭的話，底下的人們就不會了解我們有多寶貴吧？」

霧葉挖苦似的朝仍顯得不滿的雫梨笑了出來。

她那句話讓人分不出是在掩飾害羞或表露真心，雫梨便深深地嘆了氣。

「果然，妳的個性實在太差勁了……」

「會嗎？」

霧葉並不是沒有自覺，但她看似刻意擺出了訝異臉色。接著，她若無其事地把目光轉向雫梨佩掛在腰際的長劍。

「——那把劍，就是『炎喰蛇』嗎？」

「是這樣沒錯……」

雫梨認為事到如今再掩飾也沒有意義，就坦然地點頭。

霧葉默默地點頭回應，然後從背後的盒子裡拔槍。槍隨著滑順的金屬聲響伸長，形狀類似音叉的奇妙槍尖張了開來。霧葉把槍尖悄悄抵向霧葉腰上的劍。刺耳尖銳的聲音「鏗」地響起，但之後就沒有再發生什麼。

果然如此——彷彿料到結果會這樣的霧葉嘀咕：

「和姬柊雪菜的槍一樣呢。乙型咒裝雙叉槍沒辦法進行複製。」

「複製？」

「那把劍的核心（core）應該也有用上『天部』的聖遺物。憑目前的技術別說複製，連零件運作的原理都無法解析。」

傷腦筋——霧葉仍看著雫梨的劍，露出了苦笑。

「可以的話，我是不想依賴那種可疑的道具，但現在似乎無法奢望那麼多了。要上場嘍，香菅谷雫梨——早海，指揮交給妳。」

霧葉透過耳朵掛的通訊器呼叫荒島早海。然而，早海回答「了解」的聲音被刺耳的魔獸咆哮聲蓋過。

從洩洪道登陸的未確認魔獸與特區警備隊的部隊接觸了。

「那就是……未確認魔獸……！」

首次目睹魔獸的身影，使得雫梨吞了吞難以嚥下的口水。

魔獸的全長恐怕有十五公尺左右。長得像將蝦子、蜥蜴與猙獰肉食昆蟲硬攪和在一起的奇特模樣。它的身體表面有著近似犀牛的硬質皮膚，而非鱗片或羽毛。從頸根伸出來的，是被蛇腹狀甲殼包裹著的十幾根觸手。

模樣雖怪，卻絕不算醜陋，感覺得出它勉強保住了身為生物的均衡。甚至可以說它具有和尖端兵器相近的某種機能性美感。

基本上，雫梨並不是在畏懼未確認魔獸。

從這頭魔獸感覺不出像深淵之陷──像薔薇眷獸那樣將雫梨故鄉，也就是「伊魯瓦斯魔族特區」毀滅掉的絕望性力量差距。

而且特區警備隊的隊員們似乎也和雫梨有相同感受。他們毫不膽怯地朝入侵空地的未確認魔獸展開攻擊。

「液化氮……？」

特區警備隊的裝輪裝甲車釋出無色液體。雫梨認出那種液體的真面目，因而出聲驚嘆。魔獸的身體表面淋到液體，立刻覆上一層純白色的霜。那在不久之後就變成厚厚的冰層，阻礙其行動。超低溫的液化氮讓魔獸全身結凍了。

「他們打算凍住未確認魔獸？」

「中規中矩呢。麻醉和電流都沒有效果──既然如此，這是妥當的策略。」

霧葉佩服似的吐氣。

特區警備隊仍繼續用液化氮攻擊。魔獸的龐大身軀如今已凍成一片白色，完全停下動作。這樣不可能輪到「炎喰蛇」上場。結果太不盡興，讓雫梨有種彷彿撲了空的失望感。

「……為什麼未確認魔獸會從人工島北區登陸呢？」

霧葉一邊望著凍結的魔獸一邊嘀咕。她呼出的氣息變白結凍，因為液化氮導致周圍的氣溫下降了。

「以登陸的容易程度來講，有運河密布如網目的東區，還有面朝第六島群的南區。假如目的是侵襲人類，選擇白天人口多的西區才妥當吧？北區盡是人工產物，對生物而言不能說是舒適的環境唷。」

「它只是一時興起吧？」

妳感興趣的部分好奇怪——雫梨回望霧葉。

「是啊。希望如此。」

霧葉草率回答。她大概不認同雫梨所說的話。然而，只要未確認魔獸就這樣遭到驅逐，她的疑問總歸會變得無意義。

「看起來，好像輪不到我們上場呢。」

雫梨並沒有鬆懈，嘀咕的語氣卻顯得有些放鬆。霧葉似乎在責怪她，還神祕兮兮地用斜眼看人。

「那可不好說。妳以為它們為什麼會被稱作魔獸？」

她的話還沒說完，刺耳的高周波聲音便穿進雫梨等人的鼓膜。未確認魔獸的巨軀被龐大魔力包裹，周圍的大氣激烈震動。

「未確認魔獸……用了魔法？」

眼前的光景難以置信，讓雫梨為之戰慄。

她並不是不曉得，有生物能操控魔力。然而，她沒有想到兼具如此強韌的肉體與生命力，甚至具備吸收魔力這種特殊能力的魔獸，居然連魔法都能運用自如。

原本包覆著魔獸身體表面的冰碎散了。

理應結凍的肉體也在不知不覺中取回自由。

敏捷性與巨軀並不相稱的魔獸有了動作。它將無數觸手像長鞭一樣抽動，並且掃過周圍建築物。

「物理性屏障，外加爆碎……不對，會是共鳴破碎能力嗎……雖然不接觸似乎就不會發動，原來如此，它就是靠那種能力從地底下挖掘移動的。」

「現在是悠然分析的時候嗎！照這樣裝甲車根本就不堪一擊嘛——！」

雫梨朝霧葉大吼。

特區警備隊裝甲車後退，換成有腳戰車部隊上前。它們打算用安裝的推土刀壓制魔獸。

不過，這樣的行為實在太過魯莽。未確認魔獸在一瞬間壓扁包圍自己的四輛有腳戰車，用巨軀毫不留情地將它們踩碎了。

面對未確認魔獸釋出的壓倒性魔力，戰車的抗魔法裝甲毫無招架之力。

唯一的救贖在於，特區警備隊擁有的有腳戰車全是由人工智慧(AI)操控的無人機，否則搭乘

戰車的人肯定都已慘死。

『霧葉，特區警備隊向我們求援了喔。』

在後方指揮所的早海用緊急通訊呼叫霧葉等人。特區警備隊判斷靠己方的裝備不可能驅逐未確認魔獸，就把現場指揮權轉交給太史局。

「雖然我還想多了解一點對方的能耐，沒辦法嘍——早海，準備T術式。」

用偽惡語氣如此嘀咕的霧葉向早海下達指示。

『了解。六十秒後將朝預定地點啟動T術式。大家各就各位。』

太史局局員們接到來自早海的指令，便以包圍魔獸般的陣形散開。他們手裡各自拿了外形近似道路工程用的混凝土搗碎機，那是機械式魔具。

「T術式？」

陌生的術式名稱讓雫梨一臉納悶地看向霧葉。

「流動性高密度黏附術式。這是太史局用來封鎖魔獸行動的王牌喔。因為善後很費事，我們盡量不想動用就是了——」

在霧葉說明完的同時，局員們就將魔具搗入地面。包圍未確認魔獸的局員人數為六名，正好形成可以畫出六芒星的陣勢。

陷入地面的魔具一起啟動了。彷彿要將魔獸困在中央，地面浮現巨大魔法陣。

魔法不是對未確認魔獸無效嗎——雫梨如此的疑問立刻冰釋了。因為T術式並非以魔獸本身為目標，而是對它腳下地面行使的魔法。

未確認魔獸的巨軀緩緩下沉。

地面變得像黏土一樣軟。不，與其說黏土，大概比較接近有黏性的口香糖。人工島的大地本身變成膠狀黏接劑，封鎖了魔獸的行動。那恐怕是應用鍊金術的物質轉換術式。

「原來T彈頭的T，是指黏鳥膠嗎！」

「哎呀，虧妳曉得黏鳥膠這東西。我要誇妳一句。」

霧葉看向愕然反問的雫梨，調侃似的微笑。

「我不覺得高興！」

雫梨說完就鼓起腮幫子。半徑達十幾公尺的黏液沼澤。用來捕捉魔獸效果十足，但是要善後確實會很費事。難怪霧葉不想動用。

「先讓觸手無力化。小心別碰到T術式！」

「用不著妳說！」

雫梨迅速對霧葉回嘴，一邊拔了劍。

魔獸的行動封鎖住了，然而十幾條觸手仍健在。雖說是區區觸手，各自的巨大程度與戰鬥力都可比一般魔獸，絕非能小看的對手。

最先砍飛觸手的是霧葉。好似連空間都一同斬斷，粗如圓木的觸手毫無抵抗地被她斬成兩截示人。

「『炎喰蛇』——！」

雫梨從緊鄰黏液沼澤的位置用「炎喰蛇」刺向被切斷的觸手。深紅劍身起伏如火，發出搖曳的光芒。觸手殘留的魔力被魔劍奪走了。

原本像獨立生物一樣抽搐的觸手，在急遽衰弱後停止活動。霧葉認為用「炎喰蛇」攻擊會對未確認魔獸有效的假設被具體證明了。

「身手比我想的更出色呢，香菅谷雫梨。妳有沒有意願來太史局打工？」

霧葉滿意似的微笑問道。但雫梨毫不猶豫地搖頭說：

「恕我拒絕。雖然這是難得的邀請，但我先跟別人有約了。」

哎呀——霧葉愉快似的揚起嘴角。

「是曉古城邀妳的嗎？」

「與、與妳無關！」

儘管也沒什麼好愧疚，雫梨卻莫名心慌地用粗魯的口氣回嘴。呵呵——霧葉越顯愉快地忍俊不禁。

「妳喜歡他？」

「現、現在提這些做什麼啊……！再胡鬧我就從背後砍妳！」

雫梨認真地把劍指向霧葉。

霧葉也放棄繼續戲弄她，再次把目光轉向未確認魔獸。魔獸的腳姑且是絆住了，不過離無力化還差得遠，這並不是聊天耍寶的時候。

為斬斷第二條觸手，霧葉舉起雙叉槍。

隨後，有聽似心急的少女嗓音傳了過來。

「哇呀……！居然已經開打了！」

那道聲音意外地近，雫梨嚇了一跳轉過頭。

站在那裡的少女穿著眼熟的彩海學園制服，望著身陷黏液沼澤的魔獸，顯得有些頭痛。

「姬柊雪菜？妳是從哪裡……」

雫梨目瞪口呆地看著在意外時機出現的熟人。

而長相和雪菜一樣的少女察覺到雫梨，就嚇翻了似的驚呼：

「雫……雫梨！」

「怎、怎樣？叫我做什麼？」

被雪菜親暱地用手一指，反而是雫梨慌了。

「算了。快退開，雫梨！所有人趕快逃離這裡！」

另一方面，雪菜從訝異中迅速振作，還用格外嚴肅的口氣說道。

雫梨焦躁似的瞪向雪菜。

「咦……？妳在講什麼？好不容易才抓到魔獸的——」

「抓到？別鬧了！『振動在泥巴中一樣能傳遞』！」

雪菜的怒罵聲讓霧葉板起了臉孔。

「——破碎攻擊要來了！所有人退避！」

「退、退避！」

霧葉的命令來得突然，太史局局員們卻馬上做出反應。

在對魔獸戰鬥中，剎那間的判斷速度可以定生死。霧葉帶來的精銳們都很明白這一點。

即使如此，魔獸的攻擊還是比較快。

近似巨大爆炸的衝擊搖撼了人工島的大地。

未確認魔獸釋放的強力振動波沉靜而緩慢，讓霧葉等人無法察覺，卻又確實地滲透在黏液沼澤中。於是當那些波動藉著相互交疊而增幅，乃至超越臨界點的瞬間，就產生了爆發性衝擊。

人工島的地盤承受不住那種威力。強韌的構材悉數折毀，鋪設的厚實鋼板遭到扭斷。強化接合處的魔法被更強大的魔力波動覆蓋，不堪一擊地消失了。維持T術式的魔具被震飛，黏液沼澤隨之消滅。

大地沉陷，人工島北區第二層冒出巨大空洞。

落到第三層的魔獸耀武揚威似的咆哮。

之後只剩下被粉碎的大地、有腳戰車的殘骸，還有太史局局員們受創倒下的身影。

7

古城和雪菜感覺到大地猛如地震的搖晃，伸手拄了牆壁。好似要將內臟震出來的渾厚爆炸聲響撼動著整座地下通道。

「剛才那是什麼？」

「這魔力……難道是魔獸用了魔法攻擊……！」

湧來的魔力餘波使空氣像帶電一樣讓人刺痛。古城與雪菜看向彼此的臉，然後朝強大魔力的原爆點趕去。

巧的是，魔獸出現的北區第二層也和琉威等人住的醫院離得不遠。古城他們能這麼快趕到現場，理由便是在此。或許是因為魔獸突然出現，特區警備隊所做的交通管制仍不完全。

古城與雪菜利用只有當地居民曉得的捷徑，不受任何人阻礙就抵達戰場附近。

「爆炸？這是魔獸搞出來的嗎……？」

古城發現了廣闊空地被炸穿的痕跡，茫然地停下腳步。

那應該是特區警備隊、太史局與魔獸戰鬥過的痕跡。第二層的地面沉陷，開了個通往地下第三層的巨大空洞。被摧毀的鋼筋及瓦礫飛散四周，幾乎認不出原本的地形。

然而，現場卻沒有殘留火藥或者爆裂物的氣味。並非一般兵器發動的攻擊。那是以魔法催發的純粹衝擊波所造成的破壞痕跡。

「香菅谷同學！」

雪菜趕到半個人已經被埋在瓦礫中而倒地不起的少女身邊，將她抱起來。握著長劍的白髮少女虛弱地呻吟，並且睜開了眼睛。她全身沾滿泥土，感覺卻沒有受到太大的傷勢。似乎是被炸飛的衝擊，導致她動彈不得而已。

「卡思子，妳沒事吧？出了什麼狀況？」

古城向自力撐起上半身的雫梨問道。

雫梨用還有些失焦的眼睛仰望古城他們，然後搖頭。

「我沒事……因為有她挺身保護我……」

「——妃崎同學！」

雪菜驚叫出聲。雫梨所指的方向，有個穿黑色水手服的少女倒在地上。雖然她跟雫梨一樣沒有出血，但衝擊造成的傷害顯然比較嚴重。經過雪菜呼喚，也沒有恢復意識的跡象。

「她還有呼吸。或許是近身遭受猛烈衝擊的關係，引發了腦震盪。」

「跟煌坂用了一樣的屏障（招式）嗎……」

古城察覺地面留下的咒術痕跡，便開口嘀咕。彷彿被看不見的牆攔截，只有雫梨倒地的位置免於受衝擊波直接摧毀。擬造空間切斷生成的屏障擋住了魔獸的攻擊。

可是，擬造空間切斷的術式效果僅有一瞬，而且也無法多方展開屏障。由於霧葉用屏障保住雫梨，她自己就硬生生承受爆炸的餘波了。即使如此仍有確實避免受到致命傷，或許該說真不愧是六刃神官。

「魔獸在哪裡？」

古城警戒似的環顧四周並問道。

雫梨對他的問題不予回答，還用困惑的表情看了雪菜。

「……姬柊雪菜？妳為什麼會在這裡？」

「咦？」

「這是什麼意思？」

雪菜和古城望著雫梨反問。仍顯疑惑的雫梨來回看著雪菜與地面開的大洞說：

「妳應該和魔獸一起往下面去了啊……」

「姬柊和魔獸一起下去了……？」

古城察覺雫梨困惑的原因，臉上便閃過動搖之色。

「妳說的，該不會是——」

「是她嗎——！」

雪菜緊張似的緊閉嘴脣。雫梨錯認為雪菜的少女。把對方跟彩海學園出現的假雪菜當成同一人物應該不會錯。

「卡思子，站得起來吧？妳現在馬上帶妃崎離開這裡！」

古城確認雫梨可以動，就用強硬的口氣告訴她。

他眼中浮現的強烈意志光彩，讓雫梨扯開嗓門。

「你打算做什麼！那傢伙會吞噬魔力喔！」

口氣雖然粗魯，但雫梨明顯是在為古城著想。面對會吸收魔力的未確認魔獸，眷獸發動的攻擊恐怕不管用。那不只代表古城無法打倒未確認魔獸，更表示他連保護自身都辦不到。

「就算那樣，總不能就這麼放著它不管吧。」

古城露出沒把握的苦笑並且站了起來。如今特區警備隊與太史局局員們接近全軍覆沒，能馬上採取行動的只有古城他們。就算沒辦法打倒魔獸，起碼只要有可能降低損害，他們就沒有坐視不理的選項。

「古城……？等等，古城！」

古城與雪菜甩開雫梨的制止，朝爆炸痕跡的中心點去了。魔獸炸穿的大洞周圍，有瓦礫堆成的平緩斜面。古城他們一邊留意不穩定的立足處，一邊往下走向第三層。

「……在哪邊？」

魔獸的攻擊引發停電，導致屬於地下街的北區第三層幾乎完全封閉於黑暗之中。身為吸血鬼的古城雖然夜能視物，但因為粉塵與黑煙瀰漫，視野實在惡劣。別說確認魔獸的身影，光要掌握地形就費盡心力。

「有了！在那裡！」

先發現魔獸的人是雪菜。鋪設纜線與渠管的北區第三層，其複雜地形讓人聯想到石化工業區。

在通道錯綜複雜的那塊地方，有著外觀猙獰的魔獸身影。

不過，一反古城的預料，魔獸舉動安分。即使周圍建築物不能說毫髮無傷，損害也還算少。儘管如此，魔獸並沒有停下動作。灰黑色的巨軀腳步毫不遲疑，緩緩地持續走著。領路似的走在魔獸前面的，是長相和雪菜一樣的少女。雫梨表示曾目擊的假雪菜。

「聽話聽話。好～～乖孩子。沒錯，走這邊喔。」

假雪菜仰望魔獸的六雙眼睛，看似親密地對它說話。魔獸彷彿受了那些話引誘，就照她的命令改變方向。

「那傢伙……是在跟魔獸講話嗎……？」

古城目睹意料外的光景，混亂似的停下腳步。

嬌小的少女隻身一人將巨大魔獸哄得服服貼貼，宛如在看童話故事書的非現實光景。

少女用來仰望魔獸的眼睛染上了發亮般的深紅色。注意到這點的古城倒抽一口氣，雪菜的反應則比他更加劇烈。

「那股力量——！」

「咦……？喂！慢、慢著……姬柊！」

雪菜舉起銀槍衝了上去，古城連忙想阻止她。可是，激動的雪菜耳裡聽不進古城的聲音。雪菜穿過魔獸腳邊，擋到眼睛染成深紅且假冒自己的少女面前。

「請妳不要動！我將行使獅子王機關的劍巫權限拘拿妳！」

雪菜朝著和自己長得一模一樣的少女冷冷地宣告。

「……唔！不會吧？妳怎麼會來這裡……？」

假雪菜明顯變得驚慌。她大概沒有想到正牌雪菜會這麼快就來到魔獸的出現地點。

「妳那種能力，是『魅惑』對不對？吸血鬼具備的精神操作能力——」

「是、是這樣沒錯……還有，妳等等，關於這些事，我們之後再慢慢談——」

假雪菜對雪菜的指證坦然認同了，形同承認自己身為吸血鬼的事實。然而，冒牌貨的發言只是讓雪菜更加提起戒心。

「操控這頭魔獸的就是妳，對吧！」

「什、什麼？」

假雪菜啞口無言地回望雪菜。

「等一下，妳為什麼會想成那樣啊！」

「妳竟敢做出這種事……還傷害香菅谷同學與妃崎同學……」

雪菜側眼望向被破壞的人工島大地，並且顯露出憤怒。

別開玩笑了——假雪菜像要賴的小孩一樣猛搖頭。

「聽我說一下嘛！妳每次都這樣！」

「妳先制止這頭魔獸！」

「所以我不是在做了嗎！笨媽媽！冥頑不靈！」

「媽、媽媽……？」

從冒牌貨口中冒出的奇妙字眼，讓雪菜一時之間凶也凶不起來地僵住了。

好似要填補那段沉默，黑暗中迸出了閃光。

火焰環繞在原本停止動作的魔獸背後，轟鳴聲傳進古城等人的耳朵。

「有攻擊……？」

「不會吧！到底是誰……？」

雪菜與她的冒牌貨同時喊道。

潛伏在市區黑暗中的某人用大型火箭彈攻擊魔獸。那陣衝擊解除了假雪菜的「魅惑」，讓魔獸取回凶猛的本性。

而且火箭彈發動的攻擊並非一次就結束。只不過這次攻擊的對象不是魔獸。布設於第三層市區的渠管——其中一條遭到破壞了。

從渠管噴出的並不是物質。晃漾青白色彩的光霧。濃縮到能以肉眼辨識的高濃度靈力結晶。

「精靈爐有啟動嗎！為什麼會在這種時候……」

假雪菜臉上浮現焦慮之色。

「精靈爐？」

她內心的慌張也傳給了聽見這句話的雪菜。

古城交互看著用相似臉孔表示驚訝的她們倆問：

「妳們說的精靈爐，是阿爾迪基亞裝載於飛行船上的那玩意兒嗎？」

「是的。從高階空間召喚身為純粹靈力聚合體的精靈，以供給魔法儀式所需能量的裝置。」

古城對雪菜的說明點了頭。雖然不清楚詳細原理，但他心裡至少有個底，所謂的精靈爐就是為了供給龐大靈力而打造出來的系統。

「對外是沒有普遍公開，不過絃神島北區設置了實驗用的大型精靈爐喔。因為有魔獸接近，應該已經緊急停止運作才對……！」

冒牌雪菜口吻透著焦躁說了。

「難道說，那頭魔獸的目標在於精靈爐！妳是為了阻止它才……」

未確認魔獸會吞噬魔力。古城想起這樣的事實。

魔力與靈力具有相反的性質，然而那類似於電荷的正負，所能引發的能源總量是等價的。有辦法吸收魔力的魔獸，即使同樣能將靈力納入體內也沒什麼不可思議。

「可是，現在弄成這樣，或許靠我的魅惑已經無法阻止了——」

古城的問題讓假雪菜沒把握地搖頭。

她並沒有操控魔獸侵襲絃神島。實際上正好相反。她是為了抑制絃神島的損害，才打算控制住魔獸。

魔獸擺脫假雪菜的操控，緩緩地轉了頭。沐浴在從渠管外洩的靈力之下，魔獸的肉體逐漸活性化。六雙眼睛瞪著的建築物，恐怕就是精靈爐本體。靠著與龐大身軀不相稱的敏捷性，魔獸正逐漸接近那裡。渠管流出的些微靈力還不夠，它要的是精靈爐本體。

「要是那傢伙將精靈爐的靈力吞光，會變成怎樣？」

古城回頭問了假雪菜。

「即使說是實驗用，精靈爐的靈力仍超乎規格。或許會變得有點無從下手……！」

傷腦筋耶——假雪菜用自暴自棄似的開朗口吻回答。

刺耳的高周波聲響「鏗」地響起，隨後更發生大規模爆炸，蓋過了她說話的聲音。

未確認魔獸彷彿嫌擋住自己去路的建築物礙事，就揮舞觸手將那敲成粉碎。

「古城，那些觸手——」

「嗯。感覺有股不妙的氣味……」

古城帶著苦瓜臉，對假雪菜的警告點了頭。即使他對共鳴破碎這種魔法並無認識，那些觸手的危險性仍是一目了然。

障礙物消失，魔獸離精靈爐的距離便不到一百公尺。對它的巨軀而言，可說近在咫尺。

「意思是只能在這裡攔住它嗎……可惡，迅即到來，『神羊之金剛(Mesarthim Adamas)』——！」

古城召喚眷獸了。身為第四真祖頭號眷獸的巨型大角羊(Bighorn)。其能力是來自金剛石結晶的不朽不壞防禦結界。

就算未確認魔獸的破碎魔法再強橫，也不可能摧毀眷獸以龐大魔力生成的金剛石結晶。

但是——

「不可以，古城！」

假雪菜倉皇似的貼向古城。

隨後，魔獸的觸手陸續纏住了金剛石結界。「神羊之金剛」理應絕不會被摧毀的防禦結界脆弱得像冰沙一樣瓦解消失。眷獸用以維持結界的魔力，被未確認魔獸奪走了。

「魔力被吞噬了……？連防禦都不行嗎！」

古城對自己的疏忽咬牙切齒。未確認魔獸的能力超乎他想像。那頭怪物不只能應付直接針對本體的攻擊，甚至可以奪取周圍布設的結界魔力。

「精靈爐被……！」

雪菜短短地發出尖叫。當古城他們袖手旁觀時，魔獸帶有破碎魔法的觸手便打破精靈爐外壁了。

損傷尚未深及爐心本體。但是，與渠管破損時無法相比的高濃度靈力噴湧而出，將其吸取的魔獸變得更加活性化。

「唔……！」

「欸，妳喔，那是我的手機……！」

「——『奇奇摩拉』，讓精靈爐強制停機！」

假雪菜搶走古城的手機，並且朝古城不認識的通話對象吼道。

她這突然的舉動讓古城困惑。管控精靈爐不曉得要經過什麼樣的步驟，但應該不會輕鬆到打一通電話就能使其停機。假如有誰辦得到那種伎倆，頂多只有和淺蔥搭檔的人工智慧——摩怪有那種能耐吧。

可是，當著納悶觀望的古城面前，建築物「隆」地震動了。從精靈爐外洩的青白色光芒消失，振動聲斷斷續續地響起。精靈爐的爐心正準備關閉。

即使精靈爐停機，魔獸也不會失去已經吸收的靈力。但這麼一來，就沒有新的靈力提供給它了。

飼料在眼前被搶，魔獸氣急敗壞似的咆哮。

「古城，召喚小羯出來！」

「小羯……？」

假雪菜握著手機對古城下令。她講的話太含糊，讓古城混亂似的歪了頭。

「我懂了——！迅即到來，『麿羯之瞳晶（Dabih Krystalos）』！」

古城召喚出覆有銀水晶鱗片的新眷獸。具備閃耀的半透明翅膀與螺旋角的美麗魚龍。第四真祖的第十號眷獸。

其能力為精神支配。「麿羯之瞳晶」是象徵吸血鬼「魅惑」權能的眷獸。

古城不明白假雪菜為何會知道這一點。但是，現在並不是逼問她的時候。

帶有魔力的攻擊與防禦對未確認魔獸都不管用，然而它對精神攻擊的抗性不算強。這一點，單用「魅惑」就抑制住對手的假雪菜已經證明過了。目前在古城的手牌中，唯一能對抗未確認魔獸的就是這頭操控精神的眷獸。

可是，如今未確認魔獸不只從「神羊之金剛」的結晶奪走魔力，還從精靈爐吸收了龐大的靈力。藉此活性化的它，連眷獸的精神支配力都能抵抗給古城看。

「這傢伙——！」

古城急得皺起臉。隨後，未確認魔獸朝著操控眷獸的古城舉起了觸手。專注於駕馭眷獸的古城無法應變其攻擊。

「古城！」

假雪菜像是要保護不能動的古城，張開了雙臂。未確認魔獸打算將她連古城一起掃平而揮動觸手。

擋下那波攻擊的人是雪菜。挺身衝上前保護兩人的雪菜旋出銀色槍花，迎面擋下魔獸的觸手。

好似將金屬砸在堅硬岩石上，劇烈衝擊聲響起。

雪菜的槍能讓魔力無效化。未確認魔獸操控的共鳴破碎魔法，在雪菜接招的瞬間便雲消霧散了。

可是，巨大觸手催發的衝擊力道，憑「雪霞狼」並不能化解。雪菜靠咒術強化過的肉體，還有訓練習得的體術強行將其卸去。

「姬柊……！」

「欸……！妳太胡來了……！」

雪菜魯莽的行動讓吸血鬼少女愕然驚呼。不過，她應該也明白自己被雪菜搭救的事實，從她的聲音聽不出怪罪雪菜的調調。

「學長，請你再持續召喚眷獸一陣子。」

雪菜又舉起銀槍，並且朝古城呼喊。

「等等！妳一個人打算做什麼……！」

如此發問的，是和雪菜有相同臉孔的另一名少女。

冒牌貨露出了小孩感到不安似的表情，雪菜便一副不可思議的樣子回望她。然而雪菜什麼也不回答，立刻就把目光轉回魔獸身上。

「狻猊之神子暨高神劍巫於此祀求——」

雪菜靜靜地誦出禱詞。她的身體被純淨神氣所包裹。全金屬製的銀槍被耀眼光芒裹覆了。能讓魔力無效化，且能斬除萬般結界的神格振動波光芒。

「破魔的曙光，雪霞的神狼，速以鋼之神威助我伐滅惡神百鬼！」

雪菜如風一般穿過來襲的無數觸手，逼近到魔獸跟前。接著，她將長槍深深刺入魔獸喉嚨上的些微空隙。

之前從未顯露出痛苦的魔獸，首度發出了苦悶的高吼。

在雪菜背後，張開了炫目的光之翼。她把高階空間流入的靈力全部灌進「雪霞狼」，再將從中催發的神格振動波化為利刃，搗入魔獸的體內。

「她讓那麼大量的魔力……都無效化了……？」

假雪菜看似安了心，虛弱地開口嘀咕。

未確認魔獸蓄積在體內的龐大魔力消失了，原本活性化的魔獸細胞也因為能源斷供而弱化。雪菜那把據說連吸血鬼真祖都能誅滅的長槍，將未確認魔獸的魔力連根消除。如今魔獸元氣大傷，已經連抵抗第四真祖眷獸的餘力都沒有了。

古城命令未確認魔獸入睡。他運用「麿羯之瞳晶」的精神支配，將魔獸打入再也不會醒來的深眠之中。

魔獸的巨軀隨地鳴聲倒下了。所有觸手也跟著停止活動。

雖然不能說魔獸的威脅已經完全去除，但至少是度過了眼前的危機。

然而古城等人臉上並沒有笑容。

雪菜背對倒臥的魔獸，慢慢地走了回來。表情難免有倦色，不過雪菜並沒有受到明顯的傷。即使如此，古城仍茫然地望著她的右手。

望著她所握的銀色武神具——

「姫柊……妳的槍……」

「是的。」

雪菜對古城說的話微微地點頭。接著她有些落寞似的笑了笑。

她所握的長槍散落著零零散散的銀色光芒。中央的主刃與左右的副刃——三道槍刃的表面冒出無數裂痕，碎片就是從那裡灑落的。那道裂痕不久便擴散到槍尖，還有槍柄根部。

「壞掉了。」

雪菜望著說不出話的古城，柔柔地細語。

霎時間，被稱為「雪霞狼」的槍碎散瓦解，在黑暗中發出優美的清響。

第二章 折斷的聖槍

The Broken Holy Spear

1

在被燈籠照亮的寺院風格建築物中，有三道人影面對面坐在房裡。

其中一人是用面紗般的薄絹遮著臉孔的年輕女子。她身上穿著珠光寶氣地鑲滿金箔與寶石的華美巫女服。「寂靜破除者（Paper Noise）」閑古詠。據說連幾位吸血鬼真祖都要畏懼的獅子王機關「三聖」之首。

坐在古詠右側的，是個純白頭髮的嬌小少女。同為獅子王機關「三聖」之一的闇白奈。她的服裝是以純白、漆黑與華麗花紋裝點的僧服。

「失去七式突擊降魔機槍了是嗎？事情變得有些麻煩吶。」

這樣的白奈用老嫗般的獨特語氣說道。那表示現在的她並非外表所見的少女，而是憑著相傳好幾代的闇之意志在講話。

「狀況為何？」

坐鎮於古詠左手邊的獅子王機關「三聖」最後一人開口。身穿漆黑直垂的粗獷大漢，隔宗慈是其名諱。

在場最年長的人是隔，但他並沒有將另外兩人視為小丫頭的輕蔑舉止。古詠與白奈不只來自自古效勞獅子王機關的家族，更具備足以號稱「三聖」而令他認同的智識與實力。

「身為實習劍巫的姬柊雪菜，與監視目標第四真祖一同接觸到未確認魔獸。當時的戰鬥似乎造成了毀損。詳細情形載於這份報告書。」

古詠分別將小小的水晶球遞給白奈與隔。

兩人接到手裡以後，就用感應過去(Psychometry)的要領讀取刻在水晶球的意念。在場所有人都是高竿的靈能力者才可能如此互動。

「魔獸嗎？」

白奈短短嘀咕了一句。與魔獸戰鬥，難道不是姬柊雪菜擅離監視第四真祖的任務所致？這是她表示出的疑問。

既然對付魔獸屬太史局管轄，白奈這樣批判絕非無的放矢。

但古詠靜靜地搖頭。

「第四真祖已經與魔獸處於交戰狀態。姬柊雪菜的應對方式，是在她的任務範圍內。使用七式降魔突擊機槍，也未有出現應受懲處的踰矩行為。」

「好像也有意見認為是七式保養不周？」

接著提問的是隔。他的發言，主要是在為獅子王機關裡負責武器研發的技術團隊喉舌。

失去七式突擊降魔機槍，對他們來說也是如此具有衝擊性之事。

然而，古詠對他的話也予以否定。

「她的七式，在恩萊島事件發生後隨即做了拆解檢修。我想在短期內就發生嚴重維護缺失的可能性偏低。」

「既然這樣，問題在於使槍者的能耐？」

「不。未必能如此斷言。」

古詠回答白奈的疑問以後，就拿出了平板型的電子裝置。顯示出來的，並非指定為機密的情資。那是鋪設於絃神島的公共靈力感應器的紀錄。

然而，白奈與隔看了那份紀錄，都沒有掩飾他們的訝異。

「這數值，是真的嗎？」

隔用了保有些許疑心的語氣確認。

「設在絃神島的多具測量機器，都顯示了同樣的數值。」

古詠淡然地據實以告。呼嗯——白奈愉快似的瞇細眼睛。

「將七式的設計極限輕鬆突破了一位數吶。」

「那應該就是損傷的主因。姬柊雪菜足以匹敵模造天使(Faux-Angel)的靈力量，七式本身似乎承受不了。」

「原來如此吶。」

白奈點頭，隔也理解似的沉默了。

雪菜使用七式突擊降魔機槍時的靈力量早就超出了人類的極限，原本就算靈力失控，導致她昇華（Shift）至高階空間而消滅也不足為奇的地步。雖然成為第四真祖的假性「血之伴侶」讓雪菜免於消滅，但這種強硬手段造成的扭曲，應該促成了七式突擊降魔機槍的破損。

「那麼……寶貴的七式突擊降魔機槍失去了一柄，對我們獅子王機關來說也是損失慘重，不過，更緊急的要件是該如何處置第四真祖。」

從訝異振作起來的隔，用了符合最年長者的沉穩語氣帶回原本議題。

獅子王機關的祕藏兵器，七式突擊降魔機槍是連真祖都可以誅滅的破魔之槍。被託付那項兵器的監視者要隨時守在第四真祖身旁——換言之，就是處於將致命利刃抵在第四真祖喉嚨的狀態，日本政府的達官顯貴才會對他的存在放心。

不過一旦失去那道利刃，狀況就完全不同了。

「剩下的七式使用者有兩名——但是要擔任第四真祖的監視者，她們倆並沒有全天候跟監的寬裕吶。」

白奈如此自言自語並發出嘆息。

獅子王機關擁有的七式突擊降魔機槍，並不是只有命名為「雪霞狼」的唯一一柄。可是，剩下的兩柄已伴同使用者各自送到了奧州與出雲。表示獅子王機關所面對的威脅並非只有第四真祖。

「不過要對付吸血鬼真祖，憑六式或改良型六式仍力有不逮吧。」

隔有所苦處似的嘀咕著閉了眼睛。

六式重裝降魔弓（Der Freischütz）乃是制壓兵器。此外，改良型六式降魔弓（Freikugel Plus）與改良型六式降魔劍（Rosenkavalier Plus）則是它的量產型。這些都是對高階吸血鬼也能發揮作用的最高階武神具，性能卻不足以誅滅真祖。頂多只能暫時令其無力化，缺乏像七式突擊降魔機槍的決定性戰力。

「剔除已經廢棄的零式，有可能對抗真祖的就是九式，以及在試驗階段的十六式……」

「九式是集體戰鬥用的武神具，應該不適合以單獨行動為前提的劍巫，更遑論第四真祖的監視任務。」

古詠委婉地否定了。隔像是心裡有底地收了下巴說：

「不過，十六式尚未抵達能在實戰使用的水準吧？」

「是的。」

「那該怎麼辦？」

「我想將十三式投入運用。」

古詠以無法判別情緒的靜謐嗓音告知對方了。並非難以使用或完成度不足，而是由於太過危險，只造了一把實驗品就告終的武神具名稱。

「情非得已。選誰當使用者？」

隔依舊閉著眼睛提問。

白奈挖苦似的揚起嘴脣笑著說：

「接連將七式和十三式都託付給姬柊雪菜，難免會有人心懷不滿吶。被外界以為我們都優待緣堂的弟子，感覺也不是滋味。」

「明白監視第四真祖的任務有好處，立刻就轉念了？」

古詠的聲音裡帶有一絲輕蔑的調調。

以往第四真祖的監視者曾被形容得和祭品一樣，肯派前途有望的學生接任務的，只有緣堂緣而已。但是在第四真祖迴避真祖大戰的危機，成為夜之帝國的正統領主以後，在他身邊擔任監視者的頭銜價值就大有不同了。這表示緣與姬柊雪菜的影響力提升，似乎有不少人事到如今才產生危機意識。

「不過，可惜吶。畢竟姬柊雪菜與第四真祖建立了良好的關係。」

白奈遺憾似的垂下目光。

古詠也默默同意。事實上，雪菜以往交出的成果是超乎期待的。尤其是她能如此迅速地接近第四真祖的「伴侶」地位，對獅子王機關可謂樂見的失算。

可是，在這層理解之下，隔仍嚴肅地搖頭。

「大島議員似乎對此有所不滿。」

「……議員認為她有可能背叛日本政府？」

古詠用冷冷的語氣問了一句。

姬柊雪菜沒有親人。因為這樣，有些人毫無根據地造謠，猜測她將來會背叛獅子王機關，這一點古詠是知情的。

不過，那對古詠來說是愚蠢的理論。

從歷史來看，有血緣的親人相互憎恨這種事根本不勝枚舉；同樣地，彼此沒有血緣關係卻比親兄弟更親也不算稀奇。身為師父的緣堂緣，還有在高神之杜一同學習的朋友們——說起來，獅子王機關就是雪菜的親人，也是她的枷鎖。懷疑她的忠誠心，就是準備親手破壞那道枷鎖的愚蠢行為。

隔大概是察覺了古詠這樣的意見，就稍微錯開論點做出答覆。

「雖然議員沒有直接那麼說，但顯然是對第四真祖的遏止力這一點懷有疑慮。」

「應該是指戰鬥能力以外的方面吧。所以才換羽波唯里嗎？這位議員真容易理解吶。」

白奈嘲弄似的低聲笑道。

對此隔什麼也沒回答，而是直直望向古詠被薄絹蓋著的臉。

「閑大人作何想法？」

「或許不必過於急著做出結論。不，反而不該只由我們提出答案才是。」

古詠搪塞似的含糊嘀咕了。

「原來如此吶。」

「我了解了。」

白奈與隔像是參透一切地表示認同。

姬柊雪菜尚有利用價值。古詠是如此告訴他們的。

2

「相當耐人尋味的影片。」

將美麗夜景俯瞰無遺的摩天樓頂層。男子靠在舒適的辦公皮椅上，滿意似的揚起脣角。

帶有微笑眼神的白皙亞洲人。全球居指可數的多國籍魔導企業複合體「ＭＡＲ」——Magna Ataraxia Research的總帥，夏夫利亞爾．連。

在他的眼底，有著五帝王朝「黯紫荊」特別行政區的廣闊街景。

受惠於天然的良港，坐擁高密度建築物群與眾多人口的自由貿易都市。其繁華氣息與遠東的「魔族特區」紘神島有些類似。身為東亞最大金融街的這座都市，是ＭＡＲ的根據地。

「雖說只有一時，居然可以逼退第四真祖的眷獸，性能超乎預料。透過吸收魔力讓細胞活性化——你們這套理論的正當性，等於得到了證明。」

連斜拿水晶製的白蘭地酒杯，吐露含笑的感想。

桌上的立體影像(HOLO)投射幕映著出現在紘神島的未知魔獸。

魔獸在包圍下輕取特區警備隊，破解太史局的術式，還吸取精靈爐的靈力，讓第四真祖窮於應付。影片裡將那些都一五一十地記錄下來了。

那當然不是對外公開的情報。若非潛伏於現場收集情資，絕對無法得到影片。

「不敢當，總帥。」

「從那項計畫得到的見解派上用場了。」

站著面對連的男女兩人組，以掩飾不盡喜悅及緊張的態度向他答謝。

他們恐怕是雙胞胎姊弟。穿白袍的兩人身高與長相都十分相似，年紀大概二十過半。隨興留長的瀏海以及欠缺打扮的服裝暫且不提，他們眼裡的炯炯光彩可以隱約感覺出非屬技術人員的野心。

「末世真祖……『吸血王計畫(Project the Blood)』是嗎？」

連仰望升至中天的銀色月亮，感慨深刻似的嘀咕了。

ＭＡＲ絃神島研究所得到了某個人工吸血鬼的體細胞。從中取得的「天部」技術，就用在那頭未確認魔獸身上。

「不過，總帥，這樣真的好嗎？」

「實驗體登陸和精靈爐強制停機，對我們公司也造成了不小的損害。」

雙胞胎技術人員戰戰兢兢地向連做了確認。

成為未確認魔獸登陸地點的絃神島北區，也有不少ＭＡＲ的相關設施。儘管沒有人命損失，物流延宕還有精靈爐停機伴隨的靈力不足等問題，都顯示對業務有嚴重影響，股價也下滑了些許才對。

可是，連回望畏縮的部下們，愉快似的笑了。

「無妨。混沌與恐怖才是『魔族特區』的存在意義。透過那頭實驗體的存在，從事魔導產業的各家公司應該都大受刺激。那能讓人類技術的進步加速多少呢——如此一想，即使毀了一兩座人工島也算便宜。」

「是、是的。」

ＭＡＲ總帥超然回答的語氣讓雙胞胎陶醉地挺直背脊。他們眼中的光芒，奪目與銳利程度都變得更上一層。連疼愛般對那近似瘋狂的光芒微笑，並且說道：

「啊，對了。聽說人工島管理公社決定稱呼那頭實驗體為Ⅸ4(Nine Four)。往後，我們也仿效他們的決定吧。」

「Ⅸ4……」

「意思是第四頭Ⅸ級魔獸嗎？」

雙胞胎自豪地點了頭。

在用於表記未知魔獸的尺度(Scale)當中，他們這頭魔獸的威脅性被認定僅次於Ⅹ(Ten)級的利維坦——也就是眾神所造的生物兵器。而且，Ⅸ4仍在成長途中。

「那麼，在第四真祖的付出之下，我們的Ⅸ4陷入昏睡狀態了，但是並不代表這樣就結束了吧？」

連使壞似的瞇細眼睛，還用懷有期待的表情望向雙胞胎。

雙胞胎彷彿從他的問題得到了鼓勵，聲音強而有力地一起回答：

「當然。」

「促使實驗體……不，促使Ⅸ4產生新進化的計畫已經啟動了。恐怕在七十二小時之內就可以向您報告好消息。」

「這樣啊。那真令人愉快。我會期待的。」

「謝謝。」

雙胞胎技術人員帶著猙獰的笑容行了禮，然後離開房間。連擺著無法判斷情緒的做作笑容，目送他們的背影。

在雙胞胎完全離去的同時，連背後的空氣有所晃動。之前連的祕書徹底隱藏自身動靜，現在才不知從何現出了身影。

與其稱作祕書，感覺更適合用管家來形容的燕尾服青年。

「總帥，失禮了。我前來轉達研究所的曉深森主任所託的信息。」

並未穿插多餘開場白的祕書說道。

「曉主任？她又想『耍賴』了嗎？」

連露出了淺淺的苦笑。祕書點頭，並且有些難以啟齒地回答：

「這……她是說，希望您能讓她使用『銀椿』。」

「……『銀椿』？」

連的臉上浮現幾分疑惑之色。不過，這樣的迷惑瞬間散去，他心領神會般愉快地笑了笑。他想通曉深森在這個時間點如此相求是在盤算什麼了。

「原來是這麼回事啊。的確，『曉之帝國』在這種狀況下變弱確實不為人樂見。」

「那麼——」

「好，准她用吧。代我轉告，可以按她的權限隨意使用。」

「遵命。」

祕書恭敬地行了禮。無懈可擊的完美身段。

「啊，對了。順帶一提，他心情如何？」

連一時興起，叫住了原本銷聲匿跡準備直接離去的祕書。

答案立刻傳了回來。

「還不到大好的程度，但他對這次的魔獸風波似乎還算滿意。因為給予第四真祖考驗，也符合那一位的期望。」

「那太好了。」

連帶著醒悟的表情笑了笑。祕書已經消失動靜，不過連沒有要再叫他回來。

「那麼，到此為止都照著計畫在走。假如有不確定要素（Irregular），就是她的存在了。」

桌上的立體影像投射幕仍映著未確認魔獸的身影停在那裡。而魔獸從正面仰望的，是個穿高中制服的少女。

她那瞪著魔獸，像是要馴服它的眼睛，如火一般閃耀著深紅色彩。

「和姬柊雪菜長相相同的吸血鬼……會是什麼人？」

夏夫利亞爾・連並沒有詢問任何人，只是在自言自語。

他望著杯中的透明冰塊，好似神馳於浮在遙遠太平洋上的那座人工島。

3

「奇奇摩拉？」

淺蔥睜大眼睛看向古城。

特殊教室校舍的三樓。將來預定會成為魔族特區研究社社辦的空教室。

由於魔族社至今仍未被認同是正規的社團活動，聚集在此的只有淺蔥、矢瀨與古城三個人。因為空調也不能用，雖然不至於無法忍耐，但是很悶熱。

在放學後令人發懶的陽光下，大膽敞開制服胸口的淺蔥露出了亂嚴肅的表情，把臉朝古城湊過來。

「她真的是那麼說的嗎？有提到奇奇摩拉這個名字？」

「對啊。」

古城從淺蔥的領口微妙地轉開目光，並點了頭。

假雪菜為了讓精靈爐停機，在搶走古城手機以後呼叫的名字。因為事情發生在剎那之間，古城也懷疑過自己有可能聽錯，然而淺蔥格外嚴肅的反應卻令人不解。

「妳認得那個名字嗎，淺蔥？」

淺蔥出乎意料地有反應，讓矢瀨略顯意外地望著她反問。

算是啦——淺蔥不悅似的撇嘴。

「奇奇摩拉是代號喔。我當興趣研發的人工智慧代號。」

「……人工智慧？」

古城和矢瀨帶著有些傻眼的表情，望了彼此的臉。比起奇奇摩拉是人工智慧的名稱這點，有高中女生出於興趣研發了那種東西的事實更讓他們受驚嚇。

但淺蔥不顧他們的困惑，顯得有些自豪地挺胸說：

「對。邪精（Sprigan）系列第Ⅶ（Seven）版。相較於賣點在泛用性的摩怪，奇奇摩拉的能力是設計成專精駭客與電子戰。」

「駭客……這樣啊，所以假姬柊才能讓精靈爐停機嗎？」

古城眼中漫出理解之色。

淺蔥拄著腮幫子，以單手操作愛用的智慧型手機，藉此確認人工智慧的運作情形。

「嗯，奇奇摩拉確實有留下運作紀錄。可是，不對喔，不可能會這樣。」

「哪……哪裡不對？」

古城啞口無言地反問猛搖頭的淺蔥。

「奇奇摩拉的情報還沒有向任何地方公開過，除了我以外應該沒有人曉得。她不可能知道奇奇摩拉的存在。可是她卻靠正規的認證程序，獲得了奇奇摩拉的管理員權限。這到底是怎麼回事啊！」

「呃，妳何苦問我呢……」

「入侵者的嘗試次數為零，報復裝置無啟動歷程，都沒有卡到防火牆和量子迷宮。難道被她鑽進了模組寫一半留下的安全性漏洞？除了我以外居然有人能辦到這種事……滿了不起的嘛！」

「慢著。淺蔥，妳先冷靜下來。」

焦躁的淺蔥情緒畢露，覺得自己變成馴獸師的古城則拚命安撫。

自己祕密製作的人工智慧被擅自利用，似乎嚴重傷害了淺蔥的自尊心。這不像平時總是游刃有餘的她會有的態度。

「呃，換成妳，可以辦到和假姬柊一樣的事嗎？」

「那還用說。基本上，你以為是誰做出奇奇摩拉的啊？」

古城不禮貌的問題，讓淺蔥回答得幾乎要咬人。

「那麼，假如是妳事先教她用法的話呢？」

「我為什麼非要把那種技巧教給姬柊學妹的冒牌貨？」

「我就說是假設了嘛。辦得到嗎？」

小受驚嚇的古城又問了當面瞪過來的淺蔥。

淺蔥把手湊在嘴脣，哼聲沉思後才說：

「這個嘛，不無可能吧。只要她懂得最先進的超級電腦架構，還有我設計的專用程式語言文法的話啦。」

「……我聽不太懂，但我曉得幾乎接近不可能了。」

古城感到有些頭痛而搖頭。雖然淺蔥本人好像沒有自覺，不過人稱「該隱巫女」的她和普通的資訊技術人員處於不同次元——似乎是在接近所謂神靈附體的狀態下操作電腦。要破解淺蔥建立的防護措施，起碼得事先接受與淺蔥同等級的工程師指點。

短短兩三天前出現在絃神島的假雪菜，想來是不會有那種機會。然而，她操縱過人工智慧奇奇摩拉卻也是事實。

「算了啦。結果多虧有她，才能夠防止損害擴大，再說我也取回奇奇摩拉的管理員權限了。」

但淺蔥這麼說完以後，就忘懷似的嘆了氣。

古城並沒有放過這個機會，硬是改換話題。

「之前那頭魔獸怎麼了？它是被取名為Ⅸ４對吧……？」

「特區警備隊正全天二十四小時監視中，不過目前並沒有醒來的跡象。要是它能像這樣永遠乖乖的就好嘍。」

回答問題的是矢瀨。大概是來自人工島管理公社內部的情報。

透過古城以眷獸進行精神支配，被命名為Ⅸ4的未確認魔獸現在仍像死了一樣持續沉睡著。什麼時候會醒，連古城這個發動精神支配的眷獸宿主都不太清楚。

人工島管理公社似乎動員了所有「魔族特區」裡的研究者，正在尋找讓魔獸完全無力化的方法，但目前並沒有傳出值得注意的報告。

「我不待在魔獸身邊真的可以嗎？」

古城心有不安地確認。魔獸或許會在自己看不到的地方再次肆虐，這種狀況對精神面來說頗為吃緊。

矢瀨卻無情地搖頭說：

「照太史局攻魔官的說法，有你顧著似乎會造成反效果耶。畢竟第四真祖就是絃神島上最大的魔力來源。據說光是讓你待在附近，就不知道會造成什麼樣的影響。」

「即使如此，總不能讓它一直像這樣睡在市區正中央吧？」

「關於那部分要等研究人員分析。結論是不管要運走或進行撲殺處置，無法釐清對方的真面目就不能隨便動手。」

「……哎，也是啦。」

古城理解以後聳了聳肩。

他對撲殺處置這個詞抱有複雜的情緒，是因為他覺得縱使稱作魔獸，對方依舊是生物。因為對人類會造成困擾，就單方面地用這種理由予以殺害，心裡難免有所抗拒。話雖如此，那頭魔獸的存在無比危險亦屬事實。希望能順利找到共存的方式，古城帶著祈禱般的心情這麼思考。

「這麼說來，我把體細胞樣本交出去時，叶瀨賢生有講過奇怪的話。」

「你說叶瀨大叔嗎？」

矢瀨忽然嘀咕，讓古城露出了警戒的神情。

叶瀨夏音的父親叶瀨賢生，是過去在阿爾迪基亞王國擔任過宮廷魔導技師的出色魔法研究人員。不過，賢生的本行為魔導技師，生物學並非他的專業領域。這樣的他率先發現了什麼，這項事實讓古城隱隱感到不安。

「那頭魔獸的細胞，據說跟吸血鬼的細胞相似。」

矢瀨壓低聲音說。古城一下子搞不懂聽見了什麼，無言地回望他。

「……吸血鬼？」

「當然和吸血鬼本身是不一樣啦，該怎麼說呢，好像有擷取過吸血鬼基因的形跡。要調查才能知道是出於偶然或人為就是了。」

「意思是，那頭魔獸或許跟吸血鬼有一樣的能力？」

矢瀨提到人為這個詞，讓古城心坎裡有種模糊的不快感。

呼嗯——淺蔥抑鬱似的發出嘆息。

「那就可以理解了。Ⅸ4吸收魔力的能力，想來就跟吸血行為一樣嘛。」

「還有那種違反常識的再生能力，以及對魔法攻擊的抗性也是。」

矢瀨用不具感情的嗓音表示同意。淺蔥則是無奈而傻眼似的搖頭說：

「難怪太史局會叫古城別接近那頭魔獸。早知道那傢伙好比強大的吸血鬼，就不該讓古城跟它鬥的。弄得不好就會重蹈和瓦特拉先生那一戰的覆轍。」

「是啊。」

「結果昨天能設法解決，也是姬柊的功勞吧？」

古城無力地對矢瀨的問題點了頭。雪菜賭命的行為甚至讓假雪菜為之動搖，使得魔獸體內的魔力被連根剝奪，進而弱化。否則就算靠第四真祖的眷獸，恐怕也無法讓魔獸入睡。

但是，作為阻止魔獸進攻的代價，雪菜失去了「雪霞狼」。狀況實在不能讓人放開心胸感到高興。

「對了，姬柊學妹呢？今天早上她好像沒有跟你在一起耶……」

淺蔥回頭望向雪菜等人的教室並問古城。她似乎一直將不見蹤影的雪菜放在心上。

「姬柊今天請假。」

古城不帶感情地只陳述事實。

「向學校？姬柊學妹？」

淺蔥驚訝似的看了古城。她應該想也沒想到，平常總是對古城跟進跟出的雪菜，居然連學校都沒來。

「好像有客人來找她。」

「客人？」

古城語氣含糊地回答，「哦」了一聲的淺蔥就越顯感興趣地凝視他。相對的，古城表情複雜。那是張沒有掌握到自身感情的臉孔。

「我可不可以也問一個問題，古城？」

矢瀨望著古城的臉龐，語氣認真地問道。接著他不等古城回話，就把目光轉向窗外說：

「她是什麼人？」

跟著看向窗外的古城眼裡映出了隔著中庭站在對面校舍樓頂的苗條人影。

只將短髮兩側留得較長，看似個性好強的少女。她穿著市外的陌生高中制服。

簡直像獵人在瞄準獵物的她手舉銀弓，默默地瞪著古城。

那是古城第二個結識的獅子王機關舞威媛——

斐川志緒。

4

唯里正在公寓的客廳和姬柊雪菜面對面。

於獅子王機關的攻魔師培育機關「高神之杜」中，這名少女是唯里的學妹。她跟唯里一樣是實習劍巫，卻早一步被投入實戰。

唯里絕對也不能算高大，但是雪菜比她更嬌小。隨意留長而不經打理的黑髮；端正臉孔與大眼睛。據說高強的靈能力者多為美人胚子，然而她在當中仍屬另一個層次。一不留神，連同性的唯里都會看得著迷。

大概是以往兩人單獨見面的機會不多，彼此都有些緊張。即使如此，沉默之所以不至於讓人痛苦，應該要歸功於雪菜身上散發的正經氣息。

「這是到目前為止，對第四真祖所做的監視紀錄。」

這樣的雪菜把成疊的筆記簿遞給唯里。

唯里拿了最上面的一本以後，就被筆記簿裡寫得密密麻麻的內容嚇到瞠目。

「咦？雪菜，這些全是古城的紀錄？妳寫的？話說妳成為他的監視者，時間應該是半年多一點吧？」

唯里帶著緊繃的表情做了確認。

雪菜使用的是十分普通的大學筆記簿，數量卻多到不尋常。即使粗略一數也超過六十本。符合雪菜風格的工整字體，填滿了那裡頭的各個角落。

筆記簿裡記載著古城每天的行動。

從早晨起床到晚上就寢。他當天的行動、服裝、用餐內容、對話。有關古城私生活的部分似乎就剔除掉了，不過反過來說，這表示除那以外的一切幾乎都扎扎實實地網羅在內。尤其是古城與其他女生的對話，更是鉅細靡遺到執著的地步。當中也包括唯里和他的互動。雪菜身為記錄者的感情絲毫沒有反映在文章裡，甚至讓人覺得有些詭異。

然而，雪菜彷彿覺得光這樣不夠，還難為情似的垂下目光說：

「是的。對不起，是我執行任務不周。沒辦法記錄在筆記簿的部分，我收在這裡。」

「還、還有喔……？」

雪菜拿出了特大號的托特包，唯里戰戰兢兢地探頭看向裡頭。

包包中有筆記無法記載的各種物品——疑似雪菜從古城那裡收到的零食附贈的吉祥物與

抓娃娃機獎品；一起看的電影票根與去過的餐廳優惠券；收藏了大量照片的相簿；雪菜與他莫名其妙變成夫妻名義的造假身分證等等，都像昆蟲標本一樣受到細心保管。

而且，雪菜還把一本全新的手冊遞給唯里了。那似乎是她特地為唯里準備的。

「這是對待第四真祖的說明書。監視曉學長之際，要注意的事情都整理在其中。」

「是、是喔。古城猜拳時最先出剪刀的機率是百分之五十四……喜歡的洋芋片口味、喜歡的可爾必思濃度、推薦的披薩配料……好沉重……妳的愛好沉重耶，雪菜（小雪）。」

唯里像被某物擊潰一樣當場癱軟倒下。

雪菜對監視古城的執著明顯超出了對任務有熱忱的範疇。要說的話，比較接近跟蹤狂的執著。坦白講，唯里有一點——不，她非常由衷地感到害怕。自己有能力代理這個女生嗎？唯里真心感到不安。

愣住的雪菜卻看似不解地眨了眨眼說：

「愛？我只是負責監視曉學長，所以才……」

她說到這裡，馬上就有所警覺似的改口了。

「……不，因為過去是我負責監視。」

「對喔……『雪霞狼』壞掉了呢。」

唯里也沉下臉色。被命名為「雪霞狼」的銀槍，對唯里來說也是有些緣分的武神具。只要她有資質用那把槍，或許奉命監視曉古城的就不是雪菜，而是唯里了。

「對不起。」

雪菜緊閉嘴脣致歉。

學妹看似想不開的態度讓唯里慌了。

「不用道歉啦，雪菜，聽說槍會壞掉不是妳的錯啊。而且『三聖』也沒怪罪下來吧？」

「是的。不過，到最後我仍像這樣給妳和斐川學姊添了困擾。」

雪菜十分沮喪地低下頭。唯里急得胡亂揮著雙手說：

「不會啊。要說困擾，我根本就不覺得。葛蓮妲聽我提到要來見古城，也很羨慕呢。志緒好像就有點不滿了，呃，因為她自己沒被選為監視者。原本她似乎想跟煌坂炫耀。」

雪菜終於嘻嘻地露出一絲微笑。

和雪菜曾為室友的煌坂紗矢華跟唯里的朋友志緒是競爭對手。雪菜應該是想起她們總愛找理由較勁的模樣，才忍不住笑逐顏開吧。

而目前，志緒則是代理接手監視的唯里，正在對古城進行監視。

另外，葛蓮妲是在蔚藍樂土的魔獸庭園看家。最近，她跟那些在魔獸庭園上班的飼育員很要好，還孜孜不倦地幫他們的忙。唯里等人多少會覺得落寞，不過看到葛蓮妲馴服那些魔獸的開心模樣，就覺得這也是不得已的了。

「可是，換我當監視者真的好嗎——雪菜（小雪）？」

「因為這是獅子王機關的命令。」

雪菜望著擔心地詢問的唯里，然後像認命一樣地點了頭。

「何況，我並不是再也無法見到曉學長和絃神島上的各位。」

「這樣啊。說得也對。」

唯里對雪菜的話用力表示同意。狀況跟雪菜之前差點因為靈力失控而消滅時不一樣。就算失去「雪霞狼」，雪菜的生命並沒有因此遭受到危險。

只要繼續執行劍巫的任務，遲早又會有機會來絃神島和古城等人相見吧。畢竟這座島是「魔族特區」，而雪菜是對魔族戰鬥的專家。

「其實接任監視者的任職令還沒有正式送達呢。我也只是接到命令，要來支援第四真祖的監視任務，以填補七式突擊降魔機槍破損所伴隨的戰力低落。」

「要來監視曉學長的人，不是妳嗎？」

雪菜疑惑地回望表白語氣並無把握的唯里。

唯里則尷尬似的搖頭。

「我原本是這樣以為的，卻變得不太有自信了耶。雖然我姑且有收到用來對付第四真祖的新武神具。」

唯里說完，就把豎在牆角的樂器盒拉到身邊。那是用來搬運鍵盤用的扁平軟盒。

管理倉儲的標籤貼紙上印著「Type-13」的字樣。雪菜看到以後，訝異似的睜大眼睛。

「十三式？之前我聽說這是空下來的型號。」

「目前在官方似乎也還是不存在喔。」

唯里打開了樂器盒的蓋子。

沉甸甸地擺在透明緩衝材之中的，是比改良型六式降魔劍大了一圈——劍身長度超過一公尺的雙手劍。

然而，奇妙的是那把劍沒有附劍刃。它並不是沒有開鋒，而是本來就不具劍刃的外形。在那裡的是扁平的六角形厚鋼板，前端也被削得直條條。既不能砍也不能刺的鐵灰色鋼塊。

儘管如此，雪菜她們望著那項武神具的眼神卻十分嚴肅。

「這就是……十三式斬魔大劍（Heidenroslein）……」

「嗯。不過，因為很恐怖，我不太想用到它耶。要對付吸血鬼真祖，或許這也是情非得已。幸好改良型六式沒有被收走。」

不只字面上所述，唯里是用由衷害怕般的語氣說道。

樂器盒之中還收著另一把銀色長劍。

唯里愛用的改良型六式降魔劍。光看外表，具備鋒利劍刃的改良型六式感覺可怕得多。

可是唯里凝視愛劍的表情卻只有信賴，感覺不到不安或畏懼。

反過來說，十三式就是如此危險的裝備。

某種意義而言，這大概也是理所當然。因為這把沒有刃的大劍跟「雪霞狼」一樣，同屬足以誅滅吸血鬼真祖的獅子王機關祕藏兵器。

「是妳的話，肯定沒問題的。」

好似要為不安的唯里打氣，雪菜用力微笑了。

同樣在高神之杜長大的雪菜曉得唯里的實力與為人。縱使十三式斬魔大劍蘊藏著多麼危險的威力，只要使劍者是妳就肯定不會出差錯——雪菜耿直的眼神正如此雄辯。

「謝謝妳。」

唯里羞赧地低頭。接著在下個瞬間，笑容便從兩人的臉上消失了。

為了隨時能採取動作而抬起腰的雪菜與唯里，分別用銳利目光朝向公寓玄關，還有背後的窗外。

「唯里學姊。」

「嗯。」

唯里對雪菜短短呼喚的一句點了頭。從周圍可以感受到隱蔽的咒力。假如不是跟雪菜獨處，就無法察覺的細微動靜。

這個房間被包圍了——如此篤定的瞬間，強烈異樣感便朝著唯里她們來襲。

宛如理應不存在的時間強行介入了世界的不快感。刺耳的雜音在唯里耳邊響起。當那陣雜音消失時，唯里與雪菜的前後左右就被紙偶般不具厚度的人影包圍了。即使沒有厚度，它們所握的刀仍具備貨真價實的利刃。

「式神……？什麼時候來的！」

「這一招，難道是……！」

唯里與雪菜同時驚呼。有兩名具未來視能力的劍巫，卻對突然的襲擊反應不過來。這樣的事實將唯里與來襲者絕望性的實力差距攤在她面前。

「請妳們兩位都別動。」

從唯里背後傳來細語般的靜靜說話聲。

回頭之後，唯里眼中所見的是個用薄絹遮著臉的巫女服女子。外貌年齡和唯里她們差不了多少。可是，對方散發的壓倒性威迫感，讓唯里的聲音發抖。

「三……三聖……」

獅子王機關「三聖」之首，閑古詠。雖然唯里遇過她幾次，但這是首度被對方以殺氣相向。光是如此，唯里的身體就像中了定身術一樣僵掉了。

「姬柊攻魔官，我將以施暴、竊盜及反叛獅子王機關的嫌疑拘拿妳。」

古詠無視於動不了的唯里，並且朝雪菜喚道。

「反叛？我嗎……？」

雪菜啞口無言似的反問。她應該同樣被古詠以殺氣相向，卻勉強撐過了對方施予的重壓。那是她跟唯里的經驗差距，她並非頭一次和古詠敵對。

古詠冷冷地低頭看向雪菜，繼續說：

「本日上午十一點零七分，獅子王機關的職員在紘神市內的路上遭受襲擊，運送中的七式突擊降魔機槍被搶走了。」

「七式突擊降魔機槍，呃……咦！」

唯里忘了恐懼而發出嘀咕。破損的「雪霞狼」殘骸被偷了，古詠是這麼告訴她們的。而且，她還說犯人是雪菜——

「姬柊雪菜，根據遇襲職員的證詞以及監視攝影機的影像，獅子王機關——判斷妳就是犯人。妳有什麼要辯解的嗎？」

「請、請等一下！」

尖聲提出異議的是唯里。非得轉達真相的使命感勝過她對獅子王機關「三聖」的恐懼。

「羽波攻魔官？妳有何意見？」

古詠臉色納悶地看向唯里。唯里則用乾渴的喉嚨發出吞嚥聲，然後點頭說：

「雪菜她……不，姬柊攻魔官並不是犯人。因為我從今天早上就一直和她在一起，她不可能有辦法襲擊。」

「妳要為她的不在場證明作證？」

「是、是的……！」

即使被隔著薄絹的目光射穿，唯里仍明確地點了頭。

古詠遲疑地停下動作。沉默頂多持續了五秒。然而，唯里卻覺得那像長達數天的審問。

古詠微微地嘆息。原本包圍唯里她們的眾式神如幻影一般消失蹤跡。

「好吧。姬柊攻魔官的處分暫時保留。不過，在嫌疑洗清之前，妳們兩位要在我的監視下接受軟禁。可以嗎？」

「好、好的！」

唯里動作生硬地端正姿勢這麼說。

但雪菜什麼也不答，還抬頭看了古詠。那並不像反抗的表情，可以感覺到雪菜的眼睛正在尋找其他人，而非古詠。

「關於剛才談到的那件事，請問監視攝影機拍到了我的身影嗎？」

「是的。一清二楚。」

古詠對雪菜的問題點頭。

那句答覆讓唯里混亂了。不只有目擊證詞，連影片都能認出雪菜的身影——古詠是這麼說的。不過唯里和雪菜都待在一起肯定也是事實。

而且漂亮得足以錯認成雪菜的少女，想必沒有多少人。

「關於這一點，莫非妳心裡有數？」

古詠大概與唯里懷有相同疑問，便望著雪菜問道。

「…………」

雪菜保持默默無語，明確地點了頭。

5

ＭＡＲ的紘神研究所落址於離魔獸風波現場不遠的人工島北區中央市區。含附設病院在內，坐擁近千名研究人員，屬市內最大的研究機關之一。

對身為魔導企業複合體的ＭＡＲ而言，在「魔族特區」研究的成果是堪稱企業生命線的重要情報。解析魔族能力及生態，還有應用那些研發出來的工業產品和醫藥品——據說發祥自紘神島的這類產品，如今已在巨型企業ＭＡＲ的收益中占了六成以上。

當然，對於研究所的出入管理，他們設有媲美軍事基地的警備體制。獲利率高的醫療部門維安尤其嚴格。

除了武裝警備器提供的全天候監視以外，還有魔族警備員巡邏及魔法屏障，可以說已經安排了所能設想的最高級入侵者應對措施。

在那種環境下，毫無預告地找上門拜訪醫療部門主任曉深森的，是個意想不到的人物。和深森女兒交了朋友且身穿制服的嬌小高中女生。

「午安～～我送冰品過來～～♪」

和姬柊雪菜有相同臉孔的少女一手拿著保冷盒，開口打了招呼。她沒有被任何人盤問就來到研究室門前，而深森並未多訝異地出來迎接了。

「哎呀呀～～雪菜？妳一個人？怎麼了嗎？」

「我有事情想拜託奶……阿姨，就跑過來了。」

少女親暱地隔著玻璃微笑，然後點點頭。

深森愉悅似的挑眉看了她。沒有人陪著少女。深森那總是跟她在一起的兒子，恐怕人還在學校。

「瞞著古城嗎？哼哼？妳等等，我馬上開門。」

深森操作手腕上的遙控器，玻璃門就無聲無息地開了。

少女並沒有特別警戒，大大方方地走進去。

深森分到的個人研究室寬廣得可以塞進一整座籃球場。平時十二個助手中往往會有人待在裡頭，但今天難得只有深森在房裡。

或許是單純的巧合，也或許是少女算準時機才來的。在深森看來怎樣都好。

「好久不見。這是我帶的伴手禮。」

少女說完便遞出保冷盒。

深森收下盒子以後，發出「哇」的小小歡呼聲。

「這不是露露家的新產品嗎！櫻花莓果與皇家巧克力！」

「是啊。今天才發售的。」

少女笑吟吟地答道。

深森一臉開心地掀開杯蓋，立刻就用隨附的湯匙把新品冰淇淋送到了嘴裡。莓果冰淇淋在口中化開來的口感，讓深森露出滿面笑容說：

「然後呢，妳來找我的目的是什麼，冒牌雪菜？」

「哎呀……果然露餡了嗎？」

和雪菜有相同臉孔的少女毫不慚愧地吐了吐舌。

深森沒有責怪她，還「哼」地翹起鼻子。

「別看我這樣，我可是『魔族特區』的醫生喔。好歹也分得出人類與魔族……哎呀？」

深森得意地說到一半就凝視著少女，彷彿有所領會地悄悄瞇起眼睛。她叼著冰淇淋的湯匙，用空著的右手碰觸少女的手。

「妳……該不會……哦～……原來是這麼回事啊。哎呀哎呀哎呀哎呀。」

深森眼中浮現訝異之色，接著愉快地露出賊笑。

她那好似看透了一切的態度，讓少女嘆氣表示：敗給妳了。

深森是過度適應能力者（Hyper Adapter）——也就是天生的超能力者。

她的能力屬於醫療性的接觸感應能力（Psychometry），光是接觸，就能得知連患者本人都不曉得的身體資訊。要看穿對方是什麼人、又是如何出生，對她來說只是小兒科。

「您已經察覺到那麼多了啊？真不愧是奶……阿姨。」

「討厭啦，那麼見外。叫我深森就好了喔。對了，妳好不容易才從遠方來玩，該給妳零用錢才行。」

「呃，深森……」

少女戰戰兢兢地叫了像小孩一樣嚷嚷的深森。

不過她還沒有告知來訪的目的，深森就從桌子的抽屜裡拿出了一只小盒子。尺寸與蛋糕捲差不多的塑膠盒。

「或者，妳想要的是這個？」

深森打開盒蓋。少女看完裝在裡面的東西，瞪大了眼睛。

「瞞不過妳呢，深森。」

少女恭恭敬敬地收下遞來的盒子，然後害羞似的縮起脖子。深森似乎在少女來到這間研究室時，就察覺她的目的了。

「不過，這可以擅自帶出去嗎……？這不是ＭＡＲ的機密資料……」

「可以的喔。我有得到上司允許。」

深森若無其事地回答臉色難免顯得不安的少女。

少女這才真正吃了一驚，並且目瞪口呆地回望深森。

已取得將ＭＡＲ機密資料攜出的許可。那就表示，深森精確地理解了這個盒子裡的東西所要扮演的角色。

她早就知道誰會需要這個了。

「難道說，妳從一開始就打算交給那個人嗎？」

「她要是不在，我也會傷腦筋。這樣就見不到孫女的可愛臉蛋啦。」

一臉享受地把冰淇淋含在嘴裡的深森隨口回答，並露出微笑。

少女苦笑著搖頭。看來在這裡久留太危險了。再繼續跟深森對話，她似乎會連不該講的事都不小心說溜嘴。

深森似乎察覺了少女心中有這樣的糾葛，當她說「掰嘍」準備離去時，深森便沒有意思留住她。

「呃，關於我的事情，請對古城他們——」

少女在走出研究室的前一刻，回頭向深森說道。

「是祕密對吧。我明白，我會順便對妳的爺爺保密。」

深森說完就俏皮地對她瞇了一邊眼睛。

少女點頭，並逃也似的從研究室拔腿就跑。

6

「搞外遇……？」

妮娜．亞迪拉德在公寓頂樓的豪華客廳裡發出苦澀之語。

身高連三十公分都不到，而且有著東方標緻臉孔的人偶。那就是年紀超過兩百七十歲的古代大鍊金術師最後淪為的模樣。由於某種緣故失去血肉之軀的妮娜用所剩無幾的液態金屬重新組成肉體，寄居在南宮那月的住處。

「這個當老公的真不像話。你在這種時候不護著老婆怎麼行？反觀這個小姑，態度實在是值得叫好。嗯，妾身心裡爽快多了。」

妮娜懶洋洋地躺在沙發上，朝電視自言自語。電視上在播迎合主婦的娛樂新聞節目。

正好在節目進廣告的時間點，零菜走進客廳。

她是從前天起就跟妮娜一樣在那月的住處生活。正確來講，與其稱為生活，應該說她是被藏在這裡的。

「妮娜小姐，我回來了～」

「噢，是妳啊。要找的東西到手了嗎？」

妮娜甩了亮澤的秀髮回過頭。即使看到和雪菜相同臉孔的零菜，她也沒有顯得特別在意。雖然沒有人說明過詳情，不過活了兩百七十年，似乎就不會因為一點小事而動搖。

零菜將原本捧著的行李一擱，在妮娜旁邊坐下來。

「託妳的福……呃，妳在看什麼啊？」

「嗯。娛樂新聞在演欺負媳婦的情境重現劇。」

「古代大鍊金術師在看電視的娛樂新聞……這……」

零菜一臉傻眼地望著妮娜搖搖頭。信任這種人沒問題嗎？她露出彷彿如此自問的表情。

可是，妮娜卻用辯解似的眼神仰望零菜說：

「不得已啊。夏音、那月、亞絲塔露蒂都去了學校，妾身好無聊。何況鍊金術師雜誌也讀膩了。」

「原來有那種雜誌啊。而且還用偶像當封面……」

到底誰會讀啊？零菜認真端詳擺在桌上的雜誌。

妮娜就趁這時候，打開了零菜帶回來的行李。

用來搬運吉他的硬盒。零菜襲擊獅子王機關的運送負責人以後硬搶來的東西。

盒子裡裝的是無數金屬碎片，還有半毀的槍柄。「雪霞狼」的殘骸。

「呼嗯……這確實是雪菜用的槍。毀損得還真嚴重。」

妮娜拿起一塊碎片，然後佩服似的出聲感嘆。

零菜則探頭看向鍊金術師的那張臉龐問：

「怎樣？修得好嗎？」

「嗯。辦不到。」

妮娜毫不遲疑地立刻回答了。為此心慌的是零菜。

「為、為什麼！這是普通的金屬吧？」

「材質本身確實是到處可得的特殊鋼材。鐵、碳素、錳、鉬、釩、鉻、矽，另外就是硫礦與磷吧。」

妮娜一邊確認金屬片的觸感一邊說道。對鍊金術爐火純青的她來說，要將金屬的組成材質說個分明，似乎和辨認沙拉材料所需的工夫差不多。

「既然這樣——」

「即使材質本身是普通玩意兒，打造這柄槍的人可不尋常。結晶體的各個角落都銘記著質量驚人的詛咒——不，祈禱之念。該說是瘋狂，或者純粹？雖然不曉得是誰，這股執著實乃壯烈。怪不得除了雪菜以外無人駕馭得住。」

妮娜難得用了正經語氣來說明她無法修理的理由。對人稱古代大鍊金術師的她來說，打造出「雪霞狼」的冶煉技術似乎仍值得讚嘆。

然而，零菜卻用失望般的眼神瞪妮娜說：

「簡單來說，就是妳認輸對不對？」

「啥？這並沒有誰勝誰負，妾身說過是執著的問題吧？考慮到所費的工夫，妾身只是覺得用這樣的技術不合算——」

妮娜大概自知被戳中痛處，就賭氣般回嘴。

零菜「哼」地冷笑，張開雙臂誇口：

「意思就是憑妳的實力沒辦法重現嘛。即使號稱來自帕米拉的妮娜·亞迪拉德，沒想到本事也不過爾爾……我原本還抱著期待，真令人失望耶。」

「妾身並沒有說無法重現……！單純是祭品不足！」

「……祭品？材料不是都湊齊到這裡了嗎？」

零菜納悶地低頭看了長槍的殘骸。

靠著獅子王機關的那些職員，「雪霞狼」碎散的零件已經連細微的小碎片都全部回收完成。既然不必重新製造金屬，用來當材料的鍊金祭品應該只需要最低限度。

「這種情況下所要的祭品，指的是魔力。好比加工金屬需要熱能以及電力，鍊金術要的是魔力。照妾身看呢，只要拿四五個活蹦亂跳的靈能力者來獻祭就夠了。」

「這個鍊金術師……講話有夠沒顧忌的耶……」

連零菜也對妮娜粗魯的說明板起臉孔。

但這是事實——妮娜冷冷地斷言。

「還有神格振動波驅動術式怎麼辦？唯有那道術式刻印，妾身也無法重現喔。因為那是讓魔力無效化的刻印。那玩意兒被毀得這麼嚴重，連要推測刻印原本的形狀都無從下手。」

「啊，那不成問題。因為我這裡有原版刻印。」

零菜從制服胸口一抽，拿出了銀色棒狀物。

那是其中一端被磨尖的金屬製短樁。直徑不滿兩公分的短樁表面，刻著奇妙紋路。妮娜注意到那些紋路，眼光便驚愕似的動搖了。

「居然是……誅殺真祖的聖槍？妳從哪裡弄到這個的？」

「嗯。」

零菜望著無意識貼近而來的妮娜，緩緩地搖頭。

「這是很重要的東西……因為——這是奧蘿菈留給我們的。」

「奧蘿菈……是嗎？這就是殺害上一代第四真祖的槍嗎……」

零菜默默地對妮娜嘀咕的話露出了微笑。

從曉深森那邊收到的盒子，裡頭裝的就是這支金屬樁。

過去被稱作第四真祖的少女，為了消滅存在於自身體內的「惡意(原初)」而扎進自己身體的破魔之槍。在奧蘿菈喪失肉身以後，那仍被ＭＡＲ保管著。

短樁表面刻的紋路，和獅子王機關的七式突擊降魔機槍所用的一樣，都是神格振動波驅動術式。不對，這支短樁的紋路才是原版術式，七式突擊降魔機槍的不過是複製品(Replica)罷了。將這支短樁嵌入其中，被認為不可能修復的「雪霞狼」就會復甦，復甦為比破損之前更加完整的型態——

「對了對了，關於這把槍和刻印的接合處，能不能改造成這種感覺？這樣靈力的轉換效率應該會提升耶。」

當著入迷般凝視短椿的妮娜眼前，零菜在筆記紙上流利地寫了些什麼。那看起來只像意味不明的圖樣，而妮娜興趣濃厚似的「哦」地望著那張塗鴉。

「嗯，有意思。運用有頂天理論讓靈力轉換迴路效率化的原理，去年才剛發表出來。據說實用化可要花上十年……不，二十年工夫才行喔……」

「哦～～……是這樣嗎？」

疑心的妮娜蹙眉提出質疑，雪菜則嘻皮笑臉地敷衍過去。雖然妮娜不滿地噘起嘴，卻沒有硬要向她追究迴路圖的出處。

「既然如此，槍的材質本身也更改成這樣比較好。」

妮娜在筆記紙的空白處寫下了複雜的結構式。

對對對——零菜看了便開心地表示同意。

「嗯。萌蔥也有這樣交代。我都忘了。」

「……接著，關鍵的魔力要怎麼辦？」

妮娜用認真的表情問了零菜。得到誅殺真祖的寶貴聖槍，好像讓她也有意願修復「雪霞狼」了。

可是，即使材料齊全了，用來實行鍊金術的魔力仍不夠。

鍊金術終究是技術，而非無中生有的魔法。要創造價值高的物品必須付出相應的代價。

「祭品的話，這裡有。」

零菜詭異地笑了笑，並且伸出自己的右手。

然後她用「雪霞狼」的碎片深深劃開自己的手腕。豔紅的鮮血滴落，將碎散的銀槍殘骸沾濕。

「這是處女之血喔。吸血鬼真祖的嫡系之血，行吧——」

眼睛發出深紅光彩的零菜笑了。

妮娜看到她那樣，也詭異地跟著露出猙獰的微笑。

7

古城曬著日落前的垂暮陽光，走向單軌列車的車站。

一如往常的通學路。從學校回家的路上。

假如有不同於平常的地方，那就是雪菜不在古城身邊。還有斐川志緒的身影就在他後頭。

志緒保持在隨時可以取出武器的姿勢，觀察著古城的一舉手一投足。氣氛簡直像護送囚犯的警官，或者失心瘋地尾隨獵物的跟蹤狂。

「我說啊，志緒同學。」

古城用實在生厭的態度朝志緒搭話。

「怎、怎樣？」

志緒抖了一下，還畏懼似的和他拉開一步距離。

真受不了——古城疲倦似的嘆氣說：

「妳提防成那樣，我就得跟著費心思耶……該怎麼說呢？周圍的視線也會讓人在意吧。畢竟我們從剛才就醒目到不行。」

「是、是嗎？惹人注目，以監視者來說確實不稱職……可是，和你離得太遠，萬一有狀況來不及反應也會構成問題。」

志緒認真地低頭思索起什麼。

這種正經八百的應對方式，感覺真不愧是雪菜的學姊。略有男性恐懼症調調而怕來怕去的態度，彷彿剛和古城認識沒多久時的紗矢華。

「倒不如說，我們一邊閒話家常一邊走不行嗎？」

古城提了個不會出差錯的解決方案，志緒就意外似的抬起臉。

「雖然並沒有被禁止……你跟姬柊雪菜平時都是那麼過的嗎？」

「唉，感覺大致是那樣沒錯啦。」

也因為如此，古城不太會意識到雪菜是監視者。感覺像無論到哪裡都會跟著去的麻煩妹妹。要是跟雪菜本人這麼說，肯定會惹她生氣，古城當然就不曾提到過。

「你們到底都聊些什麼？」

志緒像是被古城說的話勾起興趣而發問。

「要問聊什麼的話，這個時段大概都是在討論晚餐的菜色吧。」

「晚餐……？」

或許是古城的回答令人意外，志緒露出了疑神疑鬼般的臉。

「對了，志緒同學。不好意思，能不能稍微繞個路？我妹妹要我買菜回去……啊，糟糕。超市的優惠券都保管在姬柊那裡。」

「姬柊雪菜也會一起去超市？」

志緒越顯困惑似的眨眼。古城則不以為意地點頭說：

「因為她也會在我們家吃晚飯啊。我要買東西大多都會找她陪。」

「晚飯……欸，那幾乎等於同居嘛……」

志緒像出現目眩症狀一樣站不穩了。

不不不不不——古城揮揮手說：

「都說我妹妹也在一起啦。」

「表示是跟家人有往來的交往關係嗎……」

原本像受了重挫而用手扶交通標誌的志緒，又心驚焦急似的瞪向古城。

「假如唯里成為你的監視者，你也打算跟唯里變成那種關係嗎？」

「……是喔。我想都沒有想過耶。」

當唯里代替雪菜成為自己的監視者時，該怎麼跟她相處才好呢？古城試著想了一會，卻無法順利想像。

「算啦，不過妳今天也會一起吃個飯再走吧，志緒同學？」

「我、我也要嗎？」

古城突然提議，讓志緒露出了猶疑的臉色。她差點反射性地開口拒絕，然而從口中冒出來的卻是意外的一句話。

「牙城先生該不會也在吧？」

「老爸？那傢伙都不太回家耶。妳有事找他的話，我現在可以聯絡看看就是了——」

古城說著就從連帽衣的口袋拿出了手機。

曉牙城最近被動員去調查絃神新島，似乎忙得很。對於原本就在研究「聖殲」遺跡的牙城來說，身為咎神（該隱）遺產的「咎之方舟」是研究材料的藏寶庫。

即使如此，假如像志緒這樣的美少女表示希望見他，可以想見牙城肯定還是會用飛的趕回來才對。雖然那好像也會構成問題。

「不、不是，不用了。我並沒有想要見他。呃，真的。」

志緒連忙搖頭。她的臉頰害羞似的染紅了，古城卻因為夕陽而沒有注意到。

為了讓呼吸緩和下來，志緒重複深呼吸好幾次，然後嘀咕了一句。

「欸，曉古城。」

「嗯？」

「這樣真的好嗎？我是說，姬柊雪菜就這麼被解除監視者職務的話。」

志緒的疑問讓古城露出了有些醒悟的臉。

經過短暫沉默以後，他就用不近人情的語氣冷冷說道：

「無論好或不好，那種事都不是我能決定的啊……」

「確、確實是這樣沒錯，不過姬柊雪菜從以前到現在，不是和你一起克服了好幾場戰鬥嗎？雖說是任務，她仍遭遇過危險，受過傷，還讓你吸了血，發誓無論在生病或健康時，都會陪伴到死亡將兩人分開為止——」

「總覺得，妳說到一半就混了奇怪的內容進去耶……」

志緒心慌地脫口講出莫名其妙的話，使得失去緊張感的古城沒把握地笑了笑。

「反、反正！你一下子就從姬柊雪菜換成唯里行嗎？這樣你不會心痛嗎……？說起來，唯里確實很可愛，個性又好，身材也相當有料，雖然沒有煌坂那麼誇張……但是……！」

「我說過了，姬柊要不要跟唯里同學交換，並不是我能決定的事情。」

古城難得心急似的扯開嗓門了。

但志緒毫不畏懼地逼近古城。

「姬柊雪菜只是對『雪霞狼』壞掉這件事感到自責。她堅信沒有那把槍，自己就不能履行監視者的任務——」

話說到一半，志緒忽然打住了。

她仰望古城的眼裡浮現一絲疑惑與驚奇。

「曉古城……難道你……」

然而，志緒卻沒能把那靈光一現的想法說完。

因為有人像是被逼急了呼喊志緒他們的名字。

「志緒！古城！」

「唯、唯里？」

十萬火急地從單軌列車車站衝過來的，是揹著樂器盒的羽波唯里。她臉色發青，大大的眼睛因焦慮而閃爍。

「妳怎麼了？跑來這種地方？交接完成了嗎？」

志緒面帶不安地問了喘氣趕來的唯里。或許她是傳染到好友的焦慮，聲音也有些變調。

「你們兩個，有沒有看見雪菜？」

「……雪菜？」

「姬柊怎麼了嗎？」

唯里的問題，讓志緒和古城一起歪了頭。為了交接監視者任務，應該跟雪菜在一起的正是唯里，不會是別人才對。

「她、她不見了！」

唯里如此說完，便苦惱似的垂下目光。志緒則摟住依舊混亂的她的肩膀問：

「不見了？」

「我不太清楚狀況，可是壞掉的『雪霞狼』被雪菜搶走了，但那段期間雪菜一直跟我在一起，雪菜聽到那件事，就說要去找雪菜……」

「抱歉，唯里。我完全聽不懂妳在講什麼……」

志緒露出了遺憾的表情。她完全無法理解好朋友在講什麼。

「是姬柊的冒牌貨偷了『雪霞狼』嗎？姬柊要把東西搶回來就跑掉了……？」

古城將唯里說的話理出頭緒。

唯里睜大眼睛，彷彿正如我意地用力指了古城。

「對，就是那樣！」

8

在監視魔獸用的帳篷底下，妃崎霧葉正優雅地端著咖啡杯啜飲。

擺在她面前的，是在紘神市公認為名店的黑森林蛋糕。口味偏苦而濃厚的蛋糕應該合霧葉的喜好，唯獨今天卻幾乎動都沒動地被她擱在桌上。

「妳心情不佳呢，霧葉。」

面向愛用的筆記型電腦打報告的早海微笑著朝她搭話。

過二十五歲的早海對穿著高中制服的霧葉用敬語，冷靜想想會覺得是不自然的事，但太史局的局員們卻沒有人點出那種不對勁。

「哪的話。望著無力的魔獸像那樣動都動不了，我的心就會得到療癒。」

霧葉說完就懶洋洋地揮了揮手。

昏睡狀態的未確認魔獸離帳篷約為四百公尺。發生什麼問題就能立刻趕去的距離。

實際負責包圍被命名為Ⅸ4的未確認魔獸的是特區警備隊，太史局的定位純屬顧問。因為有眾多太史局的局員在上次戰鬥中負傷，陷入了難以單獨繼續執行任務的困境。

基本上，要談到太史局及霧葉的評價是否因此下滑，其實倒沒有那麼回事。因為以負傷者人數來說，特區警備隊那邊壓倒性地多。

即使在太史局內部，主導派的意見也認為對手是連第四真祖都無法徹底殺掉的怪物，有損害在所難免。

話雖如此，那可不代表霧葉就能一解怨氣。

「妳是不服氣就這樣欠獅子王機關人情吧？」

霧葉默默地瞪了提問時毫不掩飾笑臉的早海。她沒有否定早海的話，是因為自知胡亂找藉口只會帶來反效果。

假如大顯身手的只有曉古城，那倒還好。畢竟說來說去，第四真祖和那頭魔獸一樣屬於非人之怪物。

但是在讓Ⅸ4無力化這件事上面，姬柊雪菜發揮了莫大的功效。而且她還失去了七式突擊降魔機槍當代價。正如早海所說，霧葉形同欠了她人情。對此霧葉是不滿意的。某種意義上，她甚至覺得屈辱。

「有好消息要給這樣的妳。Ⅸ4的處置方針決定了。」

早海望著明顯在鬧脾氣的霧葉，愉悅地向她報告。

「處置？」

霧葉反問。要當場殺掉嗎？她是這個意思。早海點頭回答：

「是的。那頭魔獸將不予移送，而是當場執行撲殺處置。」

「那無所謂，但是要怎麼做？」

霧葉疑心似的望向早海。

早海沉默片刻，並過目剛送到的報告書。

「那頭魔獸的細胞具備與吸血鬼相近的特質，妳有沒有聽過這項情報？」

「我當然被告知過了。」

難不成——話說到一半的霧葉撇了嘴脣。

「所以說，意思是要應用誅殺吸血鬼的手續？」

是的——早海予以肯定。

「要消滅真祖級的強大吸血鬼，手段大抵脫不了三種。其一為放逐到異世界。這是第四真祖對奧爾迪亞魯公的判罪方式，但本次無法使用。」

霧葉不發一語地點頭了。假如只是要將魔獸打入不知名的異世界，而非關進監獄結界，雖然會有些費事，不過光靠太史局仍有辦法執行，不需要借助第四真祖的眷獸或南宮那月的力量。

然而，那種手段不能用於Ⅸ4。

面對會吸收魔力的魔獸，空間操控魔法是無法發動的。

「另一種方式則是透過龐大靈力進行淨化。這種方式的有效性，已經由姬柊攻魔官證明完畢了，但由於失去七式突擊降魔機槍，目前變得沒辦法執行。」

「是啊。」

霧葉帶著嘔氣的表情嘀咕。

靈力攻擊強度能匹敵七式突擊降魔機槍的裝備，只有阿爾迪基亞王國的擬造聖劍（匠英系統）。那是憑霧葉的乙型咒裝雙叉槍不可能重現的術式之一。

「因此，這次要執行的是第三種方式。」

「同族相噬……」

霧葉搶了早海要說的話。想誅滅不死之身的吸血鬼，最確實的手段就是透過吸血行為，將對方的存在本身吞噬殆盡。

只不過，能進行同族相噬的只有與對方同階，或者更為強大的吸血鬼。弱者想吞噬能耐高於自己的吸血鬼，反而會被對方吸收掉本身的存在。

而在這座絃神島，並沒有比Ⅸ4更強大的吸血鬼。唯一例外是身為世界最強吸血鬼的第四真祖。

「難道要讓曉古城吞噬那傢伙？」

「不。同族相噬有捕食者反被獵物竊據的風險……所以實在不能冒這樣的危險。」

早海連忙否定霧葉的疑問。

霧葉有點像鬆了口氣地點頭說：

「當然了。讓那頭魔獸得到第四真祖的力量，根本就是惡夢。」

「所以，我們會讓Ⅸ４自己吞噬自己。」

「……意思是要利用細胞相噬？」

「是的。讓細胞互相吞噬。」

早海用力地微笑了。細胞相噬，指的是細胞會捕食其他鄰近細胞的現象。被吞噬的細胞不久之後就會分解消滅。與吸血鬼之間進行的同族相噬十分類似。利用其相似性，就能讓Ⅸ４在肉體與魔法方面都自取滅亡。

「幸好現在已經得知，Ⅸ４對精神攻擊的抗性並沒有多高。針對這項脆弱性，可以令它感染到詛咒，好讓細胞之間能互相吞噬。」

「我認為這想法不錯，但妳打算怎麼發射詛咒？」

霧葉對具體的手續進行確認。

雖然說IX４處於無抵抗的昏睡狀態，要將致死性詛咒下在全長超過十五公尺的它身上，即使是乙型咒裝雙叉槍也辦不到。話雖如此，普通的咒術攻擊想必也無法突破那頭魔獸的魔法防禦。

早海似乎想讓憂心的霧葉著急，就用擺架子的語氣繼續說道：

「甲型咒裝單槍（Flat）的使用許可發下來了。」

霧葉看似一時不備地僵住了。不合她作風的直率反應。

「是嗎……這樣啊。那可真是……好極了。非常好。」

呵呵——霧葉揚起脣角笑了出來。

甲型咒裝單槍是太史局保有的抹殺兵器——在個人能運用的咒裝具之中被譽為最強。由於其絕大的威力，據說過去十年來只有在實戰投入過兩次。如此罕見的兵器被允許動用了。

對抗未知魔獸的策略終於談妥，霧葉的心情也總算恢復。

隨後，就有陌生的大型車輛朝魔獸接近了。

「那台拖車是？」

內心感到有一絲牽掛的霧葉問道。

穿過狹窄隧道來到第三層的，是在絃神島不常見的大型半拖車。貨架上似乎載著用防水布蓋住的工程機械。

「有排行程對破損的精靈爐做應急修理啊。雖然離預定的時間早了點。」

早海用辦公性質的語氣答道。

「應急修理精靈爐嗎……辛苦他們了。」

霧葉望著精靈爐破損的外壁，不經意地嘆了氣。

雖然說處於緊急停機狀態，讓可以重新運轉的精靈爐就這麼保持破損仍會有問題。趁魔獸安分的期間，判斷要施以最低限度的應急修理是合理的。

拖車通過了特區警備隊的盤問，接近到沉睡不醒的Ⅸ４身旁。

其舉動沒有特別可疑之處。

所以，霧葉並無根據。

只是在六刃神官的直覺驅使下，她蹦也似的起身了。

「早海！現在立刻叫所有能動的班員帶戰鬥裝備回來！也對特區警備隊提出警告！」

「霧、霧葉……？」

早海不免茫然地抬頭看了忽然散發出殺氣的霧葉。不過她的動搖僅在一瞬。早海立刻切換心思，朝局員們發出霧葉的指示。

拖車貨台上的防水布由內側遭人粗魯地撕開。

從布裡面出現的並非怪手之類的工程機械，而是罩著墨綠色防彈裝甲的三輛有腳戰車，還有用槍械武裝過的蒙面士兵們。

「太史局局員，拿出戰鬥裝備——敵人來了。」

手握雙叉槍的霧葉好戰地笑了。

以人工手法創造魔獸，令其侵襲絃神島的那些人，終於現出了蹤影。

來襲者的槍口同時開火，特區警備隊展開應戰。

在槍響與怒號如風暴般交錯之下，巨大的魔獸仍沉睡不醒。

第四章 憤怒

The Anger

1

「和姬柊雪菜長得一樣的冒牌貨？是她搶走了『雪霞狼』的殘骸嗎？」

傍晚的路上。志緒偏著頭反問唯里。

她會一副半信半疑的表情也是難免。實際上就連遇見假雪菜的古城，至今仍無法相信有個和雪菜長相相同的少女。

「嗯。大概。因為真正的雪菜(小雪)始終跟我在一起，才沒有當場被捕，可是嫌疑也不算完全洗清，要先軟禁在住處。」

唯里還有些喘地迅速做出解釋。

雖然說「雪霞狼」壞掉了，但它仍是獅子王機關的祕藏兵器。東西在運送中被劫，犯人還跟雪菜像得無法分辨。獅子王機關將雪菜軟禁於住處的因應方式，應該尚稱妥當。

「可、可是姬柊雪菜卻擅自跑出去了嗎……！這是怎麼回事，曉古城！」

志緒設法理解狀況以後，就大驚失色地逼近古城。

「哪有什麼好說的，妳幹嘛問我……？」

「姬柊雪菜那種正經八百的人，居然會違背獅子王機關『三聖』的命令，這根本不可能吧！只能當成你對她造成的影響了嘛！你對她灌輸了什麼想法！」

「什麼話！誣蠛人也要有限度吧！」

古城被志緒粗魯地揪著胸口晃，便忍不住提出抗議。

好啦好啦——看不下去的唯里介入志緒與古城之間說：

「古城，你心裡對雪菜的下落有沒有底呢？我們還不熟這座島……」

「何苦問我下落呢……啊……」

「你搞清楚什麼了嗎！」

志緒猛然把臉湊向古城。古城稍微被急遽接近的志緒嚇到，並且回答：

「呃，沒有啦。姬柊她會不會發現冒牌貨的所在處了呢？」

「冒牌貨的所在處？」

「啊……所以雪菜才跑出去了。她想趁冒牌貨逃掉以前追上去……」

唯里理解似的嘀咕：這樣啊。原來如此——志緒也跟著點頭。

「那麼，冒牌貨的所在處是哪裡？」

「哎，這我就不曉得了。可是姬柊有發現吧。何況她沒有拜託別人，而是親自去找，表示那是只有她才進得去的地方嗎……？」

「所以說，那到底是哪裡……！」

志緒又揪住古城的領口，還順手勒他的頸動脈；唯里則連忙予以制止。三個人扭打在一起的模樣，簡直像劈腿曝光後的三角關係現場。

彩海學園的學生碰巧經過，看見古城等人那樣，就冷冷地向他們搭了話。純白頭髮讓人聯想到新雪的女學生。

「你在馬路中間鬧什麼，古城？」

「……卡思子？妳怎麼會在這種地方……？」

「我正在去探望優乃同學他們的路上啊……」

被叫成卡思子的香菅谷雫梨不悅似的板著臉說。

接著雫梨就用明顯懷疑的眼神瞪向勒住古城脖子的志緒問：

「倒不如問，這兩位是什麼人？照我看，她們身上似乎還藏了挺危險的武器……兩位，假如妳們想對古城出手，我可以奉陪喔。」

雫梨瞇細透著蔚藍色澤的眼睛，還對志緒她們提出警告。她好像姑且有意袒護脖子被勒住的古城。普通人光是這樣就會被雫梨的殺氣嚇得發抖，唯里和志緒卻若無其事地承受住。

「……這是怎麼回事呢，古城？你跟這位女生有什麼樣的關係？」

「咦？」

「剛才她要我們別對你出手，這樣的發言可不能忽略。聽起來倒像在宣布自己才是你的正式交往對象耶。」

「啥？交往……？」

被唯里和志緒交互逼問的古城陷入困惑。然而，雫梨比他還要慌。臉紅得連耳朵都紅通通的雫梨慌張地說：

「錯、錯了！叫妳們別對古城出手，是要妳們別危害到他的意思，並沒有說禁止男女之間的交往——不，沒有得到我允許，你們當然是不准交往的！」

「為什麼和古城交往需要得到妳允許呢？」

唯里帶著愣住的表情反問。雫梨「唔」地哽著一口氣回答：

「要、要問為什麼，那是因為……這個男的具有危險性……」

「反過來說，只要有妳允許，就可以跟曉古城交往……？」

志緒一臉認真地追問。忽然感到頭痛的古城搖頭說：

「妳們幾個……話題岔遠了。不扯那些啦，卡思子，妳有沒有在哪裡看到姬柊？」

「姬柊學姊嗎……？我剛剛才看見她就是了……」

「妳說什麼！」

「真的嗎！」

志緒和唯里迅速圍住雫梨，並且逼問她。那股魄力讓雫梨難得露出害怕般的表情說：

「什、什麼情形……？」

「妳在哪裡看見她的？」

古城用前所未有的認真語氣問道。儘管雫梨仍有些疑惑，還是鎮定下來說：

「她往學校那邊跑去了。隻身一人。」

「學校？彩海學園嗎？」

「咦……那麼，雪菜(小雪)才能進去的地方，是她念的學校？」

志緒和唯里望向彼此。「雪霞狼」的搶劫犯與學校，這種搭配大概讓她們無法釋然。

可是，彩海學園這個地方確實滿足除雪菜以外不容易進入的條件。至少穿他校制服的唯里等人若進去走動，肯定會引起注目。

「總之我們也去看看吧。趁現在或許還追得上。」

「也、也對。跟古城一起的話，我們應該也比較方便進去。」

「我懂了。謝啦，卡思子，太有幫助了！」

唯里贊同志緒的提議，古城則急著向雫梨道謝。

「古城？到底是出了什麼事——」

雫梨反射性地叫住急忙想跑的古城等人。於是——

忽然間，在場所有人都停下腳步了。他們察覺到讓大氣撼動得劈哩作響的強烈氣息。不只身為攻魔官的唯里她們，連對魔法一竅不通的古城都能明確感受到靈力波動。宛如盛夏陽光直射，有種皮膚被曬傷的感覺。

「這股靈力是怎麼回事……？」

「是在人工島北區的方向！」

志緒和唯里表情險惡地瞪向絃神島北方。從古城等人目前所在的南區望去，人工島北區正好是隔著基石之門的另一側——也就是離得最遠的人工島。從那裡流瀉的靈力正直接傳達過來。有天大的異象發生了，可以篤定的就只有這點。

「北區……？難道是那頭魔獸開始作亂了嗎？」

古城的聲音透露出焦躁。此等異象和未確認魔獸的登陸地點一樣，都發生在人工島北區。不可能純屬偶然的吻合。就算異象的原因另有所在，於近距離蒙受到強大靈力，休眠中的未確認魔獸肯定會醒來。

古城咂嘴轉過身。雖然雪菜的事也令他掛心，但人工島北區發生的異象更優先。儘管如此，這並不是跑步就能趕到的距離，得招計程車才行——如此心想的古城靠向車道。

「咦！」

半拖車的巨大前輪就逼近而來，占滿了古城的視野。

古城不曉得出了什麼事。可以理解的只有引擎正發出異常嘶鳴，還有道路分隔桿折斷之後從半空飛過的軌跡。

越過中央分隔島的大型車輛朝古城等人撞上來了。

交通事故——古城腦海裡只閃過這個詞。完全猝不及防，有種像在看爛動作片的非現實感。

「——古城！」

雫梨的尖叫聲被金屬相互碰撞的聲響蓋過了。

圍欄一下子就被拖車直接撞飛，號誌燈的支柱彎曲變形。

差點遭輾死的古城被志緒救了。從旁撲來的志緒抱著古城滾到地上，勉強讓古城免於慘死輪下。

拖車迷失目標，衝上人行道旁邊的斜坡停下。

壓毀的水箱冒出白色蒸汽，機油及剎車油流到地面。金屬製貨櫃從翻倒的貨架上滾落路面。

「古城！志緒！」

唯里對瀰漫的異味板起臉，並呼喊古城他們。

志緒甩了甩頭站起來。

「我和曉古城沒事！重要的是——」

「搞什麼嘛，這輛拖車……！」

雫梨怒氣沖沖地往上瞪了駕駛座。

釀出這麼嚴重的車禍，拖車的駕駛座卻幾乎無損。然而駕駛者並沒有要出來露臉的跡象。馬路上，連剎車的痕跡都沒有留下，簡直像從一開始就刻意要加害古城等人。

總算掌握到情況的古城一邊提防一邊起身。

在他眼前，有道悠然下車的人影站著。

披白袍的纖弱男子。雖然有著中性的端正臉孔，但隨意留長的瀏海，以及頭髮底下樣似冷酷的眼睛，導致他的外貌難以說是有魅力。

古城等人反射性地有所戒備，男子便用作戲似的身段緩緩將他們看了一圈。他的表情十分愉悅，有如科學家即將發表珍藏已久的研究成果。

「嗨，是我失禮。好像出了點意外。不過第四真祖與『炎喰蛇』擁有者，你們兩位會在一起是幸運的。」

「你說什麼……？」

男子知道他們的身分——發現這一點的古城等人為之戰慄。

白袍男子在嘴邊留下刻薄笑容，然後操作手裡握著的遙控器。翻倒在路上的金屬製貨櫃產生震動，艙門隨著悶爆聲炸飛。

被白煙圍繞的貨櫃中，有東西閃爍發光了。

猶如黑暗中燃燒的烈火，綻放著深紅光彩的六雙眼睛。

「這批貨好像有一小部分打翻了。請務必協助回收——」

男子用事不關己的平淡語氣說道。

下個瞬間，從三座貨櫃爬出來的六頭魔獸在傍晚的馬路上一起咆哮。

2

戰況膠著。

這是指開大型拖車闖進來的神祕襲擊者，與特區警備隊之間的戰鬥。

以裝備與火力來講是襲擊者們壓倒性占上風，但特區警備隊的隊員們靠著戰術與訓練度巧妙地與之抗衡。

只是，那種膠著的狀態恐怕不會持續太久。任誰都能看出，只要戰鬥拖長就會對特區警備隊陣營不利。因為襲擊者們都不疲倦，對同伴的死也未顯現任何動搖，更沒有對傷勢感到痛苦的模樣。

「傀儡（Golem）？」

霧葉察覺到襲擊者們的底細，掃興似的板起臉。

它們是被魔法操控的人偶。材料恐怕是用人類的屍體。那就是不覺痛苦也不知恐懼的士兵真面目。無法做出靈活判斷的傀儡稱不上優秀士兵，但是在這種特定狀況下，就會變成棘手程度高過性能（Spec）的敵人。

「有腳戰車也是無人機呢。對方的目的到底是什麼？」

早海用冷靜的語氣嘀咕。

襲擊者們帶來的有腳戰車，並沒有仗著火力試圖強行突圍，始終在牽制特區警備隊。那種消極舉動就是戰況膠著的理由之一。感覺簡直像刻意要將戰鬥拖長。

「特區警備隊的援手呢？」

「已經發訊求援了。可是，或許會來不及趕到。」

早海立即回答霧葉提的問題。霧葉納悶地回望搭檔。

「為何？」

「據說有接獲通報，人工島東區的燃料儲蓄倉庫，以及人工島西區的商業港各出現了小型的未確認魔獸。雖然詳情目前仍在確認中——」

「我想——這不會是巧合吧。」

「嗯，恐怕是聲東擊西。」

早海表情險惡地告知。

有多頭未確認魔獸存在的事實，並不是什麼值得驚訝的情報。畢竟對方具備觸手遭到切斷也能從中再生的荒謬生命力，即使於短期內增殖也不足為奇。

然而，一旦它們同時出現在多處，就不能解釋成單純的自然現象。明顯有人為操作的味道。目的恐怕是要分散特區警備隊的戰力，讓此處的防守變得薄弱。

「聲東擊西嗎……那麼，是不是可以將襲擊這裡的部隊假設為主力？基本上，他們目的是什麼？感覺並不是來回收魔獸的呢。」

霧葉表情惆悵地問。嗯——早海稍作思索般把手指湊在臉頰說：

「說得對……以主力來講，敵人的戰力顯得單薄。畢竟這個區塊還有精靈爐的護衛部隊，特區警備隊只要將他們投入，襲擊者陣營想必是沒有勝算——」

「……精靈爐？」

霧葉抬起臉看了早海。

休眠中的未確認魔獸Ⅸ4，與精靈爐設施的距離僅有一百幾十多公尺。保護精靈爐的特區警備隊部隊自然也在提防逼近身邊的襲擊者們，對設施內部的監視就會相對單薄。

「精靈爐本身的護衛狀況如何？」

「應該是以最低限度的人數持續戒備中——」

早海操作專用的行動裝置，想要確認精靈爐的設施內部。然而畫面上顯示的，只有代表連線中斷的錯誤訊息。跟監視攝影機之間的連線斷了。察覺這一點的早海臉色僵凝。

「被擺了一道呢。」

霧葉隨口嘀咕。她還沒有說完，警報聲就在早海手邊響起了。來自精靈爐護衛部隊的緊急通訊。

「這裡是太史局。發生什麼事了嗎？」

『有、有魔獸！和Ⅸ４同類型的未確認魔獸，入侵精靈爐的設施了……！』

「……！」

極盡惡劣的報告，讓早海無言以對。假如出現的是襲擊者的別動隊也就罷了，魔獸入侵精靈爐設施這樣的事態完全在意料之外。

所謂的精靈，理論上是與吸血鬼眷獸成對的存在。若眷獸是具備意志的魔力聚合體，精靈就是濃度相當的靈力聚合體。以人工方式召喚精靈並當成靈力供給源，就是精靈爐的運作體制。

目前精靈爐處在緊急停機狀態。雖然設下的結界斷絕了對外的靈力供給，但爐內仍然在召喚為求方便而稱作「精靈」的高次元能量體。

萬一封印被破壞，精靈爐內的龐大靈力應會從中噴出。和吸血鬼眷獸失控同樣程度的損害，將波及精靈爐四周。

更別說那裡要是有與Ⅸ4同類型的魔獸存在，會發生什麼就已無從想像。因為無論是魔力或靈力，它們一律要吞噬殆盡。

「未確認魔獸……為什麼會……？」

早海虛弱地擠出聲音。

「這表示——有人用空間移轉(Teleport)將Ⅸ4送了過來。留在第六島群的膠囊就是證據。我該更早發覺的。」

霧葉抹去表情嘀咕了。在Ⅸ4一開始出現的地點所發現的培養膠囊，曾讓她感覺到有空間移轉的形跡。那時的直覺並沒有錯。

讓傀儡們攻堅來吸引精靈爐護衛部隊的注意，再趁人手薄弱，直接靠空間移轉把魔獸送到後頭。那就是襲擊者的真正目的。所以襲擊這裡也是幌子。

「封印解開了！精靈爐再次啟動……！」

早海的警告讓周圍的太史局局員們一陣慌亂。有個武裝的年輕局員似乎按捺不住，就上前問霧葉：

「我們要攻進精靈爐嗎？趁現在，可能還來得及——」

「沒用喔。放著別理。」

霧葉卻駁回局員的提議。

「可、可是……」

「不要搞錯了。這裡是絃神市國，並非日本。」

霧葉意想不到的一句話，讓局員們困惑似的沉默下來。對於那些人，霧葉用冷冷的笑容向著他們說：

「假如克服不了這種程度的危機，他們休想經營夜之帝國，我們並不用內疚。無聊的恐怖分子交給專家去對付吧，我們做我們的工作，這不就好了？」

局員們臉上泛出理解之色。太史局的任務是懲治魔獸。即使沒有成功防範精靈爐再次啟動於未然，結果他們仍會消滅醒過來的未確認魔獸——霧葉是這麼說的。

「了解，妃崎攻魔官。」

局員們一起對霧葉敬禮。霧葉嫌煩似的朝他們揮手，然後握起愛用的雙叉槍。

精靈爐外洩的龐大靈力讓大氣像帶電一樣顫動。

原本沉睡不醒的魔獸，其觸手搏動般微微地動了起來。

3

彩海學園教職員室所在的校舍——

比校長室更有派頭且景觀良好的頂樓，莫名其妙地設有南宮那月的辦公室。

厚厚的地毯與天鵝絨（Veludo）窗簾；有年紀的古董家具。充滿品味的房間好似會讓人誤認是哪裡的王宮。

「請問南宮老師在嗎？」

雪菜敲門說完，不等回應就進了那個房間。

那月沉沉地坐在老椅子上，還用看待迷途飛蟲般的視線望向雪菜。她語帶嘆息地開口：

「姬柊雪菜嗎？放學時間應該已經過了，妳有忘記的東西？」

「是的。某種意義上是這樣沒錯。」

雪菜緩緩點頭。其間她仍沒有把目光從那月身上挪開。

呵——那月嘲弄人似的笑著說：

「怎麼了，擺一副嚇人的臉？臉蛋漂亮是妳為數不多的優點，這下可就糟蹋嘍。」

那月的口吻讓人分不出是褒是貶，雪菜便困擾似的咬住嘴唇問：

「她人在哪裡？」

「她？」

「前天午休，在這間學校扮成我的女孩子。」

「誰曉得妳在說什麼呢？」

那月面色不改地裝蒜。態度彷彿心裡完全沒有數。

雪菜卻沒有轉開目光。

「她是靠空間移轉出現在女生更衣室的。假如地點離得更遠，或者用其他魔法也就罷了，在學校裡有空間移轉的形跡，老師妳不可能沒發現。」

「精確來說，那屬於性質和空間移轉相近的魔法就是了。」

那月爽快地鬆口。大概並不是因為紙包不住火，她只是覺得再瞞也嫌麻煩而已。

雪菜一臉「果然如此」地嘆道：

「之後她立刻就失去蹤影了。即使由藍羽學姊搜索，也不知道她的下落。表示她沒有被島上的監視攝影機照到，就離開這間學校了。」

換句話說，假雪菜靠空間移轉到了島上的其他地方。

再怎麼高竿的魔法師，也無法連續使用空間移轉這種高階魔法。除了操縱空間如呼吸般的嬌小魔女以外。

「我本來以為提示留得夠多了，沒想到妳察覺還是費了些時間。唉，勉強算及格吧。」

傷腦筋──那月聳了聳纖瘦的肩膀。雪菜不服氣似的瞪著嬌小的女老師問：

「她人在哪裡？」

「要找零菜的話，她應該還在睡覺。似乎是消耗過魔力就累了。」

「……零菜？那是她的名字嗎？」

雪菜揚起了抽動的眉毛。那月所說的消耗魔力也令她在意。

「我倒沒有手段能確認那是不是本名。」

那月默不關心地斷言。雪菜又嘆了一口氣。

「請立刻讓我見她。」

「見了要做什麼？」

「我要拿回被搶的七式突擊降魔機槍。」

雪菜用強硬語氣說道。那月傻眼似的失笑出來。

「拿回壞掉的槍？把那種東西弄到手又如何？」

「這……」

「那把槍會折斷，還有在運送途中遭劫，都不是妳的責任。就算拿回來，又能改變什麼？那是妳由衷希望的事情嗎？」

那月用了有些尋開心似的語氣問。雪菜則賭氣提出反駁：

「可是，既然我的冒牌貨搶了七式突擊降魔機槍，我就不能坐視不管。」

「獅子王機關並沒有命妳把槍搶回來吧？妳不惜獨斷獨行，也想要長槍殘骸的理由是什麼？難道妳以為有那把槍，就能像以往一樣留在曉古城身邊？」

「我才沒有想過那種事……！」

雪菜反射性地大聲反駁，中途力道卻減弱了。那月到底有沒有點破事實，連雪菜自己都不敢篤定。

那月深感興趣似的看著雪菜的反應說：

「我沒有義務阻止妳，但是作罷吧。妳連武器都沒有就想跟第二世代的吸血鬼鬥？」

「第二世代……？」

雪菜茫然瞠目。

第二世代的吸血鬼，是指真祖的下一代——換句話說，就是吸血鬼真祖與本身「血之伴侶」生下的小孩。因個體而異，據說其能力將可匹敵真祖，而且身上更會顯現從「血之伴侶」遺傳的特殊能力。

假如那月所言屬實，表示假雪菜——零菜的父母之中有一方是吸血鬼真祖。

雪菜首先想到的，是具有變身能力的第三真祖──「混沌皇女」嘉妲・庫寇坎。過去，她曾用奧蘿菈的模樣在雪菜等人面前現身過。當然，第三真祖的女兒要化身成雪菜，應該也不是多難的事。

然而有些部分讓人無法釋懷也是事實。

假設嘉妲有女兒，她也沒有理由要特地化身成雪菜。幫忙懲治魔獸，還有搶奪壞掉的「雪霞狼」之動機都不明。另外淺蔥的新型人工智慧會被她竊據，理由也無法得到說明。就算她是與第一真祖或第二真祖的相關者亦同。

「妳說她是第二世代的吸血鬼──」

雪菜逼近那月問道。那月卻生厭似的回望雪菜說：

「什麼啊。妳還沒察覺嗎？她就是你們──」

「啊～～……！那月美眉，那不可以講出來啦！」

「磅」的一聲，房間裡的門被人粗魯地打開，假雪菜──零菜大驚失色地衝了出來。

「妳、妳是……！」

雪菜望著和自己長相相同的少女，好似說不出話。

「哇呀，失敗了。剛才的不算……我想妳還是不能放我一馬，對不對？」

「當然了！」

零菜急忙想回去裡面的倉庫，就被雪菜一臉殺氣騰騰地瞪了。

「請把『雪霞狼』還回來。那把槍是獅子王機關的所有物。只要妳答應乖乖交回，我就能保證妳的安全。若是不聽勸告，我將會用實力搶回來。」

「唉……又是那一套喔？」

雪菜單方面的宣言，讓零菜煩躁似的瞇了眼睛。

她好似在跟從以前就認識的熟人說話，使得雪菜稍感訝異。

「……又？」

「妳喔，每次都這樣。對我的處境根本就不關心。」

零菜語氣叛逆地說了。她那種態度就像累積已久的怨憤炸了開來，讓雪菜有股莫名的罪惡感。

「處境？妳在說些什麼？我是為了妳著想——」

雪菜奪口而出的反駁，只是讓零菜更加激動。

「唔哇，定場詞出現了。妳老是那樣一口咬定，根本都不聽我說嘛！明明妳自己在那種年紀就跟古城做了！」

「妳……妳說我做了什麼……？」

「吸血行為！」

零菜毫不遮攔的指責，讓雪菜有話哽在喉嚨。她自知臉頰頓時發燙了。

「那種事，跟妳並沒有關係吧……！」

「那可不好說喔……哎，無所謂啦。」

零菜露出意有所指的表情，並且態度隨便地聳了聳肩。

彷彿沒有工夫再陪她扯的雪菜整理呼吸，將表情抹去了。

「『雪霞狼』在哪裡？」

「妳無論如何都想拿回去的話，要不要來硬的試試看？」

「既然妳意下如此——」

雪菜認真向挑釁嘲笑的零菜發出殺氣了。

接近不死身的生命力，還有眷獸的破壞力都具威脅性，不過以魔族而言，吸血鬼的肉體本身反倒是脆弱的。即使不用「雪霞狼」，要讓對方無力化的手段多得是。簡單說，只要在對方召喚眷獸以前，先破壞腦部就行了。

然而在雪菜先發制人的前一刻，零菜卻「哦～～」地露出若有深意的微笑。

「這樣好嗎？在這裡跟我鬥。」

「妳是什麼意思？」

雪菜掩飾著內心的動搖反問。

零菜臉色認真地把視線轉向窗外說：

「好像滿近的耶，妳沒有感覺嗎？古城好像遇上危機了喔。」

「──！」

雪菜行動得很快。她毫不迷惘地轉身背向零菜等人，用驚人的速度朝房間外衝出去了。體能大概已經用咒力強化至極限。零菜連調侃她都來不及。

「……欸，等一下……決斷太快了吧……」

零菜目送轉眼之間就看不見的雪菜，杵在原地不動。她眼裡浮現的是驚訝，還有好似心滿意足的氣息。

「如果平時也都能那麼坦白就很可愛耶。」

零菜用像在克制喜悅的口氣喃喃自語。

拿妳們沒轍──原本靜靜聽兩人對話的那月嘆了氣。

「欺負人別太過火。妳是喜歡她的吧？」

哪有──零菜把差點反射性講出來的話吞回去，吐了吐舌頭。

她使壞似的露出笑容，像在自嘲一樣搖頭。

「說來說去，我還是愛著她嘛。要不然，我才不會花這種力氣。」

4

六頭魔獸的全長各為四五公尺左右。除去尾巴只算軀幹的話，體格應該與大型的犀牛差不多。觸手比正在北區休眠的未確認魔獸Ⅸ４短，數量也較少，但顯然是同類型的魔獸。或許被關在狹窄貨櫃裡激起了它們的情緒，散發出來的氣息比Ⅸ４更凶猛。

「魔獸……？」

「為什麼會在拖車的貨架上……？」

「這是怎麼回事！你到底——」

唯里、志緒還有雫梨幾乎同時提出疑問。

白袍男子卻什麼也不答。取而代之響起的，是魔獸們簡直要逼人捂住耳朵的可怕咆哮。

「可惡……！」

古城急得皺起臉上前。

人工島南區是聚集學校與圖書館等眾多教育設施的文教地區，同時也是閑靜的住宅區。

在古城等人所在的幹線道路兩旁，也有許多民宅比鄰而建。在這種地方放出大群魔獸，造成的犧牲者恐怕與北區無法相比。與其刺探白袍男子的身分，阻止魔獸才是優先要務。

「迅即到來，麐羯之瞳——」

然而古城想要召喚眷獸的聲音，卻被激烈槍響蓋過了。白袍男子從背後拿出衝鋒槍朝古城開火。

「古城……！」

唯里望著站不穩的古城尖叫出聲。

血團從古城口中湧出。白袍男子用的是對付魔族的銀鈦合金彈頭。吸血鬼具有的特殊能力受到阻礙，傷口痛得像灼傷一樣。無法重新召喚眷獸。

「你所用的眷獸，數據已經採樣過了——可以的話，希望你這次可以用其他形式對我們的研究提出貢獻，第四真祖。」

白袍男子滿意地笑著說道。

「數據……你究竟是……」

古城痛苦地板起臉孔瞪了男子。

白袍男子不發一語地後退，改由那些魔獸撲上來。古城濺出的血味讓它們興奮了。

「你休想——」

「得逞！」

志緒和雫梨各自祭出咒術。志緒布下了防止魔獸入侵的結界，雫梨則布下了防阻槍擊的物理屏障。

白袍男子察覺到那些，便嘲弄人似的高聲發笑。

「肯用魔力最好。感謝妳們。」

「什麼！」

「糟……！」

志緒和雫梨皺起了臉。Ⅸ4會吞噬魔力，結界與屏障對它們來說不過是飼料——她們想起這一點了。

魔獸不費吹灰之力就跨過結界，並且咬穿物理屏障了。眾多觸手朝著術法被破而毫無防備的志緒她們殺過來。

「嘖……！」

古城挺身保護了動彈不得的志緒她們。他衝上前將兩人推開，親身擋下魔獸的攻擊。

「古城！」

雫梨注意到飛濺的鮮血，睜大了眼睛。

沒有完全擋下的魔獸觸手貫穿了古城的腹部。古城冒出痛苦的呻吟。

觸手劇烈蠕動，彷彿要強行挖開貫通的傷口。裹著黏液的觸手頻頻搏動，被耀眼光芒包覆。它們正直接從古城的肉體吸收第四真祖的魔力。

靠著流入的龐大魔力，魔獸的肉體在轉眼之間肥大化了。血管浮現於魔獸全身，細胞逐漸轉變成漆黑色澤。魔獸持續不斷地膨脹，其輪廓變得歪斜而扭曲。於是超過極限的細胞便從內側像氣球一樣爆開。號稱無窮的真祖魔力流入體內，讓魔獸承受不住了。

「哈哈，不愧是第四真祖！Ⅸ4的細胞居然沒辦法承受巨量魔力流入……！」

白袍男子一邊用全身承受如雨般灑下的肉片，一邊狂笑。那是被過度好奇心擺布之人所發出的崩潰笑聲。

剩下的五頭魔獸爭食般將同伴飛散的肉片吃乾抹淨。它們想透過肉片來吸收古城殘留於細胞的魔力。

慘烈的景象，連習慣戰鬥的雫梨等人也隨之無語。

「改良型六式降魔劍——啟動（Boot up）！」

最先從恐懼中振作的人，沒想到是唯里。她從揹著的樂器盒抽出了銀色長劍，衝進肆虐的大群魔獸之中。

被砍斷的魔獸觸手飛到半空。

唯里的銀色長劍上刻有擬似空間切斷的術式。其劍刃斬斷的是空間本身，並沒有直接觸及魔獸。當然，魔獸就無法吸收魔力。唯里的改良型六式降魔劍是少數對未確認魔獸Ⅸ4有效的武器之一。

可是對魔獸們異常發達的再生能力來說，改良型六式降魔劍的切斷面太銳利了。過度平滑的傷口立刻就能癒合，而後痊癒。因此唯里的攻擊無法造成致命傷。光是砍斷魔獸的觸手，封鎖對方的攻擊就讓她費盡心力。

「申請認證！改良型六式降魔弓Ⅲ（Three），解放（Unlock）！」

為了援護被魔獸包圍的唯里，志緒舉起了銀色西洋弓。

她所用的是嚆矢。能唱誦人類不可能重現的高密度咒語，催發高威力咒術砲擊的必殺咒箭。

「志緒，咒術砲擊對那些魔獸——」

「我明白！」

志緒對唯里的警告點頭，然後射出了咒箭。

帶有咒力的轟鳴聲化為衝擊波砲彈撲向眾魔獸。

對於能吸收魔力的魔獸，咒術砲擊會造成反效果。不過，光是咒箭催發的爆炸性音量與衝擊波就能發揮相應的破壞力，至少要牽制魔獸已經足夠了。

頭部挨到衝擊波的其中一頭魔獸被轟倒了。唯里趁著這個空檔，逃離魔獸們的包圍。

「早知道會這樣，我就隨身帶著『炎喰蛇』了！」

另一方面，雫梨則向執意旁觀戰鬥的白袍男子動手了。她用單手抓起被拖車撞斷的道路標誌桿，像棍棒一樣舉起來朝白袍男子猛揮。感覺不像纖弱少女能辦到的神力使倆，讓白袍男子為之瞠目。

「這種臂力……妳是鬼族嗎！」

「是又怎麼樣！」

雫梨使勁揮下的標誌桿彷彿撞到了看不見的牆壁，在男子眼前被彈開。以魔法設下的物理性屏障。跟雫梨自己剛才用過的術式屬於同一個系統。

這是回敬妳的——男子的手法好似在不言中如此透露，讓雫梨懊惱得齜牙咧嘴。

但男子只顧賊笑，沒有進一步反擊。雫梨似乎從中感到不對勁，就拋開了彎掉的標誌桿並且後退。

「難不成……這個男的，目的在於絆住我們幾個……？」

「妳說……絆住我們……？」

古城單膝跪地，用手擦了濡血的嘴脣。從人工島北區傳來的異樣波動，勁道變得更猛了。連對魔法生疏的他，也能明確感受到其真面目。從精靈爐外洩的靈力波動。

「精靈爐動起來了嗎……代表說，未確認魔獸也……」

「感覺它這下子是不可能繼續沉睡了。」

古城和雫梨急得皺起臉。

在上次戰鬥中，只有古城的眷獸、雫梨的「炎喰蛇」，還有雪菜的「雪霞狼」能對抗未確認魔獸Ⅸ４。如今「雪霞狼」既已失去，只要絆住古城與雫梨，想讓Ⅸ４無力化就變得不可能了。

「那麼，他是為了不讓我們趕去人工島北區？」

「與其說是我們，他要絆住的對象大概是曉古城吧……！」

唯里和志緒理解到事態嚴重，也跟著流露出焦躁。

當古城等人在這裡蘑菇時，最惡劣的事態仍在北區發展中。光能將戰鬥拖長，對白袍男子就已經夠了。

敵方對此應該也有十足的理解。白袍男子從容得令人生恨。他沒有追擊受傷的古城也是出於這個緣故。別開玩笑了——古城將牙關咬得發響。

「志緒同學，妳能不能設下驅人的結界？以免那些無關的人不小心受牽連。」

「好、好的。我想那沒有太大問題……」

志緒對古城提出的問題點頭。驅人結界的效果範圍雖廣，動用的咒力量卻只有些許。即使魔獸會吸收魔力，影響也只在誤差範圍內。

「唯里同學，妳和卡思子先讓那個白袍男安靜下來。」

接著古城叫了唯里她們。唯里和雫梨有些疑惑地望向古城問：

「那倒是不要緊──」

「你打算拿魔獸怎麼辦呢，古城？」

「拜託妳們了。那些傢伙由我來設法。」

古城單方面講完便起身。

雫梨她們猶豫了一瞬。假如就這樣什麼也不做，狀況只會惡化。就算不安也得相信古城──她們應該是導出這樣的結論了。

「改良型六式降魔弓！」

志緒朝著上空放出咒箭。好似要撕裂大氣的轟鳴聲成了觸媒，在虛空中刻下巨大魔法陣。由咒術砲擊催發的強效驅人結界。只見原本注意到魔獸騷動就逐漸聚集過來湊熱鬧的群眾都嚇得落荒而逃。

古城確認過這一點以後，凶猛地微笑了。他脫掉染血的上衣，索性朝魔獸們走去。

「好啦，放馬過來，未確認魔獸──同為怪物的我們可以好好聚一聚！」

魔獸們殺向挑釁般大吼的古城。眾多觸手與巨大的四肢。古城故意衝向對方如怒濤來襲的那波攻勢之中。

「曉、曉古城……？」

古城宛如主動送上去給敵人吃的魯莽行動，讓志緒臉色蒼白地驚呼。

於是在魔獸們的嘶吼與地鳴聲之中，龐大魔力毫無預警地噴湧而出，使得志緒再次瞠目。在魔力灑落的中心點，渾身是血的古城發出了響遍四周的吶喊。

「繼承『焰光夜伯（Kaleido Blood）』血脈之人，曉古城，在此解放汝的枷鎖——！」

古城將右臂伸進了魔獸為撕咬獵物而張開的口中。

魔力噴發的壓力，讓魔獸無法闔起下巴。古城朝著它毫無防備地外露的咽喉，召喚出自己的眷獸。

「——迅即到來，『牛頭王之琥珀（Cor Tauri Succinum）』！」

以灼熱熔岩塑形的牛頭神（Minotaurus），在魔獸體內化為實體了。

想將眷獸魔力吞光的魔獸肉體開始膨脹，全身細胞隨之活性化。

然而，那也不到一瞬間。魔獸承受不住轟進體內的巨量魔力，肉體隨之爆散，飛濺的無數肉片被灼熱熔岩吞沒，蒸發得形影不留。

「原來……你是故意讓魔獸吞噬魔力的嗎……？」

志緒發現古城所用的策略，茫然地呼了口氣。

把超出極限的大量魔力轟進吞噬魔力的魔獸體內。接近自取滅亡的魯莽攻擊。受到爆炸的魔獸波及，古城自己也傷勢慘重，對體力造成的消耗應該不可小覷。但是——

「這表示吃太多對身體不好吧。無論是人類或魔獸都一樣！」

儘管古城站不穩，還是自信地當眾笑出聲音。剩下的魔獸有四頭。存活的魔獸們對同伴被燒個精光的模樣毫不畏懼，仍朝古城侵襲而來。

「迅即到來，『牛頭王之琥珀』、『甲殼之銀霧（Natra Cinereus）』、『獅子之黃金（Regulus Aurum）』、『水精之白鋼（Sadalmelik Albus）』——！」

古城再次衝進成群魔獸之中了。

他連續召喚眷獸，再直接轟進那些魔獸的體內。魔獸們承受不住那凝集的魔力，巨大身軀便陸續炸開了。那景象簡直可以形容成魔力炸彈。

魔獸們被燒光的巨大身軀隨即化為灰燼，肆虐的濃密魔力讓大氣出現蜃景般的扭曲。換成未受訓練的普通人，或許光是接近現場就會失去意識。其力量正是如此窮凶惡極。

「這就是……第四真祖的真正力量……！」

「做得太過火了啦，笨古城！」

唯里與雫梨看似痛苦地發出顫抖的聲音。迎面受到古城的魔力，就連呼吸都不能隨意。即使如此兩人仍然可以活動，就是她們身為優秀攻魔師的證明。

「沒想到你居然會用那麼蠢的方式讓IX4無力化。啊哈哈哈，真不愧是第四真祖。多虧如此，我採集到有趣的數據了！」

白袍男子在眼中洋溢著喜悅的光彩說道。他握在左手的是小型計測裝置。大概是為了採集古城的戰鬥數據，他才會留在現場。

「別鬧了！」

「你以為你能平安帶著那些數據回去嗎！」

唯里與雫梨夾擊般從左右攻向男子。唯里以長劍強行劈開男子的物理屏障，雫梨便衝進屏障的裂縫。感覺不像就地聯手的漂亮默契。雫梨用右手掐住男子喉嚨，將背向地面的他直接往地上砸。

「我當然不那麼想。」

即使失去意識也不足為奇的衝擊，男子卻若無其事地笑了。那異樣的手感讓雫梨表情僵凝。男子的皮膚像陶器一樣裂開，有揮發性的瓦斯氣味飄出。遙控式的精密傀儡。自爆裝置。「喀嚓」開關按下的聲響。

「你是……！」

雫梨的聲音被爆炸的氣浪吞沒了。

古城等人不知所措地望著雫梨被爆炎與閃光籠罩的身影。

5

「卡思子————！」

古城連自己的傷勢都忘了，就打算往爆炸的煙塵裡衝。

然而走不到幾步，他的腿便停住了。因為他發現少女一臉悻悻然地杵在原爆點的身影，還能聽見毫無緊張感的聲音「咳咳咳」傳來。

「卡……卡思子？」

「真是的……弄成這樣好慘。」

在古城等人愣愣地觀望下，雫梨捂著瀏海發出嘆息。

剛才的爆炸絕非小可，從雫梨那件焦到千瘡百孔的制服也能明顯看出。至於位在原爆點的傀儡，則是炸得連形跡都不留。

但雫梨本人幾乎毫髮無傷，頂多是臉蛋和手腳被燻黑而已。

「妳剛才被炸到也沒事……？」

「因為……是鬼族？」

志緒和唯里難掩訝異地陷入困惑。反觀雫梨本人——

「修女騎士有神庇佑。」

則是得意似的挺起胸脯，還若無其事地如此主張。碳化的制服釦子從她的制服脫落掉下，上衣敞開，款式略顯稚氣的清純內衣曝露在外。

「——呃，你……你看見了對不對！」

「不管怎樣都會看見吧，在剛才那種情況下！」

雫梨語帶尖叫地遮住胸口，古城連忙將目光從她身上轉開。

總之照這樣看來，雫梨似乎真的平安無事。不知道是鬼族的種族特質，或者因為她是修女騎士，強韌程度讓人吃驚。

基本上，雪菜曾經徒手打倒如此頑強的雫梨。事到如今，雫梨畏懼雪菜的理由似乎更能讓人理解了。

「重要的是，古城沒事嗎？」

雫梨一邊披上向唯里借的制服外衣，一邊問道。

是啊——當古城即將點頭的瞬間，雙腿就失去力氣了。他靠向路旁壞掉的街燈，然後直接癱坐在地上。

「古城……！」

「不要緊，我休息一下就會好。」

古城制止想趕來身邊的雫梨，露出了靠不住的笑容。全身傷勢加上魔力消耗過度，讓他

的手腳使不上力。

「不用擔心我，卡思子，妳去幫忙待在北區的妃崎那些人。這樣下去，連宮住他們那間醫院都會遭殃。」

「我、我曉得啦！」

雫梨收斂表情點頭了。

受到再啟動的精靈爐影響，未確認魔獸Ⅸ４肯定醒來了。

而且，只有雫梨的「炎喰蛇」是唯一能傷害到Ⅸ４的武器。正因如此，雫梨也包含在白袍男子要絆住的對象裡面。

「我們也去吧，志緒。」

「沒、沒錯。萬一這次魔獸騷動是人為的恐怖攻擊，就屬於獅子王機關管轄。至少要先確認狀況才行——」

志緒也毫不遲疑地對唯里的提議表示同意了。不過，她又心血來潮似的「唔」地停住，並且一臉不安地望向古城。

「可是，曉古城怎麼辦？要有人留在這裡監視他才可以……」

「對喔……說得也是。怎麼辦好呢……」

唯里困擾似的嘀咕，然後跟志緒望向彼此的臉。不能留下古城就走，可是分散寶貴的戰力亦非上策——陷入如此兩難的她們想不出答案。

「簡單來講，只要讓這個男的不會像剛才那樣胡來就好了吧？」

雫梨代替煩惱的唯里與志緒靠近古城。

她拖著可以用雙手環抱的金屬製繩索。好像是從拖車殘骸中撿來了用於拖曳大型車輛的拖曳索。

「喂，等等，卡思子？妳拿那條繩索要幹嘛……？」

「請不要卡思子卡思子地一直叫我！如果這兩位以為那是我的本名要怎麼辦！」

雫梨似乎現在才想到要抗議，還把負傷的古城綑在街燈支柱上。她使勁將直徑接近兩公分的繩索打了死結，確認古城無法動彈以後就說：

「這樣——就好嘍。」

「哪裡好啊！這是在監禁我吧！倒不如說，這是在沙漠中曝曬犯人的刑罰嗎！」

「只要恢復到可以召喚眷獸，你應該就能自力脫逃了。在那之前請乖乖地留在這裡。」

雫梨滿意地說完就看都不看古城，趕往大街了。儘管唯里和志緒還有些猶豫——

「哎，既……既然她這麼說……」

「保險起見，也擺個監視用的式神吧。」

唯里和志緒硬是說服自己並互相點頭。

志緒從制服懷裡拿出一張咒符，短短地唱誦咒語，將那變成了鳥的模樣。覆有銀色羽毛，體長約六十公分的猛禽。

「為什麼要變禿鷹啊！太恐怖了吧！」

於古代神話中，據說曾在文明之神（Prometheus）被鎖鏈捆住時啄食其內臟的凶鳥身影，讓古城忍不住發出慘叫。

放心吧——志緒卻強而有力地微笑說：

「剛才的結界效果還留著。你被普通市民撞見的可能性很低。」

「對不起喔，古城。我們要走嘍。」

唯里對啞口無言的古城雙手合十，接著她們倆就追在雫梨後頭拔腿便跑。

古城獨自被留在驅人結界之中，無力地垂下頭了。霎時間，有種足以讓意識遠去的強烈目眩感來襲。

「實在是失血過多嗎……可惡……」

古城虛弱地嘀咕。就這樣睡著大概可以落得輕鬆，但目前不是能夠讓他在這種地方失神的時候。至今仍有強烈靈氣從絃神島的北方傳來。面對未確認魔獸Ⅸ４，霧葉等人肯定正在苦戰。

雖然古城希望立刻去助陣，可是處於被繩索牢牢綁著的狀態也無能為力。別說助陣，他現在落得連身體都無法動彈。

古城搖晃身體想設法掙脫，憑這點力氣卻絲毫動不了雫梨強行打結的繩索。反而只會讓繩索在皮膚陷得更深。

無謂的抵抗持續一陣子以後，不久古城便力竭似的停下動作。體力本來就已經到了極限。勉強掙扎讓他喘不過氣，全身都在叫痛。

可惡——虛弱地嘀咕的古城閉了眼睛。隨後……

「你在做什麼，學長？」

從他的頭上，傳來了語帶疑惑的清澈嗓音。

「姬……柊……？」

古城帶著放心似的表情，抬頭望了眼前出現的少女。明明只分開了大約短短半天，卻覺得與她好久不見。

雪菜像是在怪罪滿身是傷的古城，氣悶地瞪著他。憤怒與傻眼交雜的表情彷彿透露出：自己才稍微轉開目光就弄成這樣。

「姬柊，妳怎麼會在這裡？妳不是去追冒牌貨了嗎？」

「那件事之後再談——重要的是，出了什麼狀況？這具式神……是斐川學妹的呢。學長到底為什麼會變成這樣？」

雪菜望著停在古城肩膀上的禿鷹問。或許是因為志緒自責讓古城受傷，她的式神也有些尷尬似的把目光轉向旁邊。

「我要志緒同學她們先去北區了。」

「北區……」

靠這句話，雪菜好像就明白大致的情況了。雪菜當然也有察覺精靈爐再次啟動的跡象，古城等人會在這種時間點遭受襲擊，理由無非是為了絆住他們。

「姬柊，幫我弄掉這條繩索。妃崎她們不妙了。」

古城粗魯地搖晃著身體，並且懇求。

雪菜卻顯得莫名佩服，還凝視綁住古城的那條繩索問：

「難道說，這是為了不讓受傷的學長逞強……？」

「拜託妳別擺出『原來還有這一招』的表情。算我求妳。」

古城露出不爭氣的表情說。

呵呵——雪菜微微地露出打趣般的苦笑，在古城面前蹲了下來。雙方剛好可以從正面讓目光相接的態勢。

「有人讓精靈爐再次啟動了呢。」

雪菜用認真的語氣問道。是啊——古城靜靜點頭。

只要解開這條繩索，古城又會跑去危險的地方。雪菜確認了這一點。

「學長，你記得以前對我說過的話嗎？在我得到這枚戒指前，差點要消失的時候——」

雪菜說著，就舉起了自己的左手給他看。

她戴在無名指的銀色戒指，是用於連接古城與她之間的靈力通路的魔具。成為吸血鬼的假性「血之伴侶」，藉此取得靈力與魔力的平衡——雪菜就是用那種方式，來操控常人無法承受的龐大靈力。假如沒有那項魔具，雪菜理應早就化成模造天使消滅了。

「你說過，我可以待在這座島。即使我變得不是劍巫，也不是學長的監視者。」

古城默默地頷首。是古城告訴堅稱自己消失也無妨的雪菜「別消失」的，即使她會因此失去戰鬥的力量——

「不過，那樣果然還是不行。沒有人在旁邊顧著，學長就會像這樣弄得滿身是傷啊。沒有『雪霞狼』的我保護不了學長。我不要這樣。假如唯里學姊可以代我保護學長——」

雪菜帶著拚命的眼神訴說，古城則面無表情地望著她。失去「雪霞狼」的雪菜有可能被解除監視者之職，古城終於明白她爽快地接受解職的理由了。比起不能留在紘神島，雪菜更害怕古城受傷。

古城柔和地微笑並吐氣，還用嚴肅的語氣告訴雪菜。

「……姬柊，抱歉。妳能不能往前一步？」

「咦？像……這樣嗎？」

雪菜納悶歸納悶，還是照著吩咐靠近他。距離近得好似隨時可以讓彼此的鼻尖相觸。

古城緊閉嘴脣，闔上眼睛。

然後他用自己的額頭，撞向雪菜的額頭。

「叩」的聲音沉沉響起，比預想中強的反作用力來襲。

雖然不算認真的頭槌，即使如此還是挺痛。

連擁有未來視能力的獅子王機關劍巫，似乎也無法料想到這種奇襲。雪菜變得淚汪汪，還搖搖晃晃地後退說：

「……好痛……學長！你做什麼啊！」

「我啊，一直都在生妳的氣！」

古城打斷雪菜的抗議，對她怒吼了。眼裡仍帶著淚水的雪菜不高興地挑眉問：

「我、我是做了什麼嗎！」

「妳別因為折斷一兩把槍就擅自消沉，還自己決定要離開島上，認為自己沒有能力保護人！妳也想想被留下來的人是什麼心情吧！」

「……咦？」

古城難得直接發脾氣，讓雪菜望著他眨了好幾次眼睛。

從她眼中浮現了純粹的訝異。

「學長的意思，是不要我走嗎？」

「當然吧，那樣多沒意思。凪沙她們肯定也會寂寞。」

古城不爽地向戰戰兢兢地提問的雪菜斷言。

雪菜睜大眼睛，凝視著古城問：

「學長也會覺得寂寞嗎？」

「……會啦。」

古城害羞似的目光亂飄，並且承認。

這時候，雪菜露出了無法分辨是喜悅或放心的奇妙表情。她用雙手粗魯地擦掉仍留在眼角的淚水。

「姬柊？」

「對不起。我沒事。」

雪菜扶著變紅的臉頰，微微地搖了頭。那種表情，彷彿硬是在克制自己無意識地笑得張開來的嘴巴。即使如此，她好像從來沒有顯得這麼愉悅，還使壞般瞇了眼睛，那副表情簡直和假雪菜一模一樣。

「斐川學姊，對不起。」

雪菜反覆深呼吸讓情緒緩和下來以後，就如此開口並摸了志緒的式神。金屬禿鷹變回原本的咒符樣貌。雪菜解開了志緒所用的術，宛如在宣布自己才是古城的監視者。

接著，雪菜在那張咒符灌入強力意念，並且隨手朝古城的胸口揮下。

原本綁住古城的鋼索隨著清脆聲音被切斷。

「這樣好嗎？」

古城取回了身體的自由，便撥開剩下的繩索並問雪菜。他的意思是：放我去懲治魔獸可以嗎？

拿學長沒辦法呢——雪菜死心似的嘆氣，還將古城傷痕累累的模樣看了一圈。

「你想用這種身體狀況跟魔獸戰鬥嗎？」

「總會有辦法的吧。」

古城說完就硬要站起來。不知道是被銀鈦合金彈頭射中，或者魔力消耗所致，傷口痊癒得比平時慢。光是稍微活動一下身體，全身就會冒出像被刀械捅的劇痛。

痛苦呼氣的古城跪到地上，雪菜便傻眼地望著他。於是她緩緩舉起右手，毫不留情地用手指彈了他的額頭。

「好痛……！」

古城連一下都撐不住就被彈得人仰馬翻，直接慘兮兮地跌倒了。反作用力導致劇痛來襲，讓他發出潰不成聲的慘叫。

「怎、怎樣啦！」

「這是回敬學長剛才那一下。」

雪菜表情淡然地告訴含淚抗議的古城。

「……啥？」

「我一樣會生氣喔。學長也明白為了保護這座島上的大家，自己目前需要什麼吧？」

抹去笑容的雪菜直直地望向古城問。

古城咀嚼過她所說的話，就乏力似的吐了氣。

「確實是這樣沒錯。」

雪菜悄悄地依偎到像是認輸而苦笑的古城身旁。從制服的空隙，可以看見細細的鎖骨。她撥起頭髮以後，形狀小巧的耳垂，還有纖瘦頸根就露了出來。透過初雪般的潔白肌膚，有細細的血管浮現。

「姬柊，讓我吸妳的血。」

古城在雪菜的耳邊細語。雪菜怕癢似的稍微扭身，然後毫無防備地閉上眼睛。櫻花色的嘴唇像在緊張似的發抖。

「好的，學長。」

古城摟住了雪菜纖弱的身體。她的柔軟觸感與甜美氣息，讓古城的痛苦逐漸得到療癒。古城的脣觸及雪菜的肌膚，雪菜冒出微微的嘆息。

彼此胸口的心跳同步，有了合而為一的感覺。

古城用全身體會那種舒暢的感覺，將獠牙扎入她的肌膚。

6

被黃昏陽光照耀著的雲朵緩緩地飄向海上。

受溫和的海風吹拂，雪菜的頭髮無聲無息地搖曳著。

雪菜把體重靠在古城胸口，表情滿足地閉著眼睛。長長的睫毛與櫻花色嘴脣。古城覺得腦裡有甜美的麻痺感，同時，也茫然地望著她那端正的臉孔。

吸血行為已經結束了。全身的傷勢也逐漸痊癒。雪菜身為優秀靈媒的血成了誘因，古城體內再次捲起一股如熔岩流般的濃密魔力。

雪菜沒有睜開眼睛，但她似乎並沒有失去意識。古城想叫醒她，才發現自己的右手正牢牢地抓著她的左胸。儘管小巧玲瓏，隔著制服布料仍有無法言喻的甜蜜手感傳來。

古城的背後冒汗了。雖說是不可抗力，換成平時的雪菜絕對會生氣。可是她今天的反應卻有點不同。

伴隨認命般的嘆息聲，雪菜有些不安地問：

「對了，學長果然比較喜歡胸部大的女生嗎？」

「果然是什麼意思？」

被雪菜從這麼近的距離凝望，古城莫名心慌地反問了。

雪菜像在鬧脾氣地別開目光回答：

「沒什麼，因為我隱約有那種感覺。對不起，我不像唯里學姊那樣是隱性巨乳。」

「不必為這個道歉吧……欸，原來唯里是隱性巨乳嗎？」

古城忍不住反問，雪菜就責備似的瞪了他。

「果然沒錯……！」

「不是啦，一般都會好奇的吧！忽然聽妳那麼說的話……！」

「不用說了。我就知道學長是這樣的吸血鬼。」

「妳的理解肯定有錯！」

雪菜失望似的離開拚命辯解的古城身邊。

古城望著匆匆整理凌亂制服的她，搖頭心想：也罷。人工島北區的異變仍在持續，他們沒有空悠悠哉哉地待在這裡。

「請你先走，學長。」

整理好服儀的雪菜忽然變得眼神銳利並如此說道。

她的視線隱約具有攻擊性，但是敵意並非向著古城。

「姬柊？」

「我會立刻趕上的。」

「……我懂了。」

古城回望毅然斷言的雪菜，便放棄要她進一步說明。他明白她有必須留在這裡的理由。

蹬地的古城縱身一躍。那並不是靠咒力強化體能，而是取用眷獸的部分魔力強行加速。手法粗魯且負擔甚鉅，但是夠快。還沒轉眼就看不見他的身影了。

「——妳從什麼時候就在那裡了？」

雪菜目送古城的身影以後，就轉向自己的背後問道。

從依然翻倒在路上的拖車後頭，有個嬌小的少女困擾似的探出臉。和雪菜有同一張臉孔的她紅著臉，像在憋笑一樣捂著嘴角說：

「我才剛來而已……我什麼都沒看見……」

「妳為什麼要說那種一下子就會被拆穿的謊話！」

雪菜喝斥了想裝蒜的少女。貨真價實的殺氣迎面撲來，讓零菜連忙一邊後退一邊說：

「欸……等一下等一下！現在不是對付我的時候吧！」

「唔……！」

雪菜原本認真想揍人，被零菜指正以後，就勉為其難地停手了。零菜的主張確實正確。必須先處置的對手並非零菜，而是未確認魔獸。

「咦，妳打算去哪裡？」

零菜尋開心似的望著無視於自己打算離去的雪菜問。

「我要打倒未確認魔獸。」

雪菜冷冷地瞪著她，並拋下一句話。零菜表情傻眼地聳了聳肩。

「妳連武器都沒有耶。」

「因為我是第四真祖的監視者。」

零菜揶揄似的問，雪菜便忘懷般對她露出微笑。零菜彷彿對雪菜不經矯飾的表情看得入迷，一瞬間沉默下來。

「妳還是一樣頑固耶。算啦，反正我也欣賞到精采畫面了。」

算我輸、算我輸——零菜隨口說道。雪菜狠狠地瞪了像是想起什麼就「嘻嘻嘻」地露出下流笑容的她。

「妳、妳是——」

「妳需要這個，對吧？」

雪菜想罵人，零菜就搶先從背後拿了某樣東西出來。

形狀近似貝斯，長約一公尺左右的金屬塊。處於收納狀態的武神具。

「……『雪霞狼』……怎麼會！」

雪菜反射性地接下對方隨手遞來的銀槍。原本處於停機狀態的七式突擊降魔機槍，在感應到持有者的靈力以後立時啟動。

伸縮式的槍柄伸展開來，左右的副刃與中央的主刃隨著金屬聲開展；變形為優美的全金屬製長槍。其運作比破損之前更順暢，而且靈巧。並非重量變輕，而是它對雪菜的靈力反應變快了。雪菜可以曉得自己灌輸的靈力正毫無抵抗地逐漸轉化為神格振動波。性能顯然比破損前更為提升了。

「要揭密的話，幫忙修理這個的是妮娜小姐喔。之後記得向她道謝。」

零菜一臉滿足地望著驚訝的雪菜說道。

「妮娜小姐修理的……？」

雪菜眼裡浮現理解之色。古代大鍊金術師妮娜．亞迪拉德——可以隨意操控金屬原子的她，理應也可以將被毀的「雪霞狼」修復成原狀。

可是光這樣並不能解釋「雪霞狼」的性能為何會提升。零菜肯定有動過手腳。不過，當下這也不算問題，重要的事實只有一點，就是雪菜再次得到了用來對抗未確認魔獸的力量。

「妳搶走壞掉的『雪霞狼』……是為了委託妮娜小姐幫忙修理？」

雪菜將長槍再次變回收納狀態，然後問道。

零菜有些困窘似的微笑了。接著，她用遙望遠處般的眼神看向雪菜。

「如果妳不在這座島，我也會傷腦筋喔。該怎麼說呢，類似存亡的危機吧——希望妳不要向我追究任何更深入的細節。」

「……我明白了。」

雪菜猶豫過一會以後，就決定答應零菜的要求了。反正她總不能拷問零菜。假如零菜不願意說，她也沒有其他選擇。

更何況，妮娜想必不會幫懷有歹意的人。儘管她有些脫離世俗，卻絕對不笨。甚至因為活得夠久，妮娜反而對別人說謊很敏感。光是妮娜肯協助零菜，就足以相信她不是敵人。

「那我們走吧。」

零菜或許是察覺到雪菜放鬆戒心，就親密地將距離拉近了。她像是關係良好的情侶那樣，用自己的手臂勾住雪菜的手臂。

「走？妳要去哪裡？」

雪菜對她莫名親切的距離感稍稍產生疑惑，如此問道。

那還用說嗎——彷彿如此表示的零菜嫣然微笑告訴她：

「我們要去救古城啊。」

7

魔法實驗用的精靈爐是直徑不滿三公尺的球體。對銀鈀合金施以魔法性質的特殊加工，並在內側刻有整片魔法陣。

召喚到球體內部的精靈，將隨著月亮盈缺慢慢崩解，而崩解之際就會釋出龐大的靈力。關係到技術難度與建造成本，要量產並無可能，但精靈爐是不會留下廢熱與污染物且效率驚人的靈力來源。

不過，由於採用了精靈這種未知的高次元能量體，在安全上難以說是有完備的保障。一旦精靈爐失控，沒有人曉得對周圍會造成什麼樣的損害。因此，絃神島的精靈爐用地除了有四重魔法屏障外，還用厚達四公尺的混凝土防護牆罩著。連戰略級魔法攻擊都能承受的堅固安全措施。

然而，那道牢靠的防護牆，如今已從內部開始崩壞了。

並非因為精靈爐失控，而是透過幾頭未知的魔獸——

「早海，讓特區警備隊後退。這樣下去只會消耗戰力。先撤出重整態勢。」

霧葉朝著臉頰旁的通訊器呼叫。

戰況簡直惡劣至極。受到再啟動的精靈爐影響，原本正在休眠的未確認魔獸Ⅸ4甦醒過來，還因為睡眠被人妨礙，就遷怒似的衝進了特區警備隊的陣地。和傀儡兵交戰而有所消耗的特區警備隊遇上奇襲，目前陷入大混亂。指揮系統遭到分裂，喪失了槍械與裝輪裝甲車等眾多裝備。

唯一的救贖，大概是Ⅸ4的攻擊對象並非只有特區警備隊。因為魔獸連來襲的傀儡兵與有腳戰車，都會毫不留情地踩扁。

『了解！太史局的局員請支援特區警備隊後退——』

早海想將霧葉的指示傳達給部下。

但是她說到一半就把話吞回去了。因為比霧葉的指示更為緊急的異變已經發生在眼前。

『霧葉，精靈爐的防護牆要垮了——確認設施內部有大型未確認魔獸！』

「妳說什麼……！」

霧葉回頭望向背後的精靈爐設施。精靈爐設施的混凝土牆處於密閉狀態，從外部看起來就像水壩的堰堤。那厚實的牆壁彷彿從內側爆發一樣炸開了。

從牆壁裂痕冒出來的，是比未確認魔獸IX4還要大上一圈的新型未確認魔獸——IX5。

「難道說，它吸納了精靈爐的爐心？那頭魔獸……！」

霧葉驚愕地皺起臉。

IX5的全長恐怕超過二十五公尺。要將如此龐大的身軀用空間移轉送進精靈爐設施，就算再優秀的魔法也不可能辦到。

既然如此，能想到的可能性只有一種——IX5是在精靈爐內部成長茁壯的。

那頭新魔獸將精靈爐的爐心本身納入體內，現在仍不停吞噬著從爐心供給的靈力。

在杵著不動的霧葉眼前，IX4發出嘶吼了。

大概是地盤遭受侵犯，讓IX4感到憤怒。它毫不畏懼地轟然襲向比自己大的同類（敵人）。

但是，IX5吸收了精靈爐的靈力，力量遠勝於剛從休眠中醒來的IX4。

具備共鳴破碎之力的觸手被更強的共鳴破碎所粉碎；IX5用巨顎將IX4的喉嚨咬斷。它用無數觸手纏上痛苦掙扎的IX4全身，直接開始吞噬對方。互食——不，這是同族相噬。

「——這下子，狀況變得還真是糟糕。」

從身旁傳來的悠哉說話聲，讓霧葉猛然回神。

在霧葉旁邊，停著漆成黑色的有腳戰車。從戰車下來的，是個在脖子上掛著耳機的短髮高中男生。明顯與現場不搭調的人物，奇妙的是看了卻不會覺得有異。或許他受過隱藏氣息的訓練。

「唉，它是從吸血鬼細胞創造出來的魔獸，就算繼承了同族相噬的特質也不奇怪啦。」

少年用自言自語般的口氣說道。

要證明他不是平凡學生，有那句話就夠了。知道Ⅸ４細胞真面目的人不多，而他擁有得知那項祕密的權限。

「你是？」

「人工島管理公社的跑腿工，人稱守望者（Heimdall）。妳是太史局的六刃神官，對吧？」

「是啊，沒錯，矢瀨基樹。」

「我說過我叫守望者吧！」

霧葉壞心眼的回答讓少年聲音變調地怪叫。霧葉從一開始就察覺他的身分了。

「總之妳聽我說。目前公社在進行將人工島北區Ｂ７區塊從人工島本體切離的作業。」

「你們打算將這一帶，連同Ⅸ４一塊扔到海上？」

自稱「守望者」的矢瀨所說的話，讓霧葉露出了佩服的表情。她對絃神市國的決斷之快感到訝異。實際上，要將那頭新未確認魔獸造成的損害壓抑到最小，恐怕沒有別的辦法。

「幸好這附近是空地，總不能讓那頭怪物抵達市區。何況要是在海上，就能動用大規模破壞兵器。要將它燒得連一顆細胞都不剩。」

「你覺得那頭魔獸在那之前會安分？」

霧葉冷冷地回望唱高調的矢瀨了。

這附近是空地，反過來說，也代表沒有障礙物可以阻止未確認魔獸進攻。吸納精靈爐而活性化的魔獸，想必不會安分地留在這種地方。

我明白——矢瀨卻點頭說：

「所以我們要委託太史局。麻煩擋住那頭怪物，別讓它跨越區塊邊界的運河。運河另一邊有許多醫院，總不能將重病患者送走。」

「說得簡單呢。對方可是吞了精靈爐還不停在增殖的怪物喔。」

霧葉傻眼地瞪了矢瀨。

特區警備隊已經喪失大半戰力，剩下的戰力，只有霧葉帶來的幾名太史局職員。再加上魔法對Ⅸ４類型的未確認魔獸不管用，要絆住魔獸的腳步，這種危險任務實在對目前的霧葉等人負擔太重。

「我並沒有打算把責任推給你們啦。援軍姑且是帶來了。」

「援軍？」

無須多說——矢瀨自豪地賊笑，霧葉則納悶地蹙了眉。

隨後，風格像高中女生而與現場不搭調的少女們便進入霧葉的眼簾。

「志緒！妳看那個人！」

「妃崎霧葉！太史局嗎！」

「獅子王機關……」

霧葉回望兩人一組的少女，訝異似的嘀咕。

在太史局的資料有看過這些臉孔。羽波唯里和斐川志緒。她們拿的銀色武器是獅子王機關採用為制式裝備的改良型六式降魔具，兩人的戰鬥能力應該可以想成與姬柊雪菜同等。換言之，就是用得著的意思。

「哎，或許比隨便找人湊數像樣。」

「當然，要是能在這裡就收拾那頭魔獸，那也不要緊。交給妳啦。」

矢瀨對挖苦般聳肩的霧葉出言挑釁。

霧葉則斷然無視那樣的矢瀨，並轉身面對唯里她們。

「如妳們所聽見的。能不能提供援手？」

「該做什麼才好呢？」

唯里立刻問道。不穿插多餘開場白的乾脆態度，讓霧葉暗自抱以好感。她們都非常明白當下是什麼樣的狀況。

「要在這裡絆住那頭魔獸。由妳們兩位擔任誘餌，將它引到這個區塊的中央，行嗎？」

「誘餌嗎——半吊子的攻擊似乎沒辦法吸引那傢伙注意。」

志緒仰望未確認魔獸的巨軀咕噥了。

將IX4完全吞噬殆盡的新魔獸，在這短時間內又進一步成長了，痛覺應該也相對變得遲鈍。光是用劍砍，它大概也不會覺得痛。

「志緒，我們用那個。」

唯里望著志緒的臉說。志緒用力咬住嘴唇，垂下目光。

「我懂了，唯里。」

「矢瀨基樹——不，守望者。不好意思，幫忙把她們載到對面。」

霧葉指向互望彼此的唯里與志緒，並且對矢瀨下令。

「居然連我都要出力啊……」

真的假的——矢瀨沒把握地仰望頭頂，然後搭上黑色的有腳戰車。為了將魔獸絆在這個區塊，有必要繞到那龐大身軀的背後。

「妳怎麼辦？」

「我要使用得花些工夫準備的道具。幫我爭取個十五分鐘的時間。」

「了解。」

矢瀨對霧葉所說的點頭，接著就關上了有腳戰車的艙門。唯里和志緒則一臉提心吊膽地爬上看似陸龜的戰車甲殼。

「抓緊嘍，妳們兩位。準備要衝了！」

「呀啊……！」

「唔、唔哇！」

馬達運轉聲與少女們的尖叫響起，有腳戰車朝戰場衝去。

霧葉默默目送那些人以後，將愛用的雙叉槍拋棄似的插到地面。

8

古城抵達了人工島北區的近未來地下街，便察覺屹立於瓦礫中的魔獸，背脊為之僵凝。

「這傢伙是怎麼搞的啊——」

「唔」地從喉嚨發出吞嚥聲的他驚呼。未確認魔獸的巨大程度，已經超越周圍的高樓大廈了。和短短幾十小時前遇見的時候相比，體重應該有近十倍。

當然，那並非尋常生物的骨骼所能承受的重量。它是靠魔力在補強不足的骨骼強度。與骨骼同樣受到強化的肌肉，連砲彈都擋得住。然而以魔法施展的攻擊對它無效。用魔獸稱之正合適的怪物。

可以看見有一輛有腳戰車鑽過那頭怪物的攻擊，還繞到它背後。搭乘在戰車背面的是志緒和唯里。她們只憑兩個人，就想挑戰連特區警備隊都不敵而潰散的魔獸。

「可惡——」

古城對自己晚來感到心急，一邊準備朝魔獸的方向衝去。

忽然間，他發現旁邊有兩人一組的男女。他們站在被破壞的北區第二層地面邊緣，居高臨下地望著魔獸。氣氛並不像單純看熱鬧。刻劃在嘴邊的扭曲笑容，是對破壞與混亂感到愉悅的愉快犯表情。

「你！」

古城瞪著兩人組的其中一邊——白袍男子的臉孔，向對方大吼。和在通學路上襲擊古城等人的傀儡相同臉孔，恐怕是傀儡的本尊。

「哎呀，歡迎你，第四真祖。戲碼正好來到高潮，你運氣不錯。」

男子若無其事地回望怒氣衝天的古城，並且愉悅地微笑。

古城直覺認為，果然是這個男的在操控未確認魔獸Ⅸ4。

「喔，你打算攻擊手無寸鐵的一般民眾？身為夜之帝國領主的你要這麼做？」

白袍男子嘲弄似的制止了反射性想將他揍倒的古城。

古城將牙關咬得發響。

「你敢說……自己是一般民眾？」

「是啊，如你所見。」

男子一邊賊笑一邊攤開雙手。他特意強調自己沒有武裝的事實給古城看。

古城碰了一鼻子灰，拳頭看似不甘地發抖。對於毆打無抵抗之人的排斥感造成妨礙，他沒辦法攻擊眼前的犯人。

「重要的是請你看看，那驚人的生命力，還有無窮盡地不停吞噬魔力的貪欲。那頭怪物的危險度遲早會超越Ⅸ級，和身為眾神兵器的利維坦並駕齊驅吧。」

男子同情地回望內心糾結的古城，還用作戲似的口氣告訴他。

「如此的怪物就要藉著人類之手孕育出來了。你不覺得用一兩座『魔族特區』算是代價便宜嗎——？」

白袍女子接著朝古城問道。他們——恐怕是雙胞胎吧。蘊藏在她眼中的炯炯光彩，和白袍男子十分神似。

古城忘了憤怒，看著他們倆。以人工手法孕育危險度超過Ⅸ的魔獸——他們的目的只在實驗。他們對於破壞這座城市，根本就沒有理由。

將自己想要的數據弄到手。在過程中犧牲的人們，根本不存在於他們眼裡。明明只有這種程度的眼界——就是因為眼界如此，他們才能純真無邪地相信自己是正確的。古城對這樣的愚昧感到同情。

「藉人類之手孕育出來的怪物嗎……真巧，我認識的人也是，雖然她是出於類似理由才被創造出來的世界最強弒神兵器。」

「……？」

所以又怎樣——白袍雙胞胎沒有如此回嘴。他們似乎是懾於古城沉靜的怒氣而沉默下來，還無意識地後退好幾步。自己觸怒古城了——兩人也察覺了這一點，縱使他們無法理解古城憤怒的理由。

「創造出那傢伙的『天部』滅亡了。他們就是被自己創造出來的弒神兵器用怒火燒個精光的！」

古城只踏了一步。

噴湧的魔力在古城背後幽幽地展開得像翅膀一樣。雙胞胎從喉嚨發出「咕哇」的呼氣聲。置身於古城釋出的壓力下，他們無法隨意呼吸。

「那頭魔獸由我們來『救』。結束以後，我就會擊潰你們。我要讓你們後悔自己曾對這座島出手。給我記好了——」

「唔……咕……」

白袍女子發動了事先預備的魔法。是空間操控術式。儘管受古城的魔力干涉，魔法陣仍在雙胞胎的腳邊浮現，空間移轉用的門(Gate)隨之開啟。

受不了——古城目送逐漸消失於虛空的雙胞胎，並且吐了氣。

就算趕走他們，對肆虐的未確認魔獸也沒有影響。一個問題都沒有解決。

「空間操控……對方是相當高階的魔導技師呢。」

從懶散地杵在原地的古城背後，傳來了正經八百的說話聲。

回頭望去，雪菜的身影就在那裡。假雪菜不知為何也在一起。

雪菜從制服胸口拿出一張咒符，將那變成了禿鷹的模樣。接著，她直接讓禿鷹飛向空中。

古城對雪菜謎樣的行動板起臉孔，但是他更在意的，是她左手所握的銀槍。那是理應破損的「雪霞狼」。

「姬柊，那把槍是——」

古城於疑惑問問。

雪菜不回答他的問題，而是和自己身旁的冒牌貨交會目光。於是她們倆同時露出了使壞似的笑容。她們格外合拍的舉止，讓古城越發困惑了。

「我們走吧，學長。」

雪菜瞪著眼底下的魔獸說。

古城有些疲倦地發出嘆息，然後低頭看了孤獨作亂的未確認魔獸。

9

唯里和志緒正在仰望不停巨大化的魔獸背影。

Ⅸ５幾乎已經將Ⅸ４捕食完畢了。在這短短的時間裡，兩頭魔獸融合後似乎又讓體積大了兩圈。

魔獸納入體內的精靈爐目前仍有靈力持續供給。假如Ⅸ５就這樣繼續成長，可以確定的是它遲早會成為人類之手無法應付的天災級怪物。

非得當場擊斃這頭魔獸才可以，身為靈媒的預感如此告訴唯里她們。

「——唯里，劍給我。」

志緒緊張得臉孔僵硬，並叫了好友。

嗯——唯里也用僵硬的表情點頭。

好比煌坂紗矢華的六式重裝降魔弓藏有超長距離咒術砲擊這招殺手鐧，唯里和志緒的改良型六式也有搭載隱藏機能。

但是在獅子王機關的攻魔師當中，以往沒有人將那些投入實戰過。

對唯里她們來說，這當然也是頭一次體驗，而且還是沒有取得高層許可的獨斷獨行，實在讓人無法不緊張。

但即使如此，要阻止那頭魔獸也沒有其他方法了——

「改良型六式降魔劍——武裝解除（Disarm）！」

呼應唯里所灌輸的靈力，她的長劍變形了。

劍刃分離後，只剩下劍身的部分。劍柄也彎了四十五度左右，模樣變得正好像手槍的握把。形狀近似不具槍口的步槍。

接著志緒就把自己的西洋弓裝到唯里遞來的劍上面。金屬接合聲四處響起，西洋弓的部分也跟著變形。劍弓一體化的十字型射擊武器——將兩人的武器組合以後，出現的是大型弩——十字弓。

只不過，上頭既沒有地方可以裝箭，也不存在拉弦的結構。

這把十字弓發射的並非咒箭，而是咒術砲擊。

「——認證申請！改良型六式降魔弓，十字弓模式，解放！」

『認證為登錄射手，斐川志緒；瞄準手，羽波唯里。改良型六式降魔弓，十字弓模式，啟動。』

對於志緒唱誦的啟動指令，弩用合成語音給了回應。劍與弓——兩項武神具內藏的咒術結構同時啟動，逐漸編織出驚人而大費周章的術式。

志緒放低了重心並舉起弩。

她瞄準想要跨過運河的魔獸背後，將扳機扣到底——

「……！」

有衝擊撲向志緒的右肩。

一瞬間從弩吐射出去的閃光，無聲無息地貫穿魔獸了。長達數百公尺的光之槍。

當那道光槍消失時，魔獸的軀幹上就開出直徑約有兩公尺的空洞。無論是血、肉片，甚至塵埃都不留的完美空隙。間隔一瞬，湧出的鮮血填滿那空洞，魔獸發出了痛苦的咆哮。

「模擬空間切斷……將魔獸連空間一起剷除了嗎……」

矢瀨從有腳戰車的艙門探出臉，並且繃著臉孔低聲驚呼。

改良型六式降魔弓在十字弓模式的攻擊，可以將存在於射線上的所有物質連空間一同剷除，堪稱最強的咒術砲擊。

理論上，沒有物質能承受這種砲擊，要用魔法防禦也幾乎不可能。能防備它的大概只有同樣有能力剷除空間的真祖眷獸，或者能以神格振動波令魔力失效的七式突擊降魔機槍。

由於太具威力與危險性，改良型六式就被分成劍與弓，各別託付給兩名攻魔師。唯里和志緒之所以總是一起行動，也是為了讓改良性六式備而可用。儘管原理與七式突擊降魔機槍不同，這把改良型六式同樣是可以誅滅真祖的武器。

「志緒……！」

唯里急忙趕到因為發射反作用力而跪下來的志緒身邊。

「我不要緊。可是，用這玩意兒實在好吃力。」

為了讓唯里放心，志緒勉強笑給她看。

畢竟改良型六式降魔弓的十字弓模式有這等威力，反作用力自然甚鉅。即使一併用咒術強化身體，還是不可能完全克制住衝擊。再加上消耗的咒力量也多。要全力發射，頂多只能再用一兩次。

「不過，對它有效耶。」

為了替焦急的志緒打氣，矢瀨口氣毅然地說道。

之前對於人類攻擊不屑一顧的未確認魔獸回過頭，眼神憤怒地瞪著志緒他們。對它的巨軀來說，志緒那一擊仍是不容忽視的威脅。至少要絆住魔獸的目的達成了。

「糟，要溜嘍！」

魔獸用無法從巨軀想像的敏捷身手朝志緒而來。有所警覺的矢瀨高喊了。有腳戰車的驅動輪蹬地急馳，載著志緒與唯里後退。

「好快……！」

矢瀨的臉頰嚇得僵掉了。魔獸加速的腳步凌駕於有腳戰車的機動性。照這樣下去恐怕等不到十秒，他們就會被魔獸踩扁——

唯里瞬間判斷出這一點，就從戰車跳了下來。

她從背後拔出了刃長超過一公尺的雙手劍。

「十三式斬魔大劍，啟動！」

在離魔獸的距離破三十公尺時，唯里舉起了雙手劍。

無論何等大劍，都無法讓攻擊命中的間距。

可是，唯里卻不顧一切地將劍斜向劈下。

霎時間，大劍的劍刃扭曲了。既非離心力也非空氣阻力。鐵灰色的大劍劍身呼應了唯里的意志而變形。

那一幕，就像優美的金屬噴泉。

不足一公尺的劍身轉變為長達數十公尺的長鞭。鋒刃厚度連一公厘都不到的鞭子。

那條鞭子纏住巨大魔獸的四肢以後，瞬間又改換形體。

轉變成讓人聯想到魚骨的無數成串長針——

「『賢者靈血（Wiseman's Blood）』……不對，是咒術反應合金嗎……！」

矢瀨吹了個響亮的口哨。

唯里帶在身上的大劍真面目，是可以照使劍者想法隨意改換模樣的高密度液態金屬。只要伸得又薄又長，劍刃就能達到數百公尺；若使其濃縮，強度更能凌駕鋼鐵。不過，那種金屬真正的恐怖之處，在於它可以侵入砍中的對手體內，從內側破壞目標。

「十三式斬魔大劍是獅子王機關為封印吸血鬼真祖所打造的另一項祕藏兵器。構成劍身的細微金屬粒子，本身就能變成一件武神具將目標束縛，並阻礙對方的再生能力——」

既然被矢瀨看見，志緒不得已只好做了解說。她說這些並不是出於親切。廣泛讓人得知其威力以抑止犯罪，也是武器要扮演的角色。

「跟『戰王領域』的亞拉道爾議長用來將古城逼到絕境的那招同樣原理嗎？」

原來如此——矢瀨嘴脣朝右邊揚起。

裴瑞修．亞拉道爾就是用無數利刃插入對手體內，封住了古城的行動。唯里單靠十三式斬魔大劍，就可以達到一樣的功效。

「是啊。因為違背人道，以往都封藏不出，但這次畢竟遇上了對手。可是……」

志緒凝望唯里使著不熟悉的劍的背影，不安地握起弩。

「對手實在太大了，是嗎？」

矢瀨的臉上也冒出憂慮之色。

唯里巧妙地運用著十三式斬魔大劍。適合用於封鎖敵人行動的十三式，應該和唯里擅於防禦更勝攻擊的性格合得來。

武器的適性與絆住魔獸的目的也搭配得不差。

然而，若要完全封鎖其行動，這頭魔獸實在是太過巨大。

四肢被縫住而動彈不得的魔獸，用了從頸根生出的無數觸手攻擊過來。

將十三式斬魔大劍用於絆住敵人的唯里，沒有手段能保護自己。

「唯里——！」

「咦！」

志緒破口大叫，唯里抬頭望見從頭上揮下的觸手便愣住了。

可是，共鳴破碎的衝擊並沒有襲向唯里。唯里因絕望而睜大的眼裡，映著被砍飛到半空的眾多觸手，還有白髮少女揮下深紅波狀劍的背影。

「『炎喰蛇』！」

雫梨把劍插進被砍斷以後仍在地面上蠕動的觸手。觸手被吞噬魔力的魔劍奪走力量，這才停下動作。

取代之前燒焦的制服，雫梨穿著白色長外套。她「呵呵呵呵」地高聲笑著說：

「千鈞一髮呢。將『炎喰蛇』交給在醫院的優乃同學保管，果然是對的。好了，放心吧。既然身為聖團修女騎士的我來到了這裡──」

「卡思子！」

「……卡、卡思子……？」

雫梨擺著像是被人甩了耳光的表情，腳步踉蹌不穩。

即使要抱怨，唯里根本就不曉得雫梨的本名。因此雫梨就算被叫成卡思子也無法抗議，只好洩憤似的將魔獸的觸手接二連三地斬斷。

以十三式斬魔大劍絆住腳步，加上「炎喰蛇」的防禦──如此的搭配應該就能擋住魔獸吧，志緒等人一瞬間曾有所期待。

彷彿在嘲笑那樣期待的志緒等人，魔獸的全身被青白色燐光籠罩。那是從精靈爐吐出的靈氣光輝。

「它還要成長嗎……！」

矢瀨冒出聲音了。魔獸讓全身的肌肉嘎吱作響後，輪廓便膨脹起來。

「不行……我撐不住了……！」

緊握劍柄的唯里發出痛苦聲音。

隨後，原本纏住魔獸四肢的十三式斬魔大劍，其劍刃四分五裂了。武神具承受不住魔獸急遽的成長。

「再怎麼砍也砍不完啦！」

雫梨也同時尖叫出來。

「炎喰蛇」確實能斬斷未確認魔獸，使劍的雫梨卻是血肉之軀。就算鬼族的肉體再怎麼頑強，硬生生挨中魔獸的共鳴破碎也會不堪一擊。可是，魔獸正以難以置信的增殖速度，讓理應被切斷的觸手增生。

「──呀啊！」

雫梨終於超出極限，就隨著無助的尖叫聲被震飛到背後了。儘管她勉強防禦住觸手的直擊，還是被共鳴破碎炸開的地板碎片擊中了。

「卡思子！」

唯里語帶尖叫地呼喚。但搖搖晃晃的雫梨還來不及起身，魔獸就先一步追擊了。巨大觸手從旁掃來，雫梨用無法對焦的眼睛茫然望去。

接著，耀眼的銀色閃光飛速穿過了雫梨的視野。

被切斷的觸手因本身衝勁與離心力飛得老遠。

在跪地屏息的雫梨面前，有個嬌小的少女輕靈著地。

她手裡握的是被神格振動波光輝籠罩的銀色長槍。

「雪菜（小雪）？」

「姬柊雪菜？那把槍是……！」

唯里與志緒愕然驚呼。她們對雪菜用了理應壞掉的「雪霞狼」這件事心生動搖。

不過，雪菜只是顯得有些困窘，並且回望訝異的唯里與志緒一眼說：

「修好了。」

「咦！等等……」

「妳說修好了是什……」

唯里與志緒好似在表示「有那麼簡單嗎」而變得不知所措。

但是，下個瞬間，她們倆就遇到了更為驚奇的事。魔獸的攻擊導致塵土瀰漫，而古城帶著與雪菜一模一樣的少女從中現身了。

身上的制服自然不用說，連長相與體格都像到排在一起也無法分別的地步。若有唯一的差異，就是眼裡蘊藏的惡作劇光彩而已。

基本上，她望著唯里與志緒，也驚訝得說出「好年輕……」這樣的話就是了。

「你很慢耶，古城。」

矢瀨從有腳戰車的背上叫了古城。輕鬆得像是在放學後相約見面一樣的打招呼聲音。

「抱歉。久等了。」

古城也若無其事地回話，然後重新面對不停成長的未確認魔獸。

「狀況怎樣？」

「不好耶。魔獸的細胞增殖速度太快，讓人應付不來。只能把那傢伙納入體內的精靈爐停機才行——」

矢瀨用苦澀的語氣說道。透過他的說明，古城理解到大概的狀況。

將精靈爐納入體內的未確認魔獸急遽成長，進而異常活性化。除非設法處理至今仍不停吐出龐大靈力的精靈爐，要讓魔獸安分或打倒它都是不可能的。

「只是要對付精靈爐的話，我的改良型六式降魔弓能將其消滅。但是，魔獸的身軀巨大成這樣，就不曉得要緊的精靈爐位置會在哪裡。」

志緒將目光落在握緊的弩上說道。原來是這麼回事啊——古城點頭。

「總之讓精靈爐露出來就行了吧？」

他的理解雖然粗略，但狀況到底無法讓人訂定細密的策略。只要明白自己該做什麼，那就夠了。

「像剛才那種自爆的技倆已經對它不管用了喔！」

「我懂啦。」

志緒不安地提醒，古城就語帶苦笑地回望她了。

成長到那種地步，就算用那一丁點的魔力轟進它體內，似乎也無法打倒那頭魔獸。最糟的情況下，甚至得擔心第四真祖的眷獸會全部遭到吸收。

話雖如此，也不可能馬上就想出其他有效的策略。怎麼辦好呢——古城歪頭思索，雫梨就心血來潮地提問了。

「重要的是，古城，你的身體不要緊了嗎？」

「咦？還好啦，有設法恢復了。」

雫梨在懷疑「未免恢復得太快了吧」，古城就忘記要打馬虎眼，還不小心老老實實地回答出來了。

「古城，難道說……你們……」

唯里帶著疑惑的表情嘀咕。她朝雪菜交戰中的背影瞥了一眼，然後將視線轉回古城身上。古城則無意識地掩著嘴角，別開目光。

雫梨與志緒用心寒的眼神望向這樣的古城。

和雪菜長相相同的少女則壓低聲音嘻嘻笑著。

10

過去被稱作未確認魔獸Ⅸ4的魔獸很痛苦。

它被賦予的本能（Program）有兩種。不停吞噬魔力、不停成長。如此而已。

於是，它一直都忠實地實行那樣的本能。追求更強的魔力而登陸紘神島，並將精靈爐納入體內。吞噬自己的同伴，然後被吞噬，在相互融合後完成了新的成長。

如今，它理解自己已經是這座島上的最強生物。即使如此，本能仍要求它變得更強。

它當然不明白，像這樣無止盡地不停成長的結果會是什麼。

自己為什麼存在？是什麼人，為了什麼目的創造出自己？為何非得不停地成長？它什麼也不明白。那些疑問，對它的本能來說是毫無價值的問題。可是，它的肉體卻對疑問得不到解答這一點感到焦躁。自己的生命並無價值，如此的事實讓它覺得苦惱。

未確認魔獸咆吼了。

靠精靈爐的靈力急遽肥大化，對它的肉體造成了扭曲。

巨大過頭的肉體已經變得沒有魔力就抵抗不了重力，光是挪身就會讓全身叫苦。急遽成長引發細胞老化，過剩的再生能力卻不允許細胞死去。未確認魔獸是絃神島上最強的生物，同時也是最為脆弱的生物。

肉體的痛苦與精神的虛無——這兩點正在折磨未確認魔獸。

正因如此，它才下定決心要破壞眼裡所見的一切。

它要蹂躪那些小小的生物，將一切吞噬殆盡。既然自己的生命毫無價值，那麼讓世上一切也都變得毫無價值就行了——

如此決意的魔獸頭上，有某種奇妙「玩意兒」出現。

未確認魔獸發現那是自己不認識的強大魔力源，便鼓起了戰意。

順從銘記在細胞裡的本能——

「迅即到來，『夜摩之黑劍（Kiffa Ater）』！」

古城從開在地下街街頂的巨大坑洞仰望黃昏天空，並且高吼。

灑落的魔力令空間扭曲，不久就在虛空中催生出巨劍。

儘管它位於一千公尺高的高度，用肉眼還是可以清楚望見其身影。劍刃輕鬆超過一百公尺長的荒謬大劍。其精確形狀是名叫三鈷劍的古代武具。據說曾為眾神所用的降魔利劍。

第四真祖的第七號眷獸。具備意識的活武器（Intelligent Weapon）——制裁之劍。

「不行，曉古城！雖然說它是具備意識的活武器，實際上仍是魔力聚合體。就算用眷獸去拚，也只會被未確認魔獸吞噬！」

志緒連忙制止古城。

古城召喚的劍之眷獸具有操控重力的能力。表示它不只身形龐大，連墜落的加速度都能自在操控。其質量與加速度催生的衝擊，在過去甚至曾經讓絃神島的人工島半毀。可是，即使有如此的破壞力，將未確認魔獸擊斃的可能性還是不高。

「沒錯。假如那只是具備意識的活武器。」

古城同意志緒的指正，還若有深意地微笑了。

「什麼……？」

從古城全身噴湧出更多的魔力，這次志緒說不出話了。未確認魔獸已經獲得精靈爐。要是再額外吸納第四真祖的眷獸，簡直無法想像究竟會有什麼樣的怪物誕生。何況眷獸增加到兩頭，其危險性將攀升好幾倍。

妳也說說他吧——志緒將目光朝向雪菜，雪菜卻只是溫和地微笑。照理說，她同樣沒有事先得知古城打算做什麼。可是，雪菜似乎無條件地信任古城的判斷。

猛一看，唯里和雫梨也都跟雪菜類似，露出了無法區分是死心或信任的表情。這是怎麼回事啊？志緒如此感到疑惑。難不成是我錯了嗎——她心想。

「迅即到來，『蠍虎之紫（Shaula Viola）』！」

古城召喚的第二頭眷獸，是籠罩著紫炎的食人虎（Manticore）。尾巴是蠍子；背後長著翅膀。志緒首次目睹的眷獸。

然而，古城並沒有打算讓食人虎與未確認魔獸搏鬥。相對的，他命令它往天空飛升。食人虎的軌道，與朝著地表緩緩墜落的劍之眷獸相互交錯。

兩頭眷獸的輪廓扭曲了。

漆黑大劍被紫炎籠罩，巨大劍刃上像浮雕一樣刻上蠍尾。兩種相異的魔力交纏混合，然後轉變成新眷獸的形貌。

「這招是奧爾迪亞魯公用過的……！」

「他讓眷獸融合了嗎……！」

唯里和志緒同時喊了出來。讓兩頭眷獸融合，催生出更強眷獸的技術——據說只有「戰王領域」的貴族，迪米特列·瓦特拉會用那種技巧。過去瓦特拉曾靠著那樣的能力，將古城逼到將近消滅。

「雖然是臨陣試招，不過順利融合了呢。當著眼前看過那麼多次，就算是我也能學會怎麼用啦，瓦特拉！」

古城一邊因為強行融合眷獸的反作用力而滿頭大汗，一邊露出獠牙微笑。

被紫炎籠罩的大劍開始加速。不過，以劍之眷獸原本的能力來看，那種速度反而可以說是緩慢。雖然稱之為魔獸，對方仍是生物，不需要足以破壞人工島的威力。即使如此，大劍仍以夠格形容成威脅的加速度射向地表，輕易地撕裂了未確認魔獸的巨軀。

「成功了……」

雫梨發出歡呼。

籠罩紫炎的食人虎——「蠍虎之紫」是操控毒素，有能力奪取魔力的眷獸。古城讓漆黑大劍與食人虎融合，賦予其相同的能力了。

劍之眷獸也會奪取魔力，未確認魔獸就不能奪走它的魔力。軀幹遭貫穿，被釘死在地面上的魔獸便無法動彈。食人虎催生的劇毒，逐漸循環至魔獸全身。為了逃離那種痛苦，未確認魔獸扯斷自身肉體，想要掙脫大劍。

皮膚綻開，肌肉扯裂，部分內臟露出。

埋藏其中的精靈爐出現短短一瞬。

「我看見了！」

志緒舉起魔力充填完的弩。

用改良型六式的咒術砲擊剷除空間，就能安全地破壞精靈爐。

不過，直接命中精靈爐中心是必要條件。假如對爐心造成半吊子的傷害，從中外洩的精靈會一口氣濺出爆發性的靈力。

「不行。再生得太快！」

準備砲擊的志緒被矢瀨的有腳戰車制止了。未確認魔獸被扯裂的肌肉以驚人速度再生，將精靈爐的形影逐漸掩沒。

志緒不甘心地低聲咕噥。

由於動用不熟悉的融合眷獸，曉古城消耗甚鉅。同樣威力的攻擊，想必無法再重複一次。如果讓未確認魔獸就這樣徹底再生完畢，這次將永遠失去擊斃那頭魔獸的機會。

志緒即將被恐懼壓垮。然而，曉古城在她旁邊凶猛地笑了。

「——狻猊之神子暨高神劍巫於此祀求。」

宛如演奏歌曲，清澈嗓音優美地編織出禱詞。清冽得前所未見的神格振動波氣息，一瞬間讓志緒忘記了焦慮。

「姬柊……雪菜……」

雪菜像賜予勝利的巫女般起舞。她所握的長槍槍尖浮現了細緻的魔法紋路，綻放出動人光芒。「雪霞狼」在損傷前不曾有過的現象。於是，長槍在那種狀態下發出的破魔光輝，遠比過去耀眼而澄澈。

「破魔的曙光，雪霞的神狼，速以鋼之神威助我伐滅惡神百鬼！」

雪菜的身體飛舞在半空。她衝上未確認魔獸的巨軀，朝後腦杓的死角深深地插入銀槍。渺小的人類之手帶來了超乎預料的衝擊，讓未確認魔獸的龐大身軀痛苦掙扎。

「我懂了，她打算讓魔力無效化來阻礙再生……」

矢瀨有些興奮地嘀咕。

魔獸是靠著細胞內蓄積的魔力支持，才會發揮出普通生物不可能具有的再生能力。然而，雪菜的槍可以消滅那股魔力。結果就是魔獸受傷的痊癒速度顯而易見地下滑了。

「不，還不只那樣──！」

志緒瞪著魔獸被劍之眷獸砍傷的傷口大叫。

未確認魔獸的骨骼正在吱嘎作響，皮膚與肌肉開始四分五裂。用於強化肉體的魔力斷了供給，讓它的龐大身軀抵抗不住重力了。照這樣下去，未確認魔獸就會被自己的質量壓垮而自取滅亡。

魔獸似乎無法承受魔力被奪的痛苦，發出了猛烈的嘶吼。它用觸手打向在自己背後插入長槍的雪菜。

「別想！」

「我不會讓觸手來礙事的！」

抽動如鞭的液態金屬刃，還有起伏如火的深紅劍刃，在雪菜背後發出光芒了。

理應消耗受創的唯里與雫梨，救了不能動的雪菜。每當她們揮劍，像海嘯般來襲的魔獸觸手便一律在空中被斬斷。

雪菜得到唯里她們支援，就增加了灌注於長槍的靈力。灌入神格振動波的魔獸血管發出白色光芒，像裂痕一樣擴展到它的全身。

魔力遭劍之眷獸所噬，還被銀色長槍無效化。軀幹中央讓大劍貫穿，肥大化的肉體受重力輾壓。但是，魔獸仍不倒下。

「做到這種地步還不夠嗎……！」

在古城的聲音裡，感嘆夾雜得比驚訝更多。

魔獸正憑著從精靈爐供給的靈力，緩慢卻又確實地持續再生。難以置信的強韌生命力。換成現在，古城倒不是無法體會白袍雙胞胎自鳴得意的心情。

但狀況並不容許他坦然佩服。

只差一步就能讓未確認魔獸無力化。可是，始終缺了那一步。古城正被自己逐漸消耗的體力逼入絕境。

「哇喔，大家出手都好猛。」

不知道假雪菜是否明白古城這樣的心境，她用悠哉的語氣開口了。

「妳……！」

原來妳還在啊——古城遷怒似的瞪她。假雪菜卻頗為愉悅地回望了眼神幽怨的古城，並且告訴他：

「雖然我已經忙完自己的事了，要不要出點力當成事後服務呢？」

「什麼……？」

在古城啞然觀望之下，假雪菜踏著舞步般的輕巧步伐朝魔獸接近。這樣的她右臂忽然被濃密的魔力漩渦包裹。

「繼承『焰光夜伯』血脈之人，曉零菜，在此解放汝的枷鎖——！」

假雪菜的低喃被魔力狂風掩蓋，沒有傳到古城耳裡。可是，如今在任何人眼裡，都看得出她打算做什麼。

沒錯。她是吸血鬼。古城想起這一點。

「迅即到來，『槍之黃金（Hasta Aurum）』！」

假雪菜高舉過頭的手裡，有她的眷獸現出身影。

那是散發著黃金光彩的一柄槍。金色的長槍眷獸。

「那傢伙也是具備意識的活武器嗎……！」

「答對了！」

假雪菜帶著笑容縱身躍起。她從雪菜的對面——朝著驍猛魔獸的喉嚨，將金色長槍捅入。黃金光彩越發耀眼，好似被那陣光芒吞沒一樣，魔力從未確認魔獸的體內統統消失了。

槍之眷獸的權能是令魔力無效化——和「雪霞狼」一樣的能力。

「精靈爐！」

雫梨在未確認魔獸的背上高喊。

魔獸被古城用眷獸砍傷的傷口逐漸綻開。失去大量魔力，痊癒速度終於追不上傷勢了。

從斷裂的肌纖維縫隙中，可以明確看見位於肋骨內側的精靈爐形影。

「志緒！」

唯里叫了好友的名字。

志緒點頭，並且將所剩的咒力全數灌入弩中。

「狻猊之舞伶暨高神真射姬於此誦求！」

志緒一邊唱誦禱詞，一邊拔腿直衝。

衝向能確實射穿精靈爐的位置，也就是魔獸的腹部底下——

她將滿載咒力的弩舉向裸露出來的精靈爐。志緒朝放在扳機上的指頭使力。兩件武神具啟動咒術迴路，其砲口吐出了閃光。

「雷霆召來——！」

閃光之箭無聲無息地伸出，精準地貫穿精靈爐的爐心了。

沒有引發爆炸。球形爐心只留下外緣，內藏的高次元能量體則連著精靈爐一起消滅。未確認魔獸發出痛苦的咆哮，往旁邊倒下了。志緒她們這次的攻擊發揮效用了。矢瀨的有腳戰車挺身保護了差點在魔獸倒下後變成肉墊的志緒。有腳戰車承受不住魔獸的質量，便遭到壓毀。不過，在戰車被壓扁的前一刻，矢瀨和志緒都勉強成功逃出了。

古城解除掉召喚的眷獸。他對融合眷獸的控制已經到了極限。

雪菜則著地於那樣的古城旁邊。由於釋出的咒力超過極限，她也在喘氣。用盡咒力的志緒自然不用說，唯里和雫梨的體力也到極限了。

另一方面，失去精靈爐的未確認魔獸至今仍未沉默。

將受創虛弱的細胞像褪皮一樣脫掉以後，從大型未確認魔獸體內，有毫髮無傷的魔獸爬了出來。那是理應已經被同族吞噬的未確認魔獸Ⅸ4。全長比起大型未確認魔獸縮成了一半不到，但是那模樣反而更顯凶猛，被切斷的觸手也復活了。

「即使沒有精靈爐，未確認魔獸本身依舊健在嗎？我想也是。」

古城生厭似的咂嘴。雪菜舉起長槍，但是她明顯不是能戰鬥的狀況。雫梨等人也一樣。就算這樣，還是不能讓魔獸直接跑到地上。因為特區警備隊的戰力同樣受了消耗。

沒辦法——古城把右臂向前伸。他打算召喚出新的眷獸。

不過，那條手臂被假雪菜從旁抓住了。

她就像讀了古城的心一樣搖頭。

「不可以喔，古城。要是用龍蛇之水銀吞掉那隻大塊頭，次元孔穴就不得安寧了！搞不好會對全世界都造成影響！」

古城沒有對假雪菜的話提出反駁。因為她準確看穿了古城想召喚的眷獸身分。

第四真祖的第三號眷獸「龍蛇之水銀（Al Meissa Mercury）」和改良型六式一樣，擁有剷除空間的能力。更精確地說，古城那頭眷獸的攻擊不只能影響空間，而是對所有次元的任何存在都管用。

縱使未確認魔獸再怎麼以再生能力之強為豪，既然魔獸的肉體要依存細胞這樣的物質，古城的眷獸肯定能確實地殺掉對手才對。

但古城的眷獸太過強力，對周圍造成的影響也就相對龐大。在空間當中開出足以將那般巨軀完全吞沒的孔穴，簡直無法想像會帶來什麼樣的反作用力。

正如假雪菜所指出的看法，假如空間的扭曲影響到地殼及重力，難保不會招致世界規模的災害。之前古城沒有用吞噬次元的眷獸攻擊未確認魔獸，理由便是在此。

「可是，還有其他方法能擊斃那傢伙嗎？」

古城帶著苦瓜臉反問。

假雪菜用毫無緊張感的表情開朗地笑了笑。

「術業有專攻，交給專家不就好了嗎？」

「專家？」

什麼意思啊——古城回望假雪菜。

假雪菜默默地舉起右手。在她所指的方向，有個穿著古風黑色水手服的黑髮少女。太史局的六刃神官。懲治魔獸的專家。

「妃崎——！」

古城感到困惑，凝望走到魔獸面前的霧葉。

霧葉手裡握的並不是平時那柄雙叉槍。

那是具有鐵灰色槍尖的巨大突擊槍(Lance)。槍的全長比霧葉的身高多一倍，直徑最粗約有五十公分，重量應該輕鬆超過一百公斤。

就算是霧葉，想必也無法正常揮動那樣的玩意兒。但是面對未確認魔獸的巨軀，突擊槍的重量級威風姿態卻讓人覺得莫名可靠。

「我要向你致意，曉古城，還有獅子王機關。」

霧葉好像動了嘴脣說出「謝謝」。

而霧葉開口道謝的事實，讓古城感受到前所未有的衝擊。

不過，她那種客氣的態度短暫得跟幻影一樣。

妖豔的眼中殺氣滾滾，霧葉優美地揚起嘴脣笑了。

「多虧各位，我可以宰掉那傢伙了！甲型咒裝單槍！」

「啥……！」

古城承受到迎面撲來的暴風，便蹣跚後退了。

那是由超音速砲彈催生的爆發性衝擊波。霧葉舉起的突擊槍隨著閃光發射出去了。事情發生於剎那間，連古城用魔族的視力都無法看清。

「電磁投射砲（EML）嗎……！」

矢瀨興趣濃厚地嘀咕。並非用火藥，而是以電磁力射出彈體的射擊武器。把研發用於軍艦艦砲系統的電磁投射砲，縮小成對魔獸專用以後，應該就是太史局的甲型咒裝單槍了。靠壓倒性的彈速，貫穿以魔力強化過的強韌肌肉，某方面來講原理單純，因此才效果十足的武器。

「甲型咒裝單槍的彈體蘊藏詛咒，會利用目標的魔力發動並擴散——換句話說，這表示IX4會被自己的魔力詛咒至死。」

霧葉粗魯甩開了完成任務的槍柄——發射裝置，慵懶地將頭髮往上撥。

「在精靈爐提供無窮魔力的狀態下，詛咒就會被抵銷而無法使用，不過換成現在——」

霧葉的話還沒說完，沉沉地鳴聲就搖撼了大地。未確認魔獸彷彿失去站起來的力氣，倒在地上了。

想發出咆哮的魔獸，從喉嚨冒出了虛弱的颼颼哀號。其細胞失去色素，像散沙一樣逐漸散落。正因為增殖能力強，一旦詛咒循環到全身，細胞便會迅速崩壞。

魔獸無力地闔上眼皮，接著就入睡似的再也不動了。觸手前端在最後抽搐過幾次，這才徹底沉默下來。

「這下子，事情結束了嗎……？」

雫梨坐倒在地，像洩了勁一樣嘀咕。

「到最後，感覺風光場面都被妳獨占了耶。」

累得死去活來的矢瀨抱怨。雖然是矢瀨等人主動說要幫忙爭取時間的，即使如此，被人巧妙利用的印象還是抹滅不去。

霧葉卻毫不慚愧地微笑說：

「懲治魔獸，是歸太史局管轄喔。你們有你們的工作吧？」

難道不是嗎──霧葉如此問道，古城就帶著苦笑回望她。

沒錯。古城還得找人算一筆非討不可的帳。身為夜之帝國的領主，同時也身為和魔獸一樣以兵器身分問世的可悲同類──

「是啊，說得沒錯。接下來，是屬於我的戰爭。」

古城在眼裡洋溢著深紅火焰說道。

雪菜則依偎似的站在那樣的古城身邊，露出了微笑。有隻鳥翩然降落在她伸出的左臂。金屬製的禿鷹。

「不，學長，是我們的聖戰才對。」

雪菜撫摸式神猛禽，並強而有力地告訴古城。

和雪菜相同長相的少女遠遠望著兩人默契十足的模樣，莫名愉悅地笑著。

終章 Outro

人工島東區的不起眼角落。蓋在運河河畔的小小倉庫中，有他們倆的身影。凱爾與琦莉——穿白袍的雙胞胎魔導技師。

勉強能容納兩輛巴士的建築物裡，用來培養魔獸的設備和分析儀器都擠在一起。內部牆面整齊地掛著十幾塊螢幕，正在播出島上安裝的監視器與無人攝影機的影像。計測裝置的畫面上，則顯示著未確認魔獸Ⅸ４埋藏於體內的各種感應器資訊。

可是，那些感應器從大約一小時前，就完全斷絕通訊了。脈搏數、血壓皆為零。那表示未確認魔獸Ⅸ４已經被徹底驅除了。

「不可能……太史局是用了什麼方法！居然將Ⅸ４消滅到連一顆細胞都不留……！」

白袍男子——凱爾動手捶向保持沉默的計測裝置。

他們創造出來的Ⅸ級魔獸，被區區幾個攻魔師和吸血鬼消滅了。始料未及的事實，令他強烈地焦躁。

「不，更重要的問題是第四真祖。因為那傢伙，對Ⅸ４的觀察被迫中斷了。假如可以在現場看著Ⅸ４臨終，而不是透過這種影像……可惡！」

凱爾因屈辱而皺起臉。實際上，凱爾並沒有被第四真祖做了什麼。他只是對曉古城的魄

力產生了恐懼。那種恐懼心至今仍留在身體深處，苛責著他身為魔導技師的自尊。

白袍女子——琦莉厭煩似的低頭看了那樣的他。

「冷靜下來，凱爾。實驗成功嘍。至少獅子王機關與太史局機密兵器的數據都到手了。總帥肯定也會高興才對。」

「說得也對，琦莉……這座島上已經沒我們的事了，趕快帶著數據脫離吧。」

凱爾像強迫自己接受一樣點了頭。

雖然Ⅸ4遭到擊斃，但是在研發過程中獲得的資料還留著。「炎喰蛇」以及七式突擊降魔機槍的寶貴戰鬥數據也到手了。藉那些加以改良，最終應該就能親手創造出超越Ⅸ級的Ｘ級——眾神的生物兵器。要對第四真祖或者絃神市國復仇，可以到時候再說。

凱爾思考著這些，準備將實驗數據移到攜帶式儲存裝置。可是，器材沒有回應他的操作。怎麼回事？雙胞胎同時蹙眉，彷彿就等他們這種反應，實驗器材中的喇叭啟動了。

『我想那是辦不到喔。無論要得到上司誇獎，或者脫離這座島。』

從喇叭傳來了有些冷漠的少女說話聲。沒聽過的嗓音。

「——誰！」

琦莉害怕似的反問。然而那聲音無視於她，單方面繼續說下去。

『首先呢，你們的僱主——ＭＡＲ仿生科技公司，已經和你們解約，還提出訴訟要求賠償損失了。理由是你們送去的資料裡放了惡質的電腦病毒。』

「妳說……病毒?」

琦莉的聲音發抖了。凱爾跳起來面對桌上,逐一操作眼睛所見的器材。可是每項器材都沒有反應。螢幕上顯示出來的,只有醜兮兮的布偶圖像。

理應到手的實驗數據,全被覆寫為無意義的情報了。在MAR仿生科技的總公司,恐怕也發生了相同現象。透過不明人士安裝的病毒——

『MAR仿生科技公司的損失金額為數兆圓規模,股票價值形同壁紙,搞不好明天就要倒閉了呢。你們最好也要有面對刑事追訴的心理準備喔。雖然紘神市國靠著賣空股票賺了一大筆啦,差不多可以彌補魔獸造成的損害。』

少女說完就愉悅似的笑了。雙胞胎從這些話察覺到她的真面目。

冷靜想想,事情再明白不過。可以入侵安全性號稱世界最高水準的MAR機密迴路,並散布病毒的人物。這種怪物就只有一個。

「難不成……難不成是妳掉包資料內容的嗎!電子女帝!」

『再者,你們無法離開這座島。』

藍羽淺蔥對凱爾激動的話語隨便聽聽,並且斷言。

下個瞬間,雙胞胎所在的建築物隨著轟然巨響搖晃。

彷彿被巨大獸蹄撕裂，倉庫的牆壁與天花板掀得粉碎。

全身纏繞暴風的緋色雙角獸以夜空為背景，傲然睥睨著雙胞胎。

「第四真祖的……眷獸……！」

琦莉發出了斷斷續續的尖叫。

即使曉得那純屬威嚇，眷獸近在眼前的威迫感仍非同小可。

只要有意，真祖的眷獸隨時可以消滅他們倆。抵抗毫無意義，沒有任何地方可逃。為了讓兩人領悟這一點，曉古城才特地用眷獸摧毀倉庫給他們看。

「搞什麼鬼……那些傀儡在做什麼……！」

凱爾想找負責看守的傀儡。他打算讓傀儡絆住第四真祖，再趁機逃走。

但凱爾回頭看到的，卻是陷於癱瘓而被隨便堆在倉庫入口的眾多傀儡殘骸。

「好像有點不過癮耶。長期住院讓我累積了壓力。」

戴金屬手套的獸人種少女俯視著那些傀儡殘骸，將指節扳得劈啪作響。只會遵從單純命令的傀儡非常不擅長需要瞬間判斷力的格鬥戰。唯一稱得上優勢的耐打性，只要關節遭破壞便無意義。將格鬥技術練到極致的獸人，對傀儡兵是可稱作天敵的存在。

「不可以喔，優乃。妳還在復健當中。」

支援獸人少女的小個子槍手少年用手槍型咒術投射機掃射。隨手射出的咒彈，精準地破壞了琦莉安裝在倉庫裡用來防止入侵者的所有陷阱。假如沒有出色的技術、魔法知識與相當的經驗，就辦不到這種技倆。

雙胞胎曉得他們的底細。之前遭遇過成長階段的Ⅸ4的民間攻魔師。原本以為是不值一提的對手，只是用於評價魔獸戰鬥力的一筆資料。

然而，理應只是一筆資料的民間攻魔師卻成了人工島管理公社的幫手，朝雙胞胎張牙舞爪。雙胞胎理解到自己已非絕對安全的觀察者，而是被狩獵的一方了。

『──向夜之帝國找碴，你們以為能全身而退？』

藍羽淺蔥的開朗聲音，讓雙胞胎感受到深不見底的恐怖。

原本聽說絃神市國才剛獨立，沒有多了不起的戰力。可是，與未確認魔獸交戰完沒過多久，人工島管理公社就輕易投入了此等身手的攻魔師，宛如在展現夜之帝國的餘力。

絃神島上真正該提防的並非第四真祖，而是聚集在他身邊的多樣化人才。

「凱爾以及琦莉．松永──我將以傷害、毀損器物及違反特區治安維持條例的嫌疑拘拿你們兩位。請放慢動作在現場跪下。」

杵著不動的雙胞胎背後，有聲音傳了過來。

回頭望去，站在那裡的是手握銀槍的嬌小少女。

獅子王機關的劍巫，姬柊雪菜。就算雙胞胎是優秀的魔導技師，要跟身為對魔族戰鬥專家的她直接交手，也不會有勝算。

「唔……！」

琦莉打算發動空間移轉的術式。想帶凱爾逃走幾乎不可能。然而，她認為若是自己一個人就能逃掉。

「沒用的。」

雪菜卻像預知了琦莉的行動，探出長槍。

能讓魔力無效化的銀槍輕易抵銷了琦莉腳邊的魔法陣。於是琦莉連發生了什麼都不曉得，就跌倒在地被雪菜制伏。

「唔……！」

凱爾拋下被抓的姊姊開溜。他逃向倉庫的後門。可是，凱爾察覺到出現在那裡的人影，「咿」地慘叫出聲。

「久等啦。我按照約定來擊潰你們了。」

身上環繞著凶猛霸氣的曉古城露出白色獠牙，狂野地微笑。

「唔……啊……！」

「結束了，大叔！」

古城把灌注體重的拳頭使勁招呼在僵住不動的凱爾臉上。

白袍男子無聲無息地飛到半空，並且在轉了半圈以後以臉著地。

古城一臉疲倦地俯視抽搐著失神的他。

震撼絃神市國的魔獸風波就是如此了結的。

✝

「古城用了融合眷獸？」

阿爾迪基亞王國第一公主——拉．芙莉亞．立赫班朝著用銀色托盤端來的古典電話機，看似興趣濃厚地提出反問。

她人在阿爾迪基亞王室的離宮。被森林與雪原圍繞，小巧而典雅的建築物。

「……『成長太過迅速』……原來如此……這就是『他』要的嗎……」

拉．芙莉亞望著映於窗口的藍色冰河，自言自語似的發出嘀咕。她交代對方要繼續監視，然後悄悄地放下了聽筒。

「拉．芙莉亞公主……剛才的通訊是……？」

提問的是獅子王機關的舞威媛——煌坂紗矢華。

紗矢華這次並沒有擔任公主的護衛，而是以日本政府密使的身分造訪阿爾迪基亞王國。

她所送達的訊息，內容當然與曉古城有關。

既然曉古城成了話題，紗矢華實在不能不反問。

「絃神島發生的魔獸風波似乎平息了。」

拉・芙莉亞將扮男裝的侍女支開後，就緩緩地靠到了長椅上。

或許因為並不是在執行公務，她身上穿的是便服，而非平時的軍禮服。胸口與背後開了一大片，款式簡單輕薄的晚禮服。束起的銀色秀髮盈落在頸根，營造出的氣氛有如知名畫家的手筆。美神（Freja）再世的外號亦非虛傳。

「將精靈爐納入體內的魔獸——沒能親眼目睹是件憾事。」

「公主……！」

紗矢華對事態平息的報告才安心不到片刻，拉・芙莉亞不莊重的說詞就讓她忍不住板起面孔。

「MAR仿生科技公司否認涉及犯行——但是幹部已全體總辭，企業也逕行解體。看來古城他們做得很漂亮。」

拉・芙莉亞說完就愉悅地微笑。他們讓全世界見識到對絃神市國出手之人的可悲末路。

對身為企業集團的MAR來說，倒了一兩間子公司，應該也沒多大損失。但是，至少殺雞儆猴的效果十足。

「這樣短期內那座島就會變得平靜吧。對我們來說也是僥倖。」

「呃……公主。您這是認真的嗎？」

紗矢華戰戰兢兢地往上瞟著拉・芙莉亞。

她用困惑臉色望著的，是位於手中的一套文件。以王室名義發表的正式招待函，還有阿爾迪基亞航空的機票。

「是啊，當然了。」

拉・芙莉亞一臉認真地點了頭。連多問都不必，從最初就可以曉得是如此。這位公主說的話一向是認真的，即使那聽起來像某種惡質的玩笑。

「期待妳的佳音，紗矢華。」

公主望著紗矢華，燦爛地對她笑了。

紗矢華緊握著要寄給曉古城的招待函，臉上露出不知所措的表情。

†

在早上沒有任何人的教室裡，少女獨自站著。

她胸前捧著小小的紙袋。看過座位分配表，確認曉古城的桌子位置以後，她準備把那個紙袋悄悄塞進桌子的抽屜。

但是她中途停下動作了。

因為教室的門被靜靜打開，傳來有人走進裡頭的動靜。

「終於找到妳了。這次妳究竟想要做什麼？」

古城朝長相和雪菜一模一樣的少女——零菜喚道。

零菜訝異似的睜大眼睛，並望向古城。

「虧你曉得我在這裡，古城。」

「剛才矢瀨有聯絡。我就急忙趕來啦。」

古城一邊亮出自己的手機，一邊語帶嘆息地回答。

擊斃未確認魔獸後，零菜一溜煙就消失蹤影，讓古城等人找了一個晚上。多虧如此，睡眠完全不足。

「這樣啊，靠矢瀨的聲響結界嗎……那不是魔法，所以很麻煩呢。」

真是敗給他了——如此嘀咕的零菜吐了吐舌。

「哎，算啦……反正我本來就打算在回去前送禮物給你。」

「禮物？」

「嗯。我在想，這種東西果然還是還給你最好。」

零菜說完就將紙袋遞過來。剛好裝得下烘焙類點心的小巧袋子。

古城一邊警戒，一邊謹慎地將那收下了。沒有特別重或輕，起碼感覺並不是危險的東西，讓他鬆了口氣。

「說要回去，妳是從哪裡來的？」

古城忽然想起零菜說的話，便問了一句。試著想想，古城對她的底細什麼也不了解。無論是她長得像雪菜的理由，還有幫忙懲治魔獸的目的。

零菜卻有些困擾似的把目光轉向窗外說：

「要問從哪裡，就不太好回答了耶。哎，算是有點遠的地方吧。用光速來說大概隔了二十光年。」

「原來……妳是外星人？」

「這個嘛，要當成那樣也可以喔。」

零菜看著由衷訝異的古城，「呵呵」地小聲笑了出來。

「這麼說來，媽……雪菜呢？她沒有跟你在一起？」

零菜東張西望地環顧四周，然後問道。明顯是在害怕什麼的表情。

「馬上就到了。因為她是從後面繞過來的。」

「哇，想要包抄我啊？你們就是這麼陰險耶……！」

古城的回答讓零菜蹙了眉頭。雪菜正好在此時走進教室。

「什麼叫『就是這麼陰險』——？」

雪菜說完，忽然就拔出了銀色長槍。她從最初便處於備戰狀態。

零菜有些畏懼地躲到古城身後說：

「哎，沒什麼……嗯，『雪霞狼』的狀況似乎不錯呢。監視者的任務也決定續任了吧。」

「是啊。」

雪菜不甘願地點了頭。她曉得零菜在轉移話題，但看在幫忙修「雪霞狼」的份上，實在也無法不理睬吧。

從獅子王機關收到監視者續任的任職令，是昨天深夜的事。

而在前一刻，日本本土則有某位政客的緋聞蔚為話題。被稱為政界巨頭的執政黨大人物，被報導出養了好幾個年輕情婦的消息。

沒有人曉得，據說在政界以痴迷巨乳而聞名的那位政客，正是之前強烈主張要替換第四真祖監視者的人物。

他認為要勾引第四真祖，應該讓監視者發揮女性魅力；為了雪菜的名譽著想，或許這項事實也該暗中抹消才對。

「太好了太好了。這樣一來，我應該也可以放心嘍。」

零菜說完便安心地呼氣。雪菜則疑心似的望著這樣的零菜問：

「我的任務和妳有什麼關係？」

「什麼嘛。不用那麼殺氣騰騰的吧。我好不容易想來個溫馨的道別耶——」

雪菜露骨的攻擊性態度，讓零菜鬧脾氣似的噘起嘴脣。可是在零菜抱怨完以前，雪菜就攻向她了。

「我不會讓妳走！這次一定要讓妳把話說清楚！」

「欸……難道妳是在記恨一開始被我打倒那件事嗎……！」

零菜擋下了雪菜毫無放水的攻擊。

宛如摸透雪菜攻擊模式的熟練身手。雪菜察覺到這一點，眼神更添銳利。她完全動真格了。

「等、等等，姬柊。再怎麼說也不用——」

古城看雪菜舉起銀槍，難免心生動搖了。

說到零菜之前所做的壞事，頂多就是講了幾句惡言惡語，實際上並沒有傷害任何人。忽然就舉槍相向，再怎麼說也太過火了。更何況那是連吸血鬼真祖都能誅殺的聖槍。

而且，除了古城以外，還有人看見那把槍而心慌。那無非就是零菜本人。

「唔！『雪霞狼』？等一下！用那個就不妙了啦！」

「既然如此，妳放棄抵抗吧！」

或許是制服被搶時吃過大虧的關係，雪菜的行動毫不猶豫。

銀色槍刃劃穿大氣刺出，零菜立刻後退閃躲。可是，她的動作被料中了。雪菜身為對魔族戰鬥的專家，能透過靈視洞穿片刻後的未來。即使憑吸血鬼的反應速度，也躲不過雪菜的攻擊。

銀槍一閃而過，零菜被砍斷的幾根頭髮飛舞到空中。

就在隨後，異象發生了。

吸血鬼少女全身被青白色火花籠罩，其身影像蜃景般朦朧搖晃。

古城發現，讓零菜的身體停留於現場的魔法結界被破壞了。

在這個世界的她擁有實體，卻又並非真身。零菜是運用足以匹敵吸血鬼真祖的龐大魔力，強行維持著肉體。

可是她所展開的魔法結界，被雪菜的槍破壞了。

零菜的身影忽然失去真實感，並且逐漸淡化。彷彿她的肉體正要被強制遣返到原本該在的地方——

「嗚嗚……真的都不肯聽人講話的耶！笨媽媽！冥頑不靈！」

零菜瞪向舉著長槍的雪菜，像小孩耍賴一樣尖叫。

那就是她的最後一句話。

零菜完全消滅，只留下耀眼的雷電光芒。

古城與雪菜茫然望著這一幕。酷似雪菜的少女，其存在不留痕跡地完全消失了。已經沒有方法能確認她究竟是什麼人。

唯一留下的線索，是她最後提到的字眼——

「……媽媽？」

古城望著雪菜的臉龐問。

與雪菜酷似的吸血鬼少女清清楚楚地對雪菜這麼說過。她說：笨媽媽。

雪菜連忙搖頭。

雪菜的心裡當然也沒有數吧。她不可能有小孩，更何況是那麼大的女兒。

是的。目前還沒有——

†

在青白色閃光籠罩下，赤裸少女出現。

和以往被稱作姬柊雪菜的少女長相一模一樣的吸血鬼女孩。

房裡看似企業的研究室。

豎起一條腿坐著的少女周圍擺設了無數金屬魔具，建構出複雜的魔法陣。從那些魔具伸出的纜線被有條有理地綁成束，和桌上的電腦接在一起。

電腦前面坐著在制服外面披了白袍的另一個少女。

有著端正相貌與亮麗髮型的高中女生。無可挑剔的美女，但或許是因為嘴邊挖苦似的笑容，感覺不太有女人味。

「——歡迎回來，零菜。回歸得比預定早呢。」

那個髮型亮麗的高中女生一邊喝著番茄汁一邊呼喚赤裸的少女。她叼著吸管的唇邊露出了小巧的白色獠牙。

「萌蔥，我回來了。咦，博士呢？」

零菜伸了伸懶腰起身，並且環顧研究室。

房裡只有她們倆。位在研究室最深處，被眾多螢幕與鍵盤圍繞的桌子是空著的。

「我媽媽剛才離開嘍。說是帝國評議會有狀況。」

被稱作萌蔥的白袍少女把洗過的衣物遞給零菜。成套內衣褲與深藍色高筒襪，再加上最近剛改款的彩海學園國中部制服。

「是喔。帝國最高技術顧問還真辛苦。」

零菜穿上遞來的內衣，並用事不關己的口氣說道。萌蔥算準她穿好襪子的時間點，遞了冰涼的番茄汁說：

「妳媽媽也一樣吧。要喝嗎？」

「嗯，謝謝。」

零菜一口氣飲盡接到手裡的番茄汁，然後「呼」地發出嘆息。

「身體狀況如何？移轉術式的副作用呢？」

「比我想像中要好。雖然被『雪霞狼』砍到時差點不曉得要怎麼辦。」

「妳被砍了？」

萌蔥啞口無言地回望零菜。

「怎麼會這樣，妳沒有被他們察覺時間移轉術式的事吧？」

「嗯。應該不要緊。雖然途中好像在那月美眉面前穿幫了。」

零菜回答了同父異母的姊姊擔心地提出的問題，然後聳了聳肩。

那月是擅長操控空間的強大魔女。在接觸到零菜身體的那一瞬間，她肯定就發現零菜布下的結界真面目了。

沒辦法嘍——萌蔥佩服似的發出嘀咕。

「『雪霞狼』有修好吧？」

「當然了。」

「是嗎？希望『吸血王』能就此放棄干涉。」

「就是啊。」

萌蔥用惆悵般的語氣嘀咕，零菜有一瞬間也收斂表情。她變得認真的臉孔比平常更像雪菜了。

「然後呢，那個世界怎麼樣？」

萌蔥立刻改回平時的語氣問道。

「很愉快喔。我遇見了各式各樣的人，也有跟死掉以前還活蹦亂跳的古城講到話。」

零菜帶著遙望般的神情嘀咕，然後落寞地微笑。

一瞬間，萌蔥屏息似的沉默下來。

兩名少女默默朝彼此望了一會兒，於是——

「不不不，他沒有死啦。倒不如說，那個吸血鬼（人）是殺也殺不死的吧。」

先打破沉默吐槽的是萌蔥。

開開玩笑——彷彿如此表示的零菜使壞似的吐舌。隨後，換好制服的零菜走近窗邊，將遮著研究室窗口的百葉窗使勁拉上去。

南國早晨的耀眼陽光將陰暗的研究室內部照亮。

窗外有一整片朝霞，以及占滿視野的遼闊街景。

那是以往被稱作絃神島的土地。由金屬、樹脂與魔法打造的「魔族特區」，世界上第四座夜之帝國。

零菜俯望讓朝陽拖出長長影子的巨大帝都，懷念似的嘀咕：

「我回來了，『曉之帝國』——」

†

在吸血鬼少女消失的位置，只剩她脫掉的制服落在地上。

灑落的青白色火花與魔力餘韻，都已經消散了。

「她真的從絃神島消失了嗎……？」

古城環顧教室之中，並且問道。雪菜沒把握地搖頭。

「我不清楚。感覺也不像靠空間移轉逃掉的。」

也對啦——古城點了頭。

零菜並不是出於自己的意志逃走的。將她繫於這個世界的魔法解開了，好像是因為那樣的反作用力，才讓她被帶回去原本該在的世界。

「那套制服是……？」

古城警戒著碰了落在教室的制服。事到如今，只剩留在那套制服上的一絲溫度是可以顯示出假雪菜曾經實際存在的唯一物證。

「那是我的。我在更衣室換衣服時受到襲擊，制服就被搶走了。」

雪菜一邊氣憤地說明，一邊收集散落的制服撿起來。冷不防被對方制伏，似乎真的讓她很不甘心。

「姬柊，話說回來，她真的很像妳耶，像到讓人懷疑是不是親生母女。再說她還叫妳媽媽。」

古城想起零菜的模樣，不經意地嘀咕。

雪菜也沒有予以否認。她只是有些疑惑似的蹙眉說：

「不過……她是吸血鬼，對不對？」

「咦？」

雪菜的提醒讓古城動作僵硬地定住了。

照那月的說法，零菜似乎是第二代吸血鬼。萬一她真的是雪菜的女兒，父親就非得是吸血鬼真祖。

而且雫菜還認識矢瀨和淺蔥，甚至稱呼凪沙為姑姑。

在足以令人窒息的沉默中，古城和雪菜望向彼此的臉。

「總不會吧。」

「就、就是啊。」

兩人慌慌張張地一邊轉開目光，一邊乾笑。雪菜的臉紅到連耳朵都通紅了。

尷尬的沉默再次降臨，古城無奈地嘆息。

雖然雫菜攪和了許多事，古城卻不可思議地無法討厭她；還覺得可以的話會想跟她多聊聊。即使如此，古城不太有落寞的感覺。有種預感讓古城覺得，自己會跟她再次相見。遲早肯定又會見到面的預感。

「對了，這東西是什麼啊……？」

古城想起雫菜曾經送給他禮物，就打開了捧著的紙袋。

從紙袋中出現的，是散發肥皂香味的小小布塊。

古城不經意地把那拿出來，並且無意識地在眼前攤開。

原本他以為是手帕的那塊布，真面目其實是條紋花樣的小件內衣褲。

洗過的內褲與胸罩——那就是雫菜所說的禮物。

雫菜曾說過要歸還這些。表示那跟她穿的制服一樣，有原本的物主。至於物主是誰，就明顯得想都不用想了。

「……學長……！」

雪菜滿懷怨恨的聲音讓古城頓時臉色發青。

僵掉的古城手裡仍握著內褲，還無力地搖頭說：

「等、等等……這應該算不可抗力，妳別用長槍……！」

「你要攤開來看到什麼時候啊，笨學長——！」

伴隨雪菜憤怒的吶喊，早晨的教室裡，迴盪著世界最強吸血鬼的慘叫聲。

歷史處於混沌之中，他們仍前途多難。

隱約窺見的未來，也像仲夏夜的幻影般消失，不會照耀出他們將來的去向。即使如此，「魔族特區」絃神島，今天仍靜靜地漂浮於海面。

晨曦逐漸將海平線染白。

朝未來只靠近了些許，新的一天即將開始。

後記

根據解夢的說法，怪獸及怪物似乎往往會被解釋成不安或恐懼的象徵。無意識中感受到的不安或恐懼越大，出現在夢裡的怪物也會變得越大越強。雖然我並沒有真的相信解夢，但關於這一點，倒是有「似乎也對」的印象。正因為如此，要是登場人物對抗強大怪物的模樣，能讓懷有不安或恐懼的讀者們一解怨氣就好了，我是這麼想的。這大概就是虛構故事所要扮演的角色吧。

所以說，《噬血狂襲》第十七集已向各位奉上。

這是系列作的第十七集。在上一集的後記中，我好像做過類似「下次新章的重頭戲終於要來了」的預告，這次卻還是寫出了相當非典型的劇情。話雖如此，古城等人也迎來了新學期，改為新體制的紘神島樣貌應該有一點一點顯現出來吧。古城與雪菜的關係感覺也好像有微妙的進展，又好像沒有，希望各位能繼續守候他們的日常生活。

我想也有讀者已經發現了，本集劇情是以刊載於《電擊文庫創刊二十周年紀念官方海賊本電擊文庫20 de 20!!》的〈雪菜√「Before/After〉這篇《噬血狂襲》的番外篇為藍本。由於番外篇並沒有規劃收錄到文庫，尤其是零菜的登場橋段，我就盡量試著保持原樣留下來了。番外篇原本是只有七頁的極短篇，因此實質上與本作幾乎可說是兩回事。番外篇終究歸在番外篇，希望大家可以用平行宇宙的概念來享受其中樂趣。

那麼，在這一集的出版前夕，我想《噬血狂襲》第二期的OVA全四卷共八話，（大概）也都順利上市了。動畫版工作人員與配音班底，長久以來真的萬分感謝你們。在OVA應該也能看到本次劇情中活躍的霧葉還有唯里、志緒動起來的模樣。令人期待。

以我個人來說，與動畫相關的作業已經告一段落，因此希望新作的出書步調也可以相對提升。請各位多多關照。

負責本作插畫的マニャ子老師，這次同樣備受您照顧了。

對於參與本作製作／發行的所有相關人士，我也由衷感謝。

當然，對讀完本書的各位讀者，我也要致上最高的謝意。

但願我們能在下一集相見。

三雲岳斗

交叉連結 1 待續

作者：久追遥希　插畫：konomi（きのこのみ）

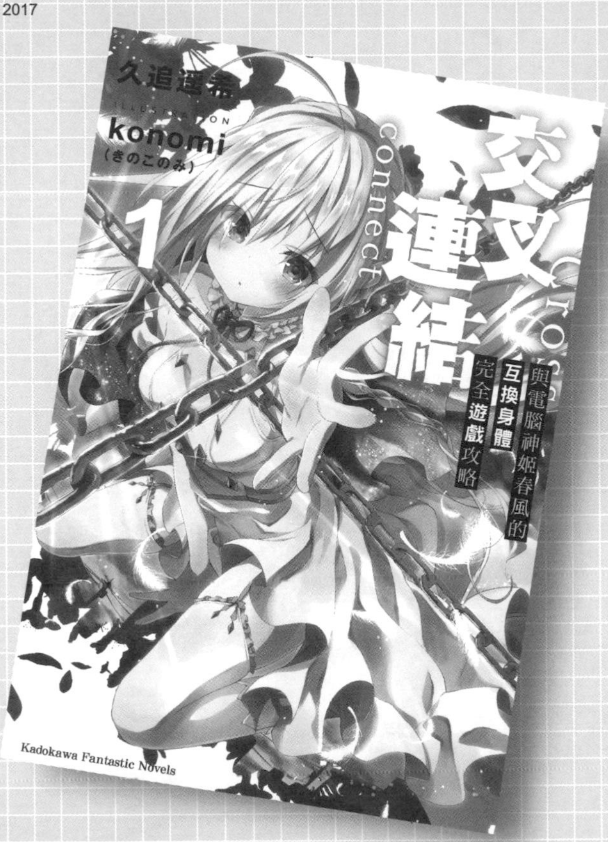

從「交換身體」起步的超正統遊戲小說——
第13屆MF文庫J新人賞佳作！

曾通關「傳說中的地下遊戲」的少年垂水夕凪，被迫參加「一百名玩家獵殺『公主』」的地下遊戲——並與「公主」電腦神姬春風互換了身體。夕凪得知「公主」死亡等同於春風死亡後，為顛覆「已注定的敗北」，他決定挑戰不得犯下任何失誤的極致通關法！

NT$220/HK$68

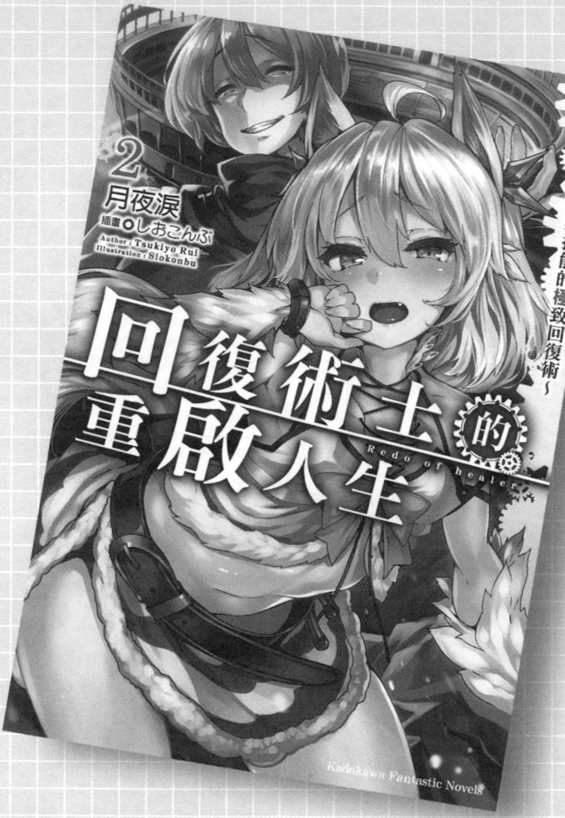

回復術士的重啟人生 1~2 待續

作者：月夜涙　插畫：しおこんぶ

最強敵人接連來襲！
回復術士的煽情復仇劇續篇!!

擊退襲擊者的凱亞爾葛享受著煽情的旅途生活，同時也逐步做好復仇的準備。此時吉歐拉爾王國的最強戰力，劍聖克蕾赫・葛萊列特出面討伐回復術士！「這女人可以派上各種用場。讓我好好地疼愛她吧——」最強的回復術士將會以何種手段制服劍聖？

各 **NT$220~230／HK$68~70**

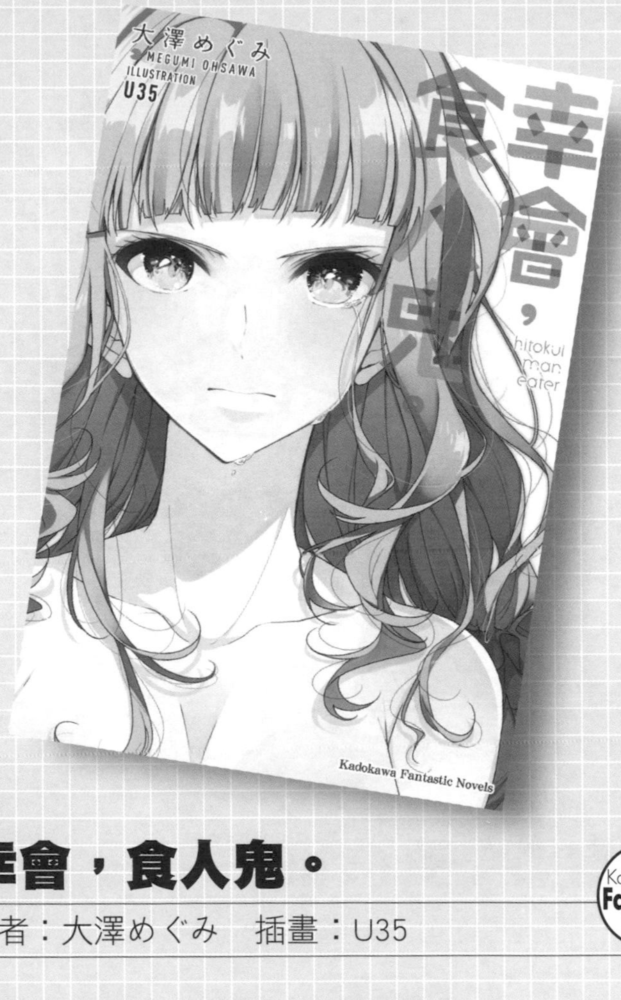

勇者無犬子
2
和ヶ原聰司
029
YU-SHA NO SEGARE
Kadokawa Fantastic Novels

勇者無犬子 1~2 待續

作者：和ヶ原聰司　插畫：029

拯救異世界前就先陷入補考大危機！
前途叵測的平民派奇幻冒險！

升上高中三年級後的首次定期考，康雄竟拿了三科不及格！與此同時，一名新的異世界使者哈利雅來到康雄等人面前。身為蒂雅娜上司的她，反對康雄進行勇者修行，甚至追殺到學校。與此同時還被翔子誤會他和蒂雅娜的關係，兩人之間尷尬不已……

各 **NT$220~240/HK$68~75**

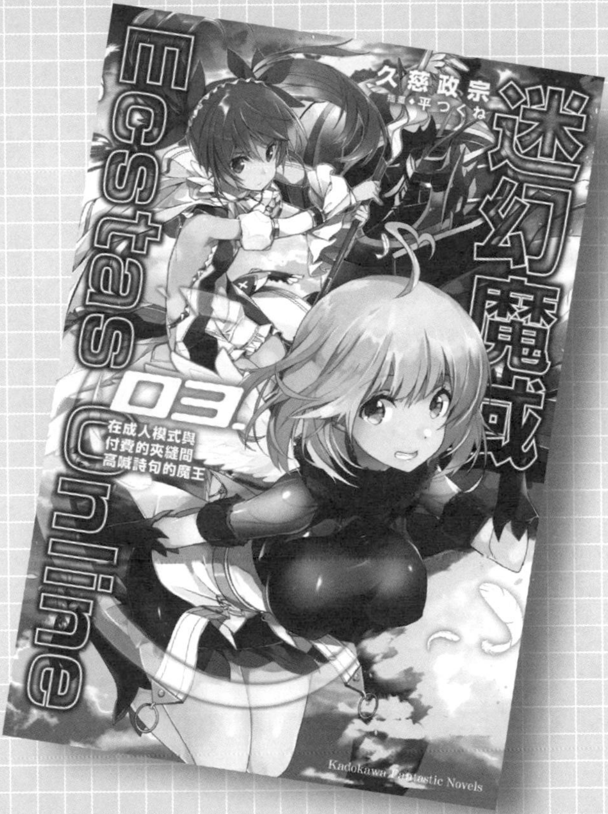

迷幻魔域Ecstas Online 1~3 待續

Kadokawa Fantastic Novels

作者：久慈政宗　插畫：平つくね

運用魔王與人類的雙重身分生活，
殺戮並拯救班上同學！

降臨而來的修正程式，其真面目是遭到廢棄的遠古魔王撒旦。撒旦對朝霧下了死亡的詛咒，還奪走了英費米亞。窮途末路的赫爾夏夫特（堂巡）於是帶著朝霧逃亡！想方設法意欲拯救朝霧的赫爾夏夫特，在她全身上下塗滿了抗咒潤滑液，想不到卻……!?

各 **NT$220~240/HK$68~75**

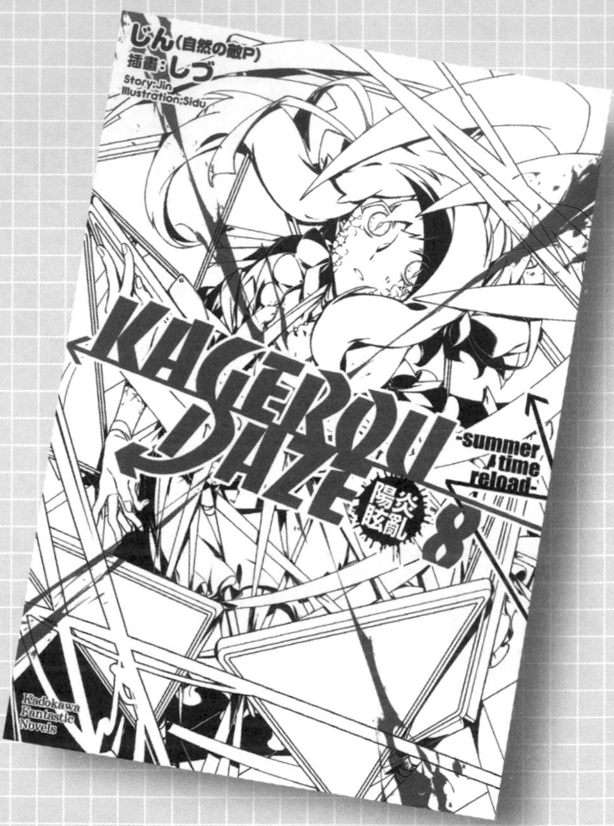

KAGEROU DAZE陽炎眩亂 1~8（完）

Kadokawa Fantastic Novels

作者：じん（自然の敵P）　插畫：しづ

KAGEROU DAZE迎向完結篇！
少年少女啊，睜開雙「目」吧！

面對阻擋在前的敵人，目隱團團員們接二連三倒下。AZAMI製造出讓敵人停止動作的空檔，剩下的團員們為了封鎖他，策劃了一個作戰。然而那必須以自己的性命做交換。在苦惱的AZAMI等人面前，敵人再次動了起來。他們做出的決定會是——

各 **NT$180~200/HK$55~60**

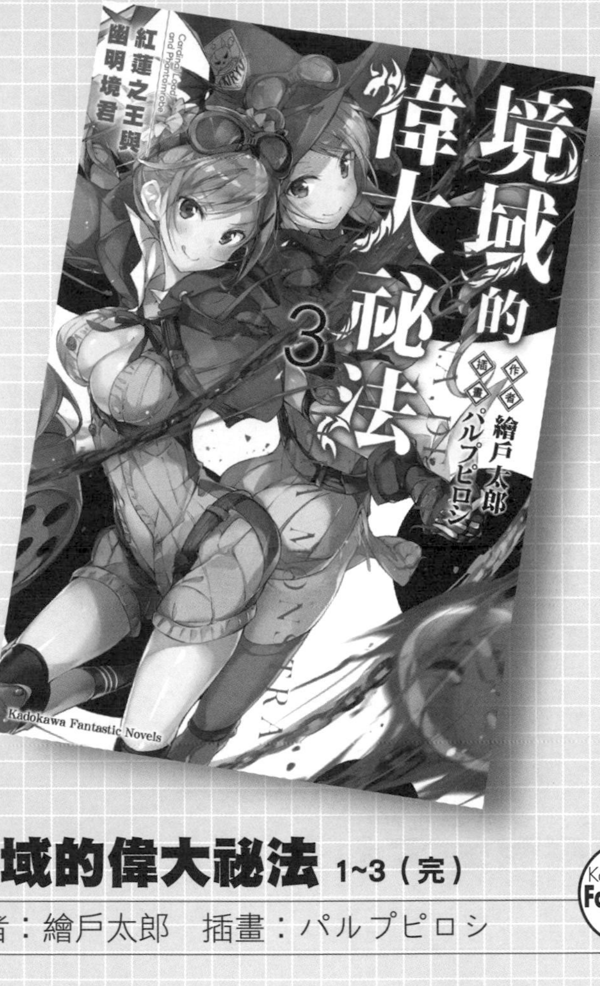

境域的偉大祕法 1~3（完）

Kadokawa Fantastic Novels

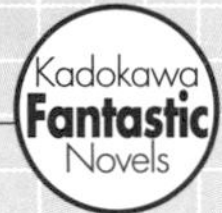

作者：繪戶太郎　插畫：パルプピロシ

怜生擊退「縫補公爵」雷歐．法蘭肯斯坦，
但聯盟趁機正式啟動建立妖精人國度的計畫——

在之前的騷動之中，一群人造人少女——伊蘿哈、妮依娜、莎庫雅——逃走了，她們為了實現自己的夢想，決定向「緋紅龍王」宣戰！不僅如此，就連理應不存在於這個世上的人物，也出現在怜生面前……激烈過度的魔王狂宴，再次交換誓言的第三幕上演！

各 **NT$220~250/HK$68~75**

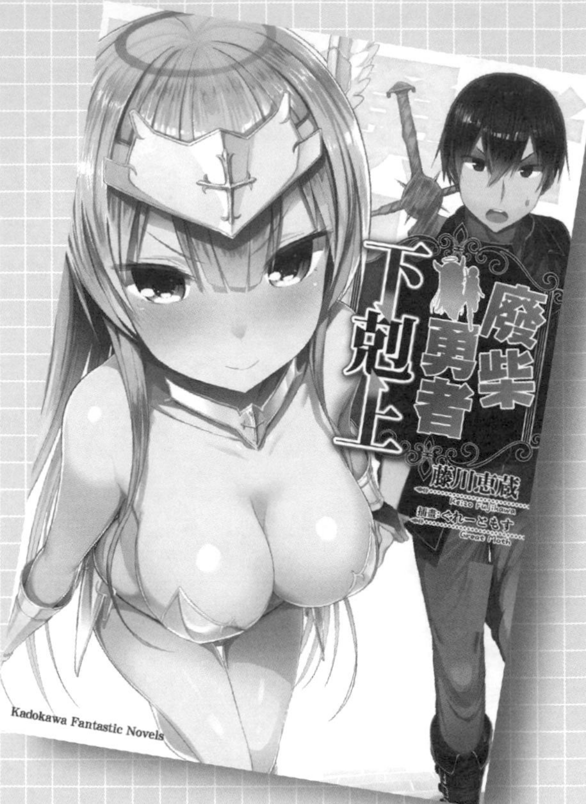

廢柴勇者下剋上 1 待續

作者：藤川恵蔵　插畫：ぐれーともす

問題兒童配上個性胡鬧的劍之精靈，
兩人的旅程簡直多災多難！

即將從王立軍官學校畢業的庫洛，某天突然聽見只有勇者才能使用的神劍——聖光劍王者之劍說話的聲音，並看到聖光劍精靈荷莉！還以為只要將聖光劍交給勇者就能拯救世界，但勇者竟然是奴隸少女——這究竟要如何帶她回去……？

NT$220/HK$68

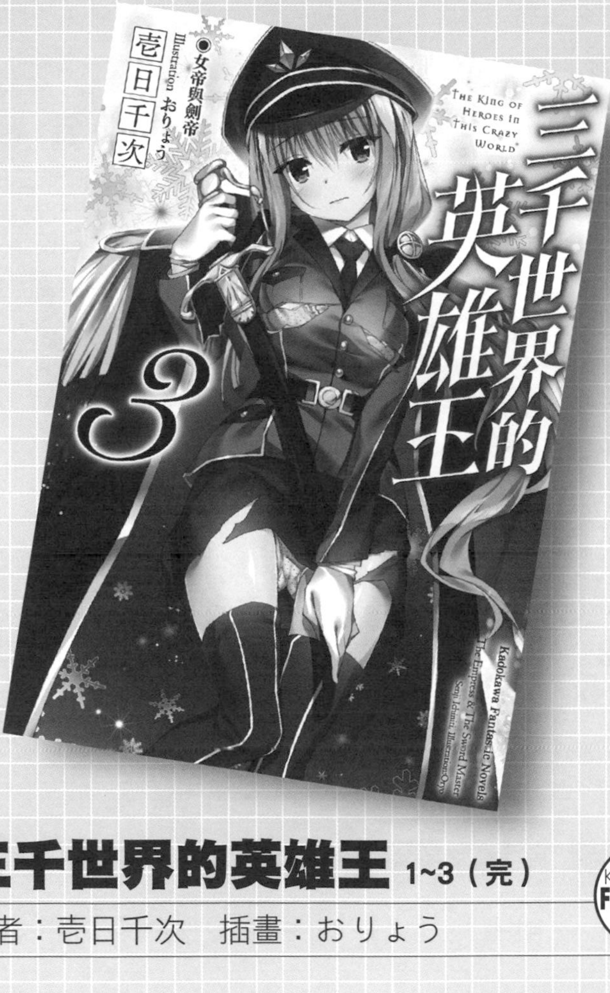

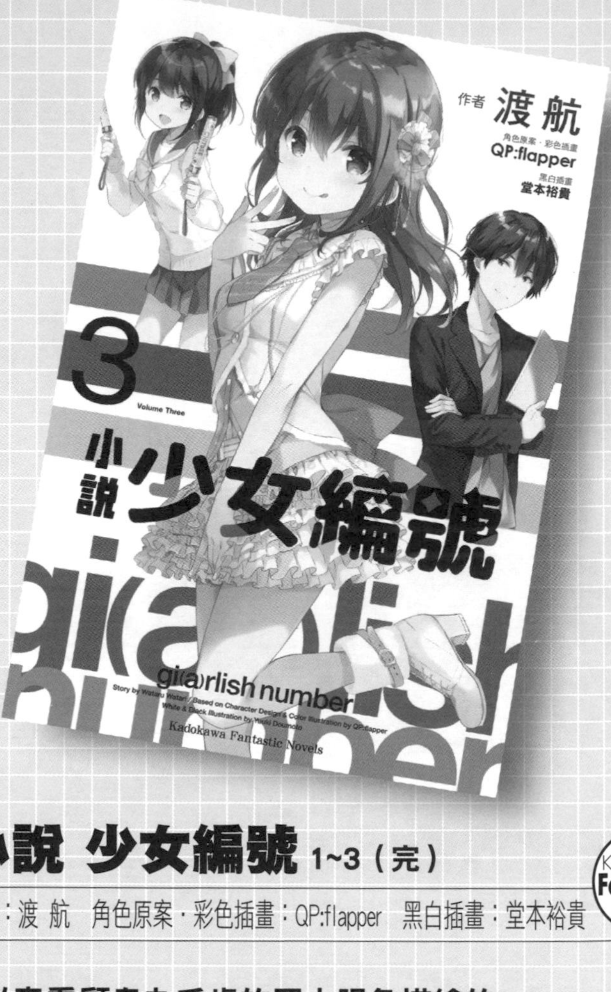

小說 少女編號 1~3（完）

作者：渡 航　角色原案．彩色插畫：QP:flapper　黑白插畫：堂本裕貴

以從旁看顧烏丸千歲的眾人視角描繪的
偶像聲優業界譚，外傳登場！

影響柴崎萬葉的兩名聲優究竟是誰；苑生百花認為千歲與萬葉很特別的理由為何；新人聲優櫻丘七海為何會如此崇拜千歲──？滿載各種本傳沒有提及的逸事的外傳登場！鬼才渡　航原作，描繪聲優業界的暢銷動畫小說版，終於完結！

各 **NT$200/HK$60**

幻獸調查員 1 待續

作者：綾里惠史　插畫：lack

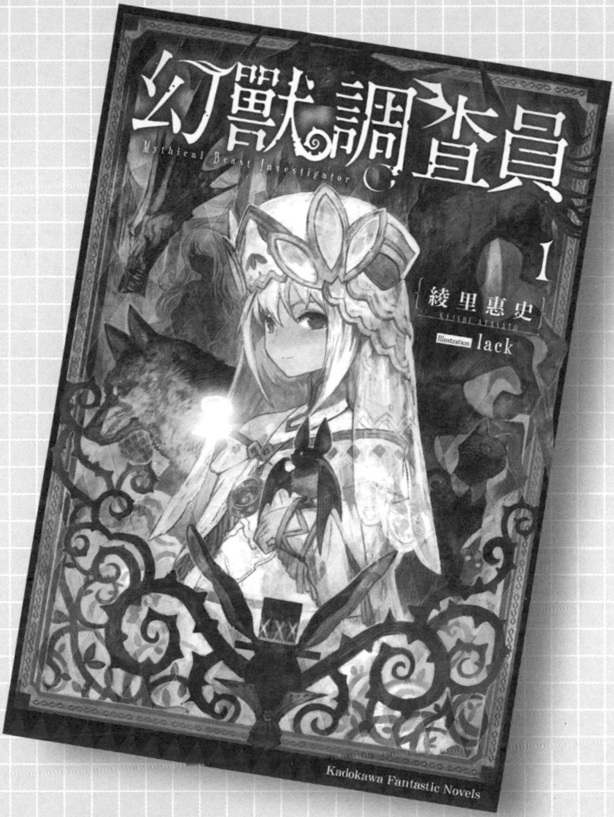

少女懷著「人類與幻獸共存」的夢想，
與蝙蝠、兔頭紳士一起展開旅程——

襲擊村莊卻不取人性命的飛龍用意為何？老人莫名陷入的貓妖精的審判將如何收場？村莊中獵捕少女的野獸又是何種怪物？擁有獨特的生態與超自然力量的生物——幻獸。國家設立了負責調查幻獸，有時予以驅除的專家機構。這是殘酷又溫柔的幻想幻獸故事。

NT$200/HK$60

國家圖書館出版品預行編目(CIP)資料

噬血狂襲 17 折斷的聖槍 / 三雲岳斗作 ; 鄭人彥譯 -- 初版 -- 臺北市 : 臺灣角川, 2019.02
面 ;　公分
譯自 : ストライク・ザ・ブラッド 17 折れた聖槍
ISBN 978-957-564-742-1(平裝)

861.57　　107022174

Kadokawa
Fantastic
Novels

噬血狂襲 17
折斷的聖槍

（原著名：ストライク・ザ・ブラッド 17 折れた聖槍）

2019年2月13日　初版第1刷發行

作　　者：三雲岳斗
插　　畫：マニャ子
日版設計：渡邊宏一
譯　　者：鄭人彥

發 行 人：岩崎剛人
總 經 理：楊淑媄
資深總監：許嘉鴻
總 編 輯：蔡佩芬
編　　輯：孫千棻
美術設計：黃永漢
印　　務：李明修（主任）、黎宇凡、潘尚琪

發 行 所：台灣角川股份有限公司
地　　址：105台北市光復北路11巷44號5樓
電　　話：（02）2747-2433
傳　　真：（02）2747-2558
網　　址：http://www.kadokawa.com.tw
劃撥帳戶：台灣角川股份有限公司
劃撥帳號：19487412
法律顧問：有澤法律事務所
製　　版：巨茂科技印刷有限公司
ISBN：978-957-564-742-1
香港代理：香港角川有限公司
地　　址：香港新界葵涌興芳路223號
　　　　　新都會廣場第2座17樓 1701-02A室
電　　話：（852）3653-2888